堕落メシ!?
あやかし神社でグルメな誘惑

中村颯希

ポプラ文庫ピュアフル

もくじ

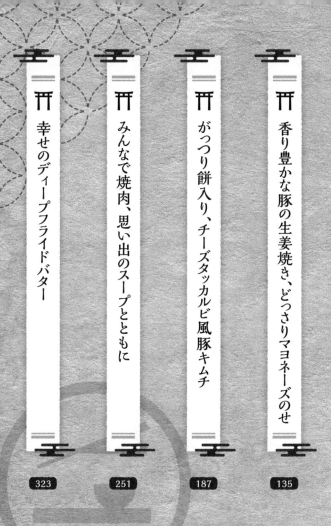

中村颯希
Satsuki Nakamura
堕落《だらく》メシ!?
あやかし神社でグルメな誘惑
ポプラ文庫ピュアフル

プロローグ

ひゅう、と、冷えた石畳の上を風が吹き渡ってゆく。

風は木の葉を巻き上げ、すっかり朱《しゅ》の剝げた鳥居や、木の柱を剝き出しにした拝殿をすり抜けて、ときどき不穏に軋《きし》んだ音を立てた。

その不気味な、しんと冷えた空間――打ち捨てられた夜の神社に、今、凜《りん》とした声が響き渡った。

「放して」

静かであるのに、やけにはっきりと響く声の主は、十五、六と見える年頃の少女だ。

白い肌に、可憐な唇、艶《つや》やかな黒髪に、どこか猫を思わせる瞳。大層整った顔立ちの少女だが、年に見合った愛らしさというよりは、刃先の鋭い刀のような美しさと、冷ややかさを感じさせる。

それは、物騒にも右手に握りしめられた短刀のせいかもしれないし、あるいは、冬の夜にはあまりに寒々しい白衣と緋袴《ひばかま》――つまり巫女装束をまとっているからかもしれない。

その衣装まで含めて、現実離れした美しさを誇る少女は、名を律子《りつこ》と言った。

「でないと、今すぐ祓う」

白い息を吐きながら、律子が睨み付けた先では、今、ごうごうと炎が揺れている。

ただしその炎は、釜の下に焚かれた最も大きいものを除けば、どれもが宙に浮き、あちこちを駆けまわっている。いわゆる、鬼火というものである。

異様なのは炎ばかりではない。赤い光に照らされたその空間には、尾がいくつにもわかれた狐や、象ほどの大きさの犬、狐の面を付けた黒い影、掌ほどの大きさしかない着物姿の小人に、手足の生えた提灯などの姿まであった。

どれもが、この世の者ならざる存在。怪談に聞く百鬼夜行を彷彿とさせる光景である。いや、周囲に巨大な酒の甕《かめ》や、大量の酒杯、肴《さかな》ののった盆まで散らばっているところを見るに、百鬼の宴とでも言うべきか。

「勇ましいねぇ。動きを封じられてなお、そんな生意気な口が叩けるなんて。さすがは『氷の巫女』殿だ」

と、車座になった一団の中心にいた男が、律子に対してそう声を掛ける。

男は、一見した限りでは、精悍な美貌の持ち主であった。緩く着崩した着物の肩に羽織を引っかけ、吹きすさぶ寒風も知らぬげに、にいと口の端を引き上げている。

角はないが、髪はともかく、瞳までもが赤みがかっているのが異様だった。彼が笑うのと同調するように鬼火が揺れることからも、男が普通の人間でないことは明らかである。周囲を従えるように佇《たたず》む彼こそが、この一座の首魁《しゅかい》だ。

「穂村《ほむら》さまー！　この女、さっきも俺たちのことを祓《はら》おうとしたんすよー！」

「穂村さまのお力でね、こいつをね、ぎゃふんと言わせてやってくださいよ！」

「あの氷みたいな目で睨み付けられて、おいら、チビるかと思いましたよう」

彼を取り囲んでいた鬼火たちが、きゃんきゃんと声を上げる。よく見ればそれらは単純な炎の塊ではなく、腹の突き出た二等身ほどの小鬼が、周囲に炎を帯びた姿なのだった。大きさも大中小と揃っており、中でも一番小さい、膝丈ほどの小鬼は、気弱そうにぐすんと鼻を啜っている。

穂村と呼ばれた男は「ふむ」と顎《あご》を撫でると、律子に向かって肩を竦《すく》めた。

「状況を冷静に見てもらえればわかると思うんだが、俺たちは宴の最中だ、巫女殿。べつに俺も、ことを荒立てるのは好きじゃあない。素直にお引き取りいただけないもんかねえ？」

口調は軽やかだが、どこか聞く者をぞくりとさせる、凄みのある声だった。現に、穂村にじっと見つめられただけで、先ほどから律子はまるで見えない糸に縛られでもしたように、身動きが取れないでいる。

おそらく彼は、相当力の強い、邪悪な存在――あやかしだとか、鬼だとか言われるもの。うら若き少女なら、悲鳴を上げて逃げ去るのが普通というものだろうが、しかし律子はまなじりを決し、一層声を低めた。

「いや」

「なんだと？」

「べつに、あなたに用はない。私はそこの、ちょろちょろとうるさい小鬼を祓いに来ただけ。こちらの縄張りを荒らさないでほしいの。約束できるのなら、見逃してもいい。できないのなら、この短刀で刺す。どちらかが済むまで、私は帰らない」

　声自体は可憐なのに、淡々と言い捨てるような話し方である。

「縄張り、ねえ……」

　穂村はかすかに眉を寄せたが、ついで律子の握る短刀を一瞥し、溜息を漏らす。

「清めの短刀か。またそんな大仰なもん振り回して……。腕に自信ありってか？　おい、おまえら、こいつの巫女としての実力のほどはどうなんだ」

「やばいっす！　普通の女の子じゃ考えられないくらい、いろいろ鍛えられてます！」

「隣町の鬼火がですね、俺の知る限りではですね、十以上ね、この女にやられてます！」

「可愛い顔はしてるんですけど、これじゃ、人の心あんの？　って疑っちまいますよう」

　振り向いた穂村が尋ねると、周囲を飛び跳ねる三匹の小鬼たちが、またしても大中小の順番で、興奮したようにまくし立てた。大中の小鬼は怒ったように両手を広げたり、人差し指を突きつけたりし、一番小さな小鬼は困ったように、額に生えた二本角を撫でている。

「なるほどなぁ。まあたしかに、ずいぶんと清らか……つーか、潔癖っつーか……」

　頷いた穂村は、手持ち無沙汰だったのか懐《ふところ》から煙管《きせる》を探り、器用に口に咥えた。

　火種を使うでもないのに、たちまち先端から煙が立ち上りはじめる。その煙越しに、律子の端整な顔立ちや、きりりと一つにまとめられた髪、隙のない身のこなしや、握りしめられた短刀までをも見ていると、やがて彼は、ふと口の端を引き上げた。

煙管を引き抜き、腰に佩《は》いていた刀の先にかんっと打ち付けて、灰を落とす。

「決めた。こいつ、堕とすか」

その赤い瞳は、獲物を前にした獣のように、愉悦《ゆえつ》を滲ませていた。

律子は本能的に息を呑み、動きが制限された中で、素早く身構えた。

「なにを……」

するつもり、と言いかけて、己の声が掠れていることに気付く。

それほど、相手が不意に漂わせはじめた迫力に、恐怖を感じはじめているということだったが、律子は素早くその認識を打ち消した。

（違う。こんなことで怖がる私じゃない）

そうだ。だって自分は、伝統ある神社の血を継ぐ人間。常に汚れを祓い、身を清め、己を厳しく律してきたのだから、こんな、無名の鬼たちに怯える必要はない。

実際、律子が少し視線に力を込めれば、小鬼たちはびくりと肩を竦め、強く睨み付ければ、泡を食って逃げはじめるのだから。特に、この禊《みそぎ》を済ませた短刀で鬼を刺せば、彼らはすぐに消滅してしまうのだということを、律子は確信していた。

（息を……吸って、吐いて。気を整えれば……大丈夫）

恐れるな。心を揺らせば、そこが付け入られる隙となる。

律子は口を引き結び、じっと相手の動向を見守った。

穂村は、身動きの取れぬ律子のもとへ、一歩一歩、ゆっくりと近付いてくる。

その背後で、鬼火がまるで地獄の業火のように膨らんだが、それに恐怖する心を、律子は必死で叱咤《しった》した。

(大丈夫。怖くない)

「ほおら、そんな睨み付けなさんなよ。楽しいことをしようってだけだぜ」

見えぬ糸に絡められた手に、じわりと冷や汗が滲む。

どれだけ力を入れて引っ張っても、糸はびくともしなかった。

「ほら、力を抜いてみろ」

穂村はゆったりと笑い、それとは裏腹に強い力で、頬《ほお》ごと摑《つか》んだ律子の顔を、ぐいと振り向かせる。

真正面から視線が合い、燻《いぶ》した草の香りが、ふわりと鼻腔をくすぐった。

彼の肩に揺れる猛々《たけだけ》しい炎、その熱がちりりと鼻先まで伝わってくる。

(もしや、この炎で焼き殺そうって言うの……?)

それとも、あやかしたちで取り囲んで、慰《なぐさ》み者にでもしようと言うのか。

「そんなことを、しても、私は、屈したりなんか……」

声が震える。

言葉だけは威勢がよくても、これでは誰の耳にも、虚勢としか響かないだろう。

「怯えんなよ。極楽を見せてやろうってんじゃないか」

「……っ」

穂村がぱちんと片手の指を鳴らした途端、後ろに据え置いてあった釜の炎が威力を増し、たちまち中の液体がぼこぼこと泡立ちはじめる。どこか重い響きをまとったそれは、どうやら熱された油のようだった。もしやあれを使って、酸鼻《さんび》な拷問を行うというのか。

穂村の背後に控えるあやかしたちも、一斉に立ち上がり、釜のそばに、ずず、と巨大な甕を移動させはじめる。振動で零《こぼ》れた中身が、どろ……と血のように甕の側面を伝うのを見て、律子はとうとう顔を引き攣《つ》らせた。

「いや——」

「この、絶品ソースカツでなあ！」

だが、恐怖の悲鳴は、思いもよらぬ宣言に遮られる。

一瞬言葉の意味を捉え損ねてしまった律子は、三秒ほどの間、考え込んだ。

「……は？」

「この、超絶品ソースカツでなあ！」

さりげなく「超」を付けて繰り返されたが、やはり聞き間違いではない。

「………」

ぐつぐつと、油の煮える音がする。

甕からは血の臭いではなく、やけにスパイシーな匂いが漂っている。

「…………………は？」

やけに目を輝かせてこちらを覗き込んでくるあやかし一同を前に、律子は表情を無にしたまま、もう一度だけ呟いた。


寒風の吹きすさぶ、打ち捨てられた神社で。

不気味な笑みを浮かべた異形の者たちと、彼らの仇《かたき》とも言える巫女が、しかも清めの短刀まで握りしめて向き合ったこの状況で。

まさか、唐突に調理が開始されるなど、いったい誰が予想しただろう。少なくとも律子はしなかった。

だが、油を含んで艶やかに光る揚げ衣や、じゅわりと音を立てて染み込んでいく香り高いソース、なにより、噛むたびに肉から溢れだしてくる透明な肉汁は、これまでに対峙したあやかしのどれよりも激しく、律子の心を揺さぶり、翻弄し、やがてその膝をつかせることになる。

いや、ソースカツもまた序章でしかなく、あやかしの放つ数々の料理が、彼女の人生を狂わせてゆくのだが――このときの律子はまだ、それを知らなかった。

肉汁たっぷり
超絶品ソースカツ、チーズ入り

「本当に嬉しいなぁ。律子ちゃんが、うちに遊びに来てくれるなんて！　あっ、りっちゃんって呼んでいい？　りっぴょん？　りったん？　りっちょん？　どれがいい？」

　冬の暮れなずむ町で、すぐ隣から響くはしゃいだ声に、律子はもう何度目になるかわからない溜息を堪《こら》えた。

「……律子で」

「ええ？　呼び捨て!?　あっ、でも部活っぽい感じがそれはそれでイイ！　私のことは、『日向《ひなた》』でも、『ひな』でもいいからね。でも、『猪狩《いがり》』は無しね、ごついから！」

「…………」

　素っ気ない返答に対しても、にこにこと上機嫌に笑う少女――律子と同じセーラー服をまとった猪狩日向に、律子はとうとう黙り込んだ。同級生とあだ名で呼びあう関係というのが、自分にはどうも馴染めない。

　日向の陽気なおしゃべりに、耳だけを傾けながら、律子はぼんやりと、初めて歩く街並みを観察することにした。日向の家は、律子が身を寄せる家から一駅手前なだけだが、転校してからの一週間、家と学校の往復しかしてこなかった律子が、この駅で降りるのは初めてだ。

　二人の最寄り駅を含む、この越田町《こえたまち》は、観光地としても有名な鳥居前町《とりいまえまち》である。山の中腹にある神社を目指して、幅広の石階段が、両脇に数多の商店を配置しながら、ひたすら続いている。昔は宿場町としても栄えたらしく、多くの店が「上は宿屋、下は店」という多層階づくりだ。時代を感じさせる看板や、延々と連なった提灯《ちょうちん》などが、独特の情緒を醸し出していた。

「いやあ、それにしても嬉しいな。『氷の巫女』様を我が家にお招きできるなんて。律子が、我らが八幡さんの噂の巫女だと知ったときの衝撃といったら！　今度、律子の巫女さん姿も見てみたいなぁ。ていうか、見に行く！」

「……べつに、ときどき手伝ってるだけだから。それに、そんなあだ名、認めてない」

ついでに言えば、その「中腹にある神社」とは、律子が身を寄せている家のことでもあった。親を交通事故で亡くした律子を引き取ってくれた叔母の里江《さとえ》。彼女の夫が宮司《ぐうじ》を務めるのが、この越田八幡《はちまん》神社なのである。同時にそれは、律子の祖父が宮司を務めていた神社でもある。宮司の座は、隣町の細井《ほそい》八幡神社に嫁いだ律子の母に代わり、その妹である里江夫婦に受け継がれていた。律子自身、幼少時にはときどきこの八幡神社の境内《けいだい》で遊んだ記憶がある。祖父はすでにこの世を去って久しいが、律子には「おじいちゃんの家に戻ってきた」という感覚があった。

ただ、いくら祖父の家とはいえ、厄介になっている身なので、律子はバイトがてら、神社での仕事を巫女として手伝うことにしている。両親は五年ほど前に神社を守ることをやめ、里江たち夫婦に護持を託してしまっていたが、幼少時から神社と縁の深い生活をしていた律子なので、巫女の仕事はお手の物である。

朝は境内を掃き清め、夕方は帰宅するなりセーラー服から白衣と緋袴に着替えて、お守りの授与や、参拝の受付といった表の仕事や、名簿管理や洗い物などの裏方の仕事に精を出す。

律子の寡黙な働きぶりは、幸いなことに、叔母夫婦には好意的に受け止められているようだ。ところが、数日神札所《しんさつじょ》に立っただけで、「八幡さんに、すごい美少女の巫女さんがいる」と噂が立ってしまい、用もないのに境内にやってくる男たちが大量に現れたので、律子としては大層苛立たしく思っていた。鼻の下を伸ばしながら、明らかに欲しくもないであろうお守りを買い求めてくる参拝者のことは、睨み付けてやったつもりだが、その冷ややかさがかえって『氷の巫女』などというあだ名とともに喜ばれてしまうなど、心外もいいところだ。

(それに……)

律子は石段を一歩のぼりがてら、ちらりとその隅に視線を落とす。

「けけけっ、聞いたかよ！『氷の巫女』だってよ！御大層な二つ名だなぁおい！」

「俺がさ、思うにさ、お高くとまった顔してるよな、実際さ」

「にこっと笑えば可愛いのによう」

そこには、きゃんきゃんと甲高い声で会話する、三体の小鬼がいた。鉢の大きな赤ら顔に、白目部分のないつぶらな瞳。額には小さな二本角が生え、裸の腹は丸く突き出て、毛皮でできた下履きを着けている。兄弟なのかなんなのか、大きさが大中小と揃っていて、一番小柄なものは、膝丈ほどの大きさであった。

彼らがぴょいぴょいと地を跳ねるたび、その軌跡《きせき》を追いかけるように青白い炎がじわりと滲む。

どう見たって異様だし、下品な笑い声は、眉を顰《ひそ》めたくなるほどうるさいというのに、行き交う人々が彼らを気にする様子はない。

それもそのはず、彼らは「見えない存在」だからだ。

(誘鬼《ゆうき》の才なんて……本当に厄介)

律子は視線を逸らしながら、苛立ちを深めた。

誘鬼の才。それは、律子が隠し持つ異能の名だ。この世ならざる者を見わけ、呼び寄せる能力のことを指し、神職や巫女など、鬼を祓ってきた家系の者には時折見られるのだという。いったいどんなファンタジーか、と思うが、律子にとっては現実そのもので、この能力のせいで、彼女は幼い頃から多大な苦労を強いられていた。

(転校までしたのに、ここでも鬼たちに振り回されるなんて、ごめんだわ)

突然両親を失ったことで、それまで通っていた都内のお嬢様学校には、経済的理由から通えなくなり、律子はこの、叔母夫婦の住まう越田町にやって来た。衝撃的なことが続く中、人間関係を仕切り直せるというのが唯一のよいことになりえるかもしれないのに、この厄介な異能のせいで、白眼視されたり、周囲を不幸にするのはごめんこうむりたいところである。

(鳥居前町……神社に守られたこの町なら、大丈夫だと思ったのに)

遠く石段の先にそびえる鳥居を見上げ、律子は目を細める。

両親の勤めていたそれとは異なり、多くの氏子《うじこ》を擁《よう》し、越田町一帯の深い信仰を集めているこの越田八幡神社。霊験《れいげん》あらたかであろう神社のお膝元であれば、きっと鬼やあやかしの姿も見かけまいと思ったのに、意外にもその姿は、町のあちこちで散見される。

もっとも、律子が以前住んでいた町に出没するそれに比べれば、全体的にのどかというか、いかにも小物そうなものばかりだったが、彼らの存在自体が気に食わない律子は、無意識に顔をしかめた。

神様が最も嫌うのは、穢《けが》れだ。そして鬼とは、穢れそのもの。負の感情がほかのそれを増幅させるように、穢れもまた穢れを呼び寄せる。集まったそれは、やがて災厄を撒き散らす恐ろしい存在に変化するかもしれず、それゆえ、どんな小さな穢れでも祓われてあるべしと、律子は思っていた。

再び小鬼たちが「うひゃひゃひゃひゃ！」と耳障りな声で笑いだしたので、律子は思わず睨み付ける。すると、彼らはぎょっとしたように肩を揺らし、

「うひゃあ！　おっかねえ！」

と捨て台詞を吐いて逃げていった。

律子が本気を出せば、己の身が危ないということは、理解できたようだ。

「律子？　どうかした？」

「ううん、べつに」

と、立ち止まった律子を不思議に思ったのか、日向が振り向く。

律子が素っ気なくごまかすと、日向は「そう？」と首を傾《かし》げたが、さして気にした様子もなく、ぱっと笑みを浮かべた。

「じゃじゃーん、我が家に到着ー！　越田町一の揚げ物屋さんでーす！」

両手を広げてみせたその背後には、『揚げ物いがり』と筆文字で書かれた看板がある。

いつの間にか、日向の家が営むという店に到着していたらしい。いかにも越田町の店らしい、伝統と親しみを感じさせる、小ぎれいな木看板の店だった。

「うちのカツは絶対食べてもらいたいと思って。越田町に来た以上、うちの店に寄らないとかありえないからさ。いやあ、念願かなって嬉しいなぁ」

日向はにこにこして両手を叩き合わせる。

そう。彼女は、転校してきた律子が同じ越田町に住んでいると知ってから、それはもう熱心に「うちに食べにきて」と誘ってきたのである。

あまりに熱心なので、さてはなにかの勧誘だろうかとさえ疑った律子だったが、日向によれば、越田町の住人は皆、元宿場町であった名残からか、とにかく人に「食べていきなさい」「泊まっていきなさい」と勧める性質の持ち主らしいのである。

もてなしてこそ人生、ともに同じ釜の飯を食って初めて挨拶したことになる、という信念を持つ彼らは、特にひもじそうな人間を見ると、居ても立ってもいられなくなるそうなのだ。日向曰く、

「転校初日の会話で、律子が朝ごはんを食べない派だって聞いてから、絶っ対、我が家のカツを口に突っ込まなきゃって固く決意してたの」

とのことだった。

「朝ごはんなに食べたー？」という、突然の距離の近い質問に、咄嗟に「べつに」と答えてしまっただけだった律子としては、連日の日向の誘いは、正直、扱いに悩む。これまで、あまり周囲と深い人間関係を築いたこともないため、屈託なく話を振られても戸惑うばかりだ。

一度付き合えば、この誘いも落ち着いてくれるだろう――。

そう考えた律子は、この日しぶしぶ、日向の誘いに折れたというわけだった。

(お勧めのメンチカツとやらを食べて、別れて。十五分くらいで帰れるかしら)

頭の中で素早く計算する。しかし日向が、ショーケース前に佇むアルバイトスタッフと思しき女性に挨拶すると、さっさとその脇をすり抜けて、奥へ行ってしまったのに気付き、眉を寄せた。

「……どこに行くの？」

「え？　家だけど」

「え？」

「え？」

思わず声を上げれば、相手もまた不思議そうに聞き返してくる。

「だって、うちに来てくれたんでしょ？　ほらほら、上がって？」

「え……」

だって、家が揚げ物屋だと聞いたから、てっきり店先で買い食いをするのだろうと考えていたのだが。

律子がおずおずと伝えると、日向はびっくりしたように目を見開いた。

「やだ、お客さんに店先で立ち食いさせるわけないでしょ！　夕ごはんも食べていきなよ」

「は？」

「あっ、むしろ泊まってく？　八幡さん……ええと、律子の叔母さんのところに、よければうちから電話しておくけど」

「は!?」

「あっ、お母さーん！　お客さーん！　件《くだん》のりっちゃん、じゃないや、律子！　やっと『お呼ばれ』に来てくれたんだよー。上で食べるねー！　揚げ物十種セットくださーい！」

律子が呆然としている間にも、日向は厨房にいるらしい母親に声を掛け、ずんずんと階段を上がっていってしまう。階下から即座に返った「あらまあ！　はーい！」との返事に驚いているうちに、律子は二階へと連れ込まれ、手洗いのうえ、ダイニングテーブルに着席させられてしまった。

「ちょ、ちょっと待って！　じゅ……十種!?　私、そんなにたくさん買えるようなお金、持ってきてない――」

「はい⁉　『お呼ばれ』に来てもらった相手から、お金なんて取るわけないじゃん！」

驚いて声を上げれば、それ以上に驚いた様子で返され、たじたじとなる。曲がりなりにも飲食店だろうに、その姿勢でよいのだろうか。

そして、『お呼ばれ』というのは、飲食に招かれた側だけが使う表現かと思っていたが、どうやらこの界隈では、もてなす側も「『お呼ばれ』に来てもらう」のようにして、その言葉を使うようである。日向が、まるでとても晴れがましく厳粛なことのようにその単語を口にしていたので、律子はなんとなく圧倒され、顎を引いてしまった。

（いや、圧倒されるといえば……）

ちらり、とテーブルの上に視線を走らせ、律子は喉を鳴らす。

「その揚げ物十種セットとやらは……今から、ここで、揚げるの？」

そう。ダイニングを占拠する大きなテーブルには、ものものしい存在感の卓上フライヤーが鎮座していたのである。

てっきり、階下で揚げた惣菜を二階に運んでくるのだろうと踏んでいた律子は、予想をはるかに上回るライブ感に、静かに慄《おのの》いていた。

だが、てきぱきとエプロンを身に着けた日向は、いったいなにがおかしいの、と言わんばかりに、目をぱちくりしている。

「うん、そうだよ？　揚げ物はやっぱり揚げ立てが一番だから。下の店から衣までつけた状態のものを持ってきて、ここで揚げる、っていうのが我が家の普通なんだ」

答える間にも、彼女は冷蔵庫や炊飯器を往復し、テーブルに皿を並べていった。

「ほかのおかずは今、お母さんが用意してくれてるから、ちょっと待ってね」

「ほかの……おかず……？」

すでにフライヤーの傍《かたわ》らには、大皿に山盛りにした揚げ種、ごはん、サラダが並んでいるというのに、さらに……？　いったいどれだけ食べさせようというのか。

「あ、律子、夕ごはんはなにがいいかな？　『お呼ばれ』が揚げ物メインだから、さっぱり系がいい？」

「これって夕ごはんじゃないの!?」

「ええ？　これは『お呼ばれ』だよ。夕飯はまた別。あ、お土産に『スペシャルカツ重』も付けちゃうから、楽しみにしててね」

動揺して問うた律子に、日向はにこにこと答える。

彼女の説明を信じるなら、この界隈で『お呼ばれ』に供《きょう》される食事というのは、三食やおやつとはまったく異なる概念であるらしい。その家の一番の自慢、主には手料理を、時間帯なども気にせず、たっぷり相手に食べさせるというものなのだそうだ。

「この辺は昔、宿場町だったからさ。旅人って、べつに決まった時間には来ないでしょ？　お腹を空かせた人を見つけたら、とりあえず家に連れ込んで、思う存分満たす。それが、この町のルールなんだよ。文化っていうのかなあ」

三重《みえ》の帯　越えれば二重《ふたえ》に　越田町

続けて日向は、そんな句を紡ぐ。町の入口にある石碑に刻まれている句であるらしく、「帯を三重に巻けるほど痩せ細っていたのに、この町を『越え』る頃には二重にしか回らぬほど『肥《こ》え』たことだよ」との意味らしい。それがこの町の名の由来でもあるようだ。

「そういうわけで、律子みたいなほっそりさんを見かけると、越田町の一員としては、もう本能に近いところが騒ぐんだよね。律子の叔母さんたちも、毎日『食え食え』って言ってこない？　たぶん、この町の食事量って、ほかと比べて多いと思うんだけど」

たしかに日向は、ふっくらと健康そうな肉付きをしている。柔らかそうな頬を笑ませ、手際よく調理の準備を進める彼女を前に、律子は困惑を隠せず呟いた。

「一緒に食べてないから……よくわからない」

「えっ？」

日向が、油の温度を確かめる手を止め、まじまじとこちらを見つめる。

「そうなの⁉」

「だって二人とも、遅くまで働いてて、時間が合わないし。もともと私、一人で食べるのが習慣だったから」

無意識に視線を逸らしてしまったのは、説明にほんの少しの嘘が含まれているからだ。いや、口にしていない事実、と言うべきだろうか。

里江たちは、それはもう熱心に、一緒に食卓を囲もうと誘ってくれるのだ。律子が頷きさえすれば、お人よしの彼らは神社の奉務《ほうむ》を切り上げてでも、決まった時間に律子と食事をとろうとするだろう。

だが、それを頑なに断っているのは、居候の身であまり迷惑を掛けたくないという遠慮と、それ以上に、彼らにさえ告げられない理由があるからだった。

（……ここにも、いる）

律子はちらりと視線だけを動かし、日向の斜め後ろを一瞥する。

そこには、先ほど追い払ったはずの小鬼たちが、きゃらきゃらと楽しげに笑いながら、壁をよじ登っていた。それだけではない。換気のために開けられた窓からは、陽気に揺れる鬼火が、テーブルの上には行列する小人が、扉の隙間からは着物をまとった幼女や首が異様に長い青年が、やんやと談笑しながら集まりはじめていた。

さすが鳥居前町と言うべきなのか、このダイニングには小ぶりの神棚があり、八幡神社のお札が掛けられているというのに、彼らは一向に気にする様子もなく、この『お呼ばれ』に参加しにきたとでもいうように、どんどんその数を増やしているのだ。

（八幡様、仕事してよ）

律子は神社の札を恨めしい思いで見上げたが、もちろん札が応じてくれるわけもない。

ゆらり、ゆらりと、独特の動き方で行列するあやかしたちを、律子は警戒しながら見つめた。いざとなれば、ここでも祓うしかない。これほどの数だと、睨むだけでは効かなかろうが、声を出したり柏手を打ったりすれば、ある程度はきれいになるだろう。

だが、どうやって日向に怪しまれないように、それをするべきか。

（だから苦手なのよ、一緒に食事をするのは）

律子はわずかに眉を寄せた。

食事の最中に、突然「消えろ」だなんて呟いたら、それはとんだ不審者だ。しかしなぜだか、団欒《だんらん》の場にこそ、あやかしたちは集まってくることが多い。

律子が思うにそれは、食卓のある空間というのが、雑然としているからだ。食材という数多の命が焼かれ、あるいは煮られた状態で並び、テーブルの上はいくつもの食器や調味料でごちゃごちゃとしている。狭い部屋に何人も人間が集まり、笑い声や話し声といった喧騒《けんそう》を生み出す。

そうした猥雑《わいざつ》で無秩序な空間だからこそ、付け入られるのだ。実際、片付いた部屋で一人、静謐《せいひつ》を保って食事しているときは、あやかしはおずおずと見つめるばかりで、寄りついた試しがない。

「そ、そうなんだ。律子は一人で食事派なんだ。でもそれって……ちょっと、寂しくない？」

日向は眉を下げて、言葉を選んでいる。

律子が視線を向けると、慌てたように手を広げた。

「いや、批判してるわけじゃなくて。私なら寂しいかなって。ほら、私、いつも大家族で食べてるからさ。一人でごはんって、そういえば食べたことないし」

いつの間にか、日向の肩の上や、腕の周りなどで好き勝手遊びはじめたあやかしたちを見て、律子はちょっとしみじみした。たしかに、齢《よわい》十六にして、大量の子どもにまとわり付かれる母親のような様相を呈《てい》している。

「そうでしょうね」

「賑やかな食卓が好きっていうかさ。今もなんか、二人なのに、勝手に賑やかな感じがしてるし、あはは」

「……そうでしょうね」

日向の隣の、空いているはずの椅子には、今、半透明のろくろ首が腰掛けて、もじもじと日向を見上げていた。腹が減ったと急かしているようだ。

いつまでも調理を再開しない日向に焦れたように、小人の一人がぴょんっと菜箸の持ち手側を両足で踏み付ける。さすがに振動が起こったのか、菜箸がぽろりと日向の手から滑り落ちた。

「おっと！　ごめん、私、しょっちゅうお箸とか落としちゃうんだよね。不器用なのかも」

「そんなことはないと思う」

慌ててキャッチし、気まずそうに笑う日向に、律子は真顔で首を振った。

むしろ、これだけ周囲で好き勝手されているのに、よくぞなんの被害も起きないものだと、感心するほどである。今も、小鬼が悪戯《いたずら》でずらしたソース瓶を、肘《ひじ》も当てることなく回避していた。

「むしろ、すごく器用なほうなんじゃ……」

「えっ、初めて言われた！　なんだか嬉しくなっちゃうな」

ちょうど横で、着物姿の幼女が盛大にくしゃみをしたが、日向はえへへ、と笑って首を傾げたことで、その飛沫を無意識に避けている。

律子はもはや、驚嘆《きょうたん》の心地でその姿を見ていた。なんというのか、すごい。

と、日向がそこからさらに照れた表情になって、おずおずと続けた。

「私、今日律子が『お呼ばれ』に来てくれて、本当に嬉しいんだ。なんだか律子、とにかく細いし、あんまりしゃべらないし、勝手に気になっちゃってて。うるさい母親みたいで申し訳ないんだけど、そこはもう、越田町の住人の性分として、諦めて、受け入れてもらえると嬉しいというか」

――私たち、基本的にお節介なのよ。でもほら、そこはもう、越田町の人間だからって諦めて、受け入れてもらえると嬉しいかなぁ、なんて。

日向の言葉に、引き取られた初日に告げられた里江の言葉が重なる。

張り切って用意してくれた夕食を、疲れたから一人で食べたいと申し出た律子に、彼女は一瞬悲しそうな顔をしたものの、すぐにおどけた表情を浮かべて続けた。なら、一緒に食べたくなったら言ってね、と。これからも私たちは誘うけど、それは許してね、とも。

（優しい人たち）

それはわかっている。笑みを浮かべて、団欒に加わったほうが、礼儀として正しいのだろうということも。

けれど――。

（ほら、来た）

律子は警戒心を最大まで引き上げて、食卓の上を見つめた。

そこでは、すっかり上機嫌になった大中小の小鬼たちが、あろうことかフライヤーの縁《へり》を使って綱渡りのような遊びを始めていた。彼らはすぐに調子に乗る。食卓の準備ができてくると興奮でもするのか、いよいよ危険な遊びをしでかすのだ。

「うっとうしかったら、言ってね。お節介な性格だって、私も自覚はしてるしさ」

小鬼たちは一度目をなんなく向こう側まで渡りきる。だがさらなる刺激を求めたのか、今度は二手に分かれて、真ん中で小突き合いを始めた。突き飛ばされたほうは、「ひえぇ！」と声を上げながら、縁から落下してゆく。それがフライヤーの外側ならよいのだ。しかし、内側、高温の油が煮えているほうに落っこちたなら――。

「でももし、律子さえよければ、ぜひ『お呼ばれ』にもいっぱい来てほしい――熱っ」

小鬼が「うひゃあ！」と叫びながら油に落ちた瞬間、跳ねた小さな雫《しずく》が日向の手の甲に当たったのを見て、律子は血相を変えた。

「いい加減にして！」

鋭く叫んだ途端、あたりにふっと冷たい風が吹き渡り、あやかしたちが泡を食って逃げてゆく。

普段ならそれで溜飲を下げた律子であろうが、今はそれどころではなかった。

なぜなら、日向がショックを受けた様子で固まっているからだ。

「あ……」

律子は失態を悟る。こんな場所で大声を、それもこんな言葉を放つべきではなかった。

間違いなく誤解されてしまっただろう。

いきなり日向の求める友情を結べるとは思わないけれど、こんなふうに拒絶するつもりもまた、なかったのに。

(説明、しなくちゃ)

だが、どう告げていいのかわからない。誘鬼の才であるとか、あやかしといったものを、すんなりと信じてくれる人間は稀《まれ》だろう。

「……あ、はは」

律子が青褪《あおざ》めている間に、日向はぱっと表情を取り繕い、ぎこちなく笑った。

「ごめん。やっぱさすがに……厚かましかったかな……あはは」

だが、さすがに声には元気がない。

律子はぐ、と口を引き結び、胸の下で膨れ上がろうとする感情を飲みくだした。

こんな顔をさせるつもりなど、なかったのに。

「ええっと、ど、どれから揚げようか。お勧めはやっぱりメンチカツ――」

「ごめん、帰るわ」

言葉を遮り、律子は席を立った。

「急にちょっと……お腹が痛くなってきた。食材、せっかく用意してもらったのにごめんなさい。揚げ物ぶんの料金、明日学校で払うから」

「えっ、律子!?」

「それと、早く手を冷やして。今すぐ。水ぶくれになったら大変だから」

戸惑う日向をよそに、さっさとフライヤーの電源を落として、流しへと向かうよう促す。

「ちょ、ちょっと待って、だってせっかく――」

「ごめんなさい」

慌ててテーブルを回り込んでくる日向を残し、さっと鞄を摑むと、階段を下りてゆく。

律子は、温かな光を灯しはじめた両脇の店々から視線を逸らし、冷えた石畳の上を、がむしゃらに走り続けた。


身を清め、白衣と緋袴に着替えた頃には、すっかり陽が落ちていた。定められている奉職の時間も、あと十分ほどで終わるので、ほかの巫女たちはすでに本社の拝殿に向かって一日の終わりの挨拶を捧げようとしている。

だが、着替えてすぐに奉務を終えるのもばつが悪いため、律子は彼女たちに鉢合わせぬよう、こっそりと摂社《せっしゃ》へと移動し、そこで自主的に清掃をすることにした。この八幡神社では、生活守護にご利益があるとされる八幡様こと誉田《ほんだ》別尊《わけのみこと》のほかに、火を司るという三宝荒神《さんぽうこうじん》を摂社で祀っている。摂社にしてはなかなか広い造りで、人々の信仰の厚さを感じさせたが、それでも主祭神の鎮座する本社に比べれば、多少は人気が少ない。

律子はそこでようやく緊張を解いて、ふと目についた狛犬を黙々と磨き続けた。狛犬のひげや尻尾に泥がこびりついていて、なにやらくたびれた印象になってしまっていたので、それを落としてやることにする。

(落ち着いて……息を、吸って、吐いて……)

磨き作業をしながら、律子は自分に言い聞かせる。

感情を極力抑えようとするのは、ずいぶん昔からの習い性だった。

(心を、揺らしてはいけない)

——どうしてあなたは「普通の子」みたいにできないの!?

ふいに脳裏に蘇《よみがえ》る声を、律子は咄嗟に抑え込む。だが、女性の引き攣った声は、一度思い出してしまえば、なかなか止んではくれなかった。

——気味が悪いのよ。どうして勝手に火が付くの？　どうしてあなたの傍にいると怪我ばかりするの？　どうして……っ。

声は、最近の律子のそれにとても似ている。だから、律子はあまり感情を乗せて話すのが得意ではなかった。そんなことをすればどうしても、彼女を思い出してしまうから。

(それに……隙を見せたら、すぐ、あいつらが寄ってきてしまう)

律子は無言で、鳥居の先を見つめた。

ここは境内で、神聖な場所。だというのに、鳥居の柱にさえ、一匹の小鬼の姿が見える。

大中小、いつも三体でつるんでいるうちの、一番小柄な小鬼だ。もじゃもじゃ頭と赤い頬をぴたっと柱に押し付けて、じっとこちらを見つめている。

追い詰められた様子の律子が気になるのか、彼はときどき背伸びしたり、飛び跳ねたりしながら、ずっとこちらを窺っていた。

そう。彼らあやかしは、律子が感情の制御を失いそうになると一層、ああやって勢い付くのだ。

「来ないで」

ぎろりと睨み付けてやれば、小鬼は「ひゃあ！」と叫んで逃げ去ってゆく。

だが、掃除を再開して一分もしないうちに、性懲りもなく小鬼の姿が見え隠れしはじめたのに気付き、律子は眉を跳ね上げた。しかも、今度は三体。そろり、と鳥居を越え、こちらに踏み込んでこようとしている。ここは、律子が唯一落ち着ける、聖域なのに。

（本当に、なんて、忌々しいやつら……！）

胸がざらりとし、心の内を冷たい風が荒々しく吹き渡る。不安や焦燥がそのまま反転したように、あやかしへの怒りが急激に膨れ上がるのを感じた。

傷付いた顔で笑っていた日向を思い出す。辛抱強く歩み寄ろうとしてくれている、里江の顔もだ。お節介で優しい、越田町の人々。

けれどこの、忌々しいあやかしがいる限り、律子が彼らになじむことは永遠にない。

(祓ってやる……！)

ふいに、堪《た》えられぬほど強い衝動が湧きあがり、律子は雑巾を地に叩きつけた。

「ひえっ!?」

びくりと肩を揺らした小鬼たちを、きつく睨み付ける。そうして、じゃっ！　と玉砂利を蹴って、彼らを追いかけはじめた。

(逃がさない)

これまでは言葉や視線で追い払うに留めていたが、もう許すものか。

牽制も込めて、しっかりと彼らをやり込めておく必要がある。

(なにか、武器を……)

走りながら、考える。小鬼たちが悲鳴を上げながら、社務所のほうへと逃げ込んだのを見て、律子はふと不敵な笑みを浮かべた。

あそこには、いかにもあやかし退治にふさわしそうなアイテムがたくさんある。

たとえば、神職がお祓いをするのに使う玉串や、参拝客に授与するお守りやお札。

それから、神前婚式を挙げる花嫁の衣装に含まれる――懐刀。

経験上、こちらの敵意の表現が強まるほど、攻撃力も増す。睨みよりも柏手、柏手よりも言葉、言葉よりも拳。禊で清められた短刀ならば、さぞや豪快に、あやかしたちを祓ってくれることだろう。

律子はすでに無人となっていた社務所に転がり込み、素早く懐刀を取り出した。だが、刀を振り上げるよりも早く、小鬼たちが「うひょおお！」と窓から逃亡したので、慌てて草履を履きなおし、後を追いかける。

「待ちなさい！」

「やーだよ！　そんな物騒なもん振りかざされて、誰が待つもんか！」

「やべえな、こいつさ、ほんとさ、ときどきさ、めちゃくちゃ怖え顔《こえ》するよな！」

「うひい、そんなに睨むなよう」

小鬼たちはぺんぺんと尻を叩き、あるいは肩をそびやかしながら、鳥居をくぐって外へと逃げ出していく。律子は一瞬ためらったが、すぐに、白衣と緋袴もそのままに、境内の外へと飛び出した。

「待てえ！」

「ひゃあああ！　怖え！」

まるで妖怪はこっちだとでも言わんばかりに、あやかしはきゃあきゃあと口に手を押し当てて、駆けてゆく。

そのまま石段を下ることになり、両脇の店や通行人たちの視線が気になったので、やむなく律子は口を引き結んで、無言で彼らを追いかけた。柏手も叫びもできないとなると、いよいよこの短刀で彼らを突き刺すしかない。

と、夜風を切って走るうちに、律子はふと、あることに気付いた。

（なんだか……増えてない？）

石段を下るうちに、どんどんあやかしの数が増えているのである。

最初三匹だった小鬼は、五匹に、七匹に。そのうちの二匹ほどがふっと跳ね、宙でくるりと回ったかと思うと、次の瞬間には青白い炎に姿を転じている。鬼火だ。そしてそれに惹かれるように、どこからともなく、次々と鬼火が出現してくる。さらには、先ほど日向の家で見かけたろくろ首や、着物姿の小人、口を開閉させる提灯までもが、いつの間にか列に合流していた。

「嬉しや、嬉しや。なあ？」

「宴の夜には、気が急くわ」

「急げ、急げ、穂村さまのもとへ」

半透明の彼らは、店々のオレンジ色の灯に照らされながら、陽気に列を組んでいる。

その歩みはゆっくりに見えるのに、実際には異様なスピードで、石畳の道を進んでいた。

「よーし、ここまで来りゃもう安心だな！」

「この夜行ならさ、さすがの巫女だってさ、手出しできねえよ。なあ？」

「おいらたちも、宴を楽しもうか」

あやかしたちの発するざわめきの中に、そんな会話が聞こえる。どうやら小鬼たちがほかのあやかしを引き寄せたというよりは、彼らの行列に合流することで難を逃れようとしたらしい。

（これって……百鬼夜行、よね）

眼前の光景に当てはまる言葉がそれしか思い当たらず、律子は立ち止まって、ごくりと喉を鳴らす。

小鬼たちを追いかけてきたはずが、とんでもないものに遭遇してしまった。

だが――。

――ごめん。やっぱさすがに……厚かましかったかな……あはは。

日向の、ぎこちない笑みが蘇る。

あんな風に人を傷付けるつもりなど、なかった。

けれど、律子があやかしたちに好き放題させては、現状はいつまでも変わらぬままだ。

（大丈夫。倒せる）

律子は自分に言い聞かせた。

現に日向の家では、自分が鋭く叫んだだけで、彼らは怯んで逃げていったではないか。

今はそれに加え、清められた短刀だって持っている。自分が彼らに負けるはずがない。

拳を握りしめれば、懐刀はひやりとした感覚を返してくる。

律子は覚悟を決めて、陽気に行列を組む彼らの後を、再び追いかけはじめた。

そうして、二駅分ほどは歩いたであろうか。

ときどきすうっと透明になったり、思いもかけぬ方向に急旋回したりする彼らに慌てながら、律子が息を殺して後を付けてゆくと、行列はやがて、ある場所で止まった。

いや、吸い込まれていったと言うほうが正しいだろうか。

朱の剝げた、不穏な感じのする鳥居の向こうに次々と消えてゆくあやかしたちを、律子は茂みの陰から見守った。

（神社……）

ただし、ずいぶん前に神職が去ってしまったのだろう、古びた神社だ。

鳥居に飾られているしめ縄はすでに朽ち、鎮守の森も手入れを怠っているのか、この寒空の下、好き勝手に枝葉を伸ばしている。鳥居から拝殿へと延びる正中の石畳には枯れ葉が吹き溜まり、寂しさを通りこして、不吉な印象を漂わせていた。

（ここが、やつらの溜まり場ということ？）

しばし鳥居の奥を見据え、やがて、きゅっと拳を握る。

ここまで来れば、もう攻めるしかない。

癖で鳥居の外側から、境内に踏み入った律子だったが、

「――……！」

その瞬間、まるで防音室の扉を開けたように突然喧騒が耳をついた。

（なにこれ？）

陽気に響くお囃子《はやし》。熱気を帯びたざわめき。どん、どん、と心臓ごと震わせるような太鼓の音が響き、かと思えば、踊り狂うように鬼火が宙のあちこちを駆け巡る。

鳥居越しに見た境内は真っ暗だったはずなのに――いや、今この瞬間にもたしかに、さびれた拝殿や石畳が見えるというのに、そこに、大量に浮かんだ色鮮やかな提灯が重なって見え、まるで祭りの夜のようだった。

（これが、あやかしたちの宴……）

幻想的な光景に、一瞬状況を忘れて見入ってしまう。

だが、よくよく耳を澄ませてみると、

「盛り上がってるか、おまえらああ！」

「うおおおおお！」

「聞こえねえぞ、アリーナあああ！」

「うおおおおおお！」

どこかのコンサートライブのようなコールアンドレスポンスが聞こえてきて、律子は一瞬、真顔のまま固まった。

（……ん？）

聞き間違いだろうか。

「それじゃあ聞いてくれ。二番目は、小鬼たちからのリクエストが一番多かった、『祓えずに……夏』」

「うひょおおお！　やったああ！」

「穂村さま、抱いてええええ！」

いや、どうやら聞き間違いではない。

あやかしたちはコンサートさながらのやりとりを見せながら、この宴を楽しんでいる。

（これが、あやかしたちの宴……？）

大いに戸惑うが、物陰から覗く限り、その場にいるのは、先ほどの小鬼たちやろくろ首、着物姿の小人、さらには宙を翔る犬や獅子、狐の面を付けた怪しげな影など、いかにも百鬼夜行めいた連中だ。あたりには、『酒』と筆文字で染め抜かれた巨大な甕や、特大の釜、肴ののった朱塗りの盆などが散らかっているし、その認識で間違いなさそうではある。

（……なるほど？　あやかしたちの文化も今風になってる、ってことね）

妙な生真面目さのある律子は、動揺に波打つ心臓を拳で押さえつつ、神妙に頷いた。

なにやら毒気が抜かれた思いもするが、いやいや、あやかしはあやかし。邪悪な存在のはずである。

だが、

「お次はあ！　恒例！　『業炎《ごうえん》ボンバー』、行くぜえ！　皆、手拭いは持ったかああ！」

「おおおおお！」

会場が盛り上がるにつれ、あやかしたちが懐から一斉に手拭いを引き抜き、ぶんぶんと頭上で振り回しはじめたのを見て、律子はいよいよ虚無の顔つきになった。

小鬼の中には、『穂村さま♡』と書かれたうちわを持った者までいる。

（なるほど、盛り上がるとこうなる……って、いやいやいやいや）

ここに来るまでの悲壮感や葛藤を一撃で打ち砕くような展開である。主に馬鹿らしさで。

律子はリアクションに悩みながら腰をかがめ、茂みからそっと宴の光景に目を凝らした。

あやかしたちの中央に陣取り、マイク代わりと思しき唐傘を掴んで完璧なパフォーマンスを見せているのは、『穂村』と呼ばれる年若い男だ。着物を着ているというのに、胸元を緩くはだけ、派手な赤毛を風になびかせているせいで、まったくきちんとしている感じはない。それどころか、女好きのしそうな顔立ちや、肩に引っかけた羽織──いや、彼もまた、その羽織を脱いで手拭いのようにぶんぶん回しはじめた──も相まって、「これが時代劇なら、さしずめ遊郭《ゆうかく》通いで身を持ち崩す若旦那といったところか」という感想を抱くような風体である。

（ただ……明らかに人間じゃない）

律子は目を細め、穂村をじっくりと眺めた。

あやかしたちから「穂村さま」などと慕われていることもそうだし、彼が拳を突き上げたり、身を翻したりするたびに、背後でごうっと炎が揺れることからもそうだ。

大量のあやかしを従え、身振り一つで、大きな炎まで操る──彼こそがこの集団の首領で、かつ、相当強力なあやかしと判断して間違いないだろう。人と同じ姿をしていることから察するに、鬼、と呼ばれる存在だろうか。よく見れば、羽織に隠れるように腰に刀まで差しており、ものものしい印象しかない。

（どうしよう）

これまでに、数匹の小鬼程度なら祓ったことはあれど、こんな大量の、組織立ったあやかしを退治したことはない。荷が重いとして、今日は出直すべきか。

しかし、

――パキッ。

身を乗り出しすぎたのが災いし、茂みからはみ出ていた枝を踏み鳴らしてしまった。

「あ」

思わず声を上げてしまう。

こんな喧騒の中では、まず聞き取れないだろう小さな声のはずだったが、その瞬間、視線の先にいた穂村が、二人の間に横たわる距離をぐうっと縮めてしまったように、素早く律子を視界に捉えた。

「……！」

「おおっと、誰だ？」

目が合うと同時に、かくんと体を引っ張られる感覚がして、そのまま石畳に投げ出されてしまう。

咄嗟に立ち上がったものの、今度は両手足を糸に引っ張られるような心地を覚え、律子は奇妙な格好で固まったまま息を呑んだ。

穂村がこちらを向くのに合わせて、周囲を煌々と照らし出していた提灯が、一斉にその火を消す。急に明度と音量を落とした空間で、巨釜《おおがま》を煮立たせる炎だけが、ぱちぱちと薪を爆ぜさせながら燃えていた。

ひゅう、と、思い出したように寒風が吹き渡る境内で、二人は見つめ合う。

やがてあやかしの誰かが、小さな声で「こいつ、氷の巫女だ」と囁きはじめた。

「氷の巫女？」

「ほら。最近八幡のとこに来た、おっかない女子《おなご》さ」

「ああ、あの」

「見ろよ。刀なんて握りしめて」

ひそひそ、ひそひそ。非難がましい囁きは、見る間にあやかしたちの間に広がってゆく。

もはやこの状況で、そっとこの場を去ることなどできやしないだろう。

律子は覚悟を決め、「放して」と切り出した。

穂村はどうも手強い敵のようだ。だが逆に言えば、彼以外はどうとでもできる気もする。

とにもかくにも、あやかし相手には、絶対に強気の姿勢を崩さないことだ、と思った。

心を厳しく張り詰めていれば、付け込まれることもない。

そうは言っても、ふと目に愉悦を滲ませ、獲物を前にした獣のように笑うこの男とのやり取りが、怖ろしくないと言えば嘘になるが――。

「この、超絶品ソースカツでなあ！」

「……は？」

そんな思いも、穂村の今の発言で吹き飛んだ。

ソースカツ。

（……ソースカツ？）

「それは……いったい、どういう……？」

「はっ。悪《わり》ィがコツは明かせねえ。だが、あえて言うなら、こいつを絶品たらしめるのは、中に挟んだチーズだ」

「………………」

意図を尋ねたつもりだったが、虚しくも料理のポイントを解説されてしまう。しかも、本人の意思に反して、思い切りコツが明らかになっている。

律子はいよいよ反応に悩んだ。

（ふざけている、とか？）

邪悪な存在であるあやかしが人間を捕らえたのなら、普通やることは一つ——いたぶるのみだ。だというのに、彼らは律子に食事をとらせると言う。

さては、そういう趣向の拷問なのか。もしかしたら、「こんな問題、私がおいしく料理してやりますよ」などと表現することがあるように、ソースカツという言葉も、なにかの暗喩《あんゆ》なのかもしれない。

（たとえば、私を豚肉に見立てて、皮をはぐとか油で揚げるとか……）

だがそれにしては、穂村の合図に従い、周囲の者たちはどこからか食材を運びはじめている。小鬼がいそいそと担いできた木の板の上には、目を疑うほどの大きさの肉——おそらく豚《ぶた》ロース――がすでにのっていて、少なくとも律子が食材でないことは明らかだった。

（な、なに？　……なに？　どういうこと？）

ダチョウのものかと疑うほどに巨大な卵。小山のように盛られた小麦粉、パン粉。枡《ます》に収まった各種調味料、そして甕いっぱいのソース。次々と運び込まれるのは、大きさや量こそ常識外れだが、いたって普通の食料だ。

ただ、律子の理解が追い付かない。

（なに？　なに？　なに？）

もがくが、糸はいっこうに切れる気配がない。短刀を振るえば、とは思うのだが、その鞘を握りしめた右手ごと動かせないため、どうにもならなかった。

呆然としたまま硬直する律子の前で、今、唐突に調理が始まろうとしていた。

「よおし、おまえら！　ちょうど宴もたけなわだ！　このままシメに入るぞ！」

「おおおおお！」

穂村の威勢の良い掛け声に、あやかしたちが拳を突き上げて応じる。

焚火代わりの巨釜を、慣れた様子で取り囲むところを見るに、宴の最後に調理をしてシメるのが、彼らの通例であるようだった。

「今宵名乗りを上げるのは誰だあ！」

「我が！」

穂村があたりをぐるりと睥睨《へいげい》しながら叫ぶと、すかさず朗々《ろうろう》たる返事が響く。

驚くべきことに、声の持ち主は、獅子のようななりをした、巨大な獣であった。くすんだ灰色で、たっぷりとしたひげや尻尾の先には、ちらちらと炎が揺れている。あやかしというよりは、幻獣や神獣とでも表現したくなる、威風堂々とした姿だった。

「よおし、阿駒《あこま》、よく言った！」

「ソースカツは大好物であるゆえ」

穂村が褒めると、阿駒と呼ばれた獣は、奮い立つようにぶるりと身を震わせる。途端に、ぱらぱらと周囲に泥が飛び、灰色がかっていた体が美しい白色になった。どうやらくすんだ色をしていたのは、汚れていたからのようだ。

「な……っ」

飛んできた泥で頬を汚した律子は、その獣のあまりの巨軀《きょく》に、呆然と声を上げる。象ほどはあろうか。いや、それよりも、さらにもう一回り大きい。いや、そんなことより、毛先に炎を灯らせ、人語を話す獣など、初めて見た。

「しかも……ソースカツが大好物？」

ついでに言えば、その発言内容がシュールすぎる。

せっかく神話や小説に出てきそうな風体をしているのだから、もっとそれっぽい台詞を口にしてほしい。

だが、目の前の獣が、突然かっと目を見開き、

——ぐるるるるる！

猛々しい唸り声を上げたので、律子はびくりと身を竦めた。

「ひ……っ」

「娘よ、おまえに問う」

獣の喉から出たとは思えぬ、空気を震わすような低い声。

まるで、罪人を裁く地獄の王のように、威厳に満ちたその問いかけに、無意識に背筋が伸びた。

「な、なによ――」

「おまえも、ソースカツが好きか？」

だが、虚勢を掻き集めてつんと顎を上げた律子に、獣は意外な問いを寄越した。

「は？」

「穂村殿の手伝いをしたものは、食いはぐれることなく、確実にシメにありつける。さてはおまえも、我を差し置いて助手となり、真っ先にソースカツにむしゃぶりつかんとしているのではあるまいか？」

素直に、なんと返していいのかわかりかねて、黙り込む。

すると、王者のような貫禄をまとった獣は、低い美声を「ふっ」と震わせ、牙を剝き出して笑んでみせた。

「だが――譲らぬ」

「………」

「その魂に刻み付けておくがよい。何人たりとも、我に先んじてソースカツを食らおうとする者は、これを許さぬ」

阿駒は、ふさふさとした尾を、鞭のように勢いよくしならせ、ぱーん！　と小気味よく己が尻を叩く。

「うおおおおん！」と炎を吐きながら宙で一回転し、滑らかに着地すると、甘えるようにして巨軀を穂村の体にこすりつけた。一連の流れを、律子はただ、沈黙して見守っていた。

どうしよう。本当に、取るべきリアクションが、わからない。

予想の外角を抉っていく展開に、律子は先ほどから感情が定まらないのだった。

「よーし、きれいになったな」

硬直している律子をよそに、穂村は一つ頷く。いつの間にか加えていた煙管を、器用に犬歯で挟み直し、口の端を引き上げたその顔のまま、腕だけをぐいと後ろに伸ばした。

いつの間にか穂村の背後では、小鬼たちが集まり、ふうふう言いながら、塊肉ののった厚板を持ち上げている。穂村は振り向きもせず、腕一本でひょいと板を摑むと、

「始めるぞ！　塩撒け塩ぉ！」

「は！」

ぶんっ、と重い音を立てて、それを振り回した。

途端、巨大なロース肉が板を離れ、宙に浮かぶ。そこに向かって、指令を受けた阿駒が、器用にも尻尾を使って枡を打ち上げ、ざっと中身をぶちまけた。鬼火の光を受けてきらき

らと光る粉は、どうやら塩であるようだ。

「っくしゅん！」

いや、胡椒も混ざっているらしく、見上げる律子の鼻がむずむずした。

「よぉし、いい具合だ……」

薄く塩胡椒をまとった肉を、穂村は一度板で受け止める。

そうして、それをろくろ首に預けると、自身は一歩後ろに下がり、おもむろに腰に手を滑らせた。

すぅ、と引き抜いたのは、腰に佩いていた刀である。

「…………！」

刀身ごしに、穂村と目が合う。

まるで獣のような鋭い目つきに、本能的に息を呑んだが、

「――はァ！」

彼が目にも留まらぬ速さで、豚肉の脂部分を切り裂いたのを見て、引き攣った笑みを浮かべた。

（どうしよう。本気でこの人たち、調理しているだけだ――）

律子はいよいよ、この状況下、自分がどんなテンションでいればよいのかわからなくなってしまった。

穂村はといえば、巨大なロース肉の背から、ちょうど厚さが半分になるよう切れ込みを

入れ、そこにぐいぐいとスライスチーズを挟んでいる。あのチーズはどこから出現したのだろうと思ったが、その疑問を解消する暇もなく、調理は怒濤の勢いで進行していった。

「粉ァ！」
「は！」
「卵ォ！」
「は！」
「衣ォ！」
「は！」

チーズを挟んだ肉を、穂村はぐんと引っ張りまわし、勢いよくあちこちに投げ入れた。その投下先には、必ず小鬼たちや阿駒が風呂敷や盥《たらい》を広げていて、彼らはそこに用意した小麦粉や卵液で肉を受け止めると、すかさずそれを宙に浮かぶ穂村に投げ返すのだ。肉が、穂村とあやかしたちを三往復した時点で、その表面には、どっしりとパン粉をまとわせた衣が完成していた。

「どういうことよ……」

律子が呆然と呟いてしまったのも、無理からぬことだろう。あやかしたちが、こんな阿吽《あうん》の呼吸を見せながら仲良く料理をするなど、いったい誰が想像したものか。

だが、律子の動揺をよそに、穂村たちは着々と、ソースの準備に着手しだした。

巨釜の傍に、『酒』と書かれた巨甕《おおがめ》を浮かせて運び込む。

すでに中はほぼ空になっていたようで、穂村はそれを一度逆さにひっくり返して雫を払うと、再びぱちりと指を鳴らし、鬼火たちを次々甕の中に飛び込ませた。すると、たちまち陶器の内側にぼうっ！　と炎が吹き上がり、すぐに消えてゆく。どうやら、酒を蒸発させがてら、消毒したものらしい。衛生的だ。

「ふむ。ちと深すぎるか」

穂村は顎を撫でると、甕に向かってすらりと刀を走らせた。すると、甕の上部がバターのようにすうと切れ、鈍い音を立てて外れる。いとも簡単に、徳利首《とっくり》だったはずの巨甕は、深めの鍋に変わってしまった。

そうしてできた鍋の下に、再度鬼火を集める。それと同時に、先んじて運び込んでいた巨甕から鍋へと、ひしゃくで中身を移しはじめた。とたんに漂うスパイシーな香りから察するに、やはり中身はソースであったらしい。

ふつふつと温まりはじめたソースに、砂糖やみりんと思しき液体を加えてゆく。真っ赤な液体がしぶきを立てて追加されたときは、さすがに律子も顔を強張らせたものだが、それに至っては単なるケチャップだった。最後に塩を少し加え、味を調える。

「待たせて悪ィな。このソースのブレンドが、味の決め手だからよお……」

穂村はくっ……と喉を鳴らして笑うが、はたしてそこは、そんなにも邪悪な感じにキメる必要があったのかどうか。

最初は静かに揺れるだけだった液面が、鬼火たちに熱せられるにつれ、くつくつと泡立ち、最後にはじゅわああ！　と音を立てて、カラメル色の泡を弾くようになった。甘みと酸味のあるソースの香りがつんと鼻孔をくすぐる。

無意識に唾を飲み込んでしまった律子は、そんな自分に愕然とした。

匂いにつられてどうするのだ。

「さあて、ソースの準備があらかた整ったら、お次は揚げ作業だ……」

低い声で呟いた穂村が、ゆっくりと巨釜を振り仰ぐ。

やぐらのてっぺんに据えられた巨釜では、高められた火力によって、すでに油がぐつぐつと煮えたぎっていた。

「阿駒よ」

板の上には、衣をまとった肉が鎮座している。

穂村はそれを、すぅ、と板ごと持ち上げると、次には高らかに夜空に投擲した。

「行け！」

「承知！」

すかさず、雷のような速さで大地を駆けた阿駒が、ぐんと宙に伸びあがり、その豊かな尻尾で巧みに板を叩く。肉が板から飛び出し、ざぶん！　と油の波を立てて、巨釜の中に飛び込んでいった。熱された油が周囲に飛び散っていく。

「きゃあああ！」

跳ねた油を浴びてはひとたまりもない。

律子は悲鳴を上げたが、いつまでも予想していた痛みが来ないのと、激しく屋根を叩く雨のような音を頭上に聞き取ったのとで、恐る恐る、つむっていた目を開けた。

「大丈夫か？」

「……！」

ふと鼻先をくすぐる、煙管の匂い。

すぐ目の前に、先ほどの唐傘を広げた穂村が立っていたのだ。降り注いだ高温の油は、彼が撥ね退けてくれたらしい。

「まったく、阿駒め。油跳ねには気を付けろと何度も言っているのに」

汚れに厳しい主婦のような呟きを漏らし、穂村はやれやれと傘を畳む。

「あ、の……。あなた、いったい――」

「しっ。ここからは、音との対話が重要だ」

「は？」

彼の真意を尋ねようとしたのに、よくわからない発言で遮られる。

だが、困惑する律子などお構いなしに、穂村は目を閉じ、はるか頭上の巨釜から聞こえてくる音に、じっと耳を澄ませはじめた。

――しゅわ……しゅわわ。

――じゅわわわ……。

げた。


——ピチピチ、ピチッ、ピチチ！

最初は優しげに曇っていた音が、徐々に力強いそれへと変わってゆく。やがて、それに鳥がさえずるような高音が混ざり出すと、穂村は、唐傘を軍配のように、すっと頭上に掲げた。

「阿駒！」

「承知！」

阿駒はオオオオン、と一つ吼《ほ》えると、再び地を蹴って空へ飛び上がる。

月に届くかというほどの高さでくるりと宙返りし、その勢いのまま、鋭い爪で巨釜の端を引っかいた。

「ひ！」

巨釜が回転し、またぞろ、高温の油がざぶりと波打つ気配に、律子が息を吞む。

だが、波立った油は、釜の内肌を叩くだけで零れはせず、代わりに、すっかり黄金色に転じたロース肉が、遠心力に置いていかれるようにして、釜から飛び出してきた。

「どういうことなの!?」

愕然とする律子をよそに、地上のあやかしたちは滑らかに協働し、ソースの納まった甕を瞬時に移動させる。宙を舞うロースカツは、カリッとした衣で月光を弾き返しながら、美しい放物線を描いて甕に飛び込んでいった。

どぼん……というその音は、低く籠《こも》って、意外にも優しい。

次に穂村が、刀先をひょいと引っかけて、甕から取り出したときには、カツは全体にずっしりとソースを吸わせた、まさしくソースカツへと変貌していた。

濡れた衣から立ち上る湯気。加熱された肉特有の甘い匂いと、ソースの甘辛い香りとが合わさって、ふうわりと白くたなびいている。うっかり吸い込んでしまった律子は、その瞬間、舌の根にじわりと唾が滲むのを感じた。

「飯は！」

「ここに！」

「キャベツ！」

「千切りです！」

刀先にカツを刺した状態の穂村に、あやかしたちが次々と物を差し出してくる。

小鬼たちが十四がかりで持ち上げているのは、浴槽かと聞きたくなるほどの大きさのどんぶりだ。そこに、月明かりの下でも美しく輝く白飯と、みずみずしい千切りキャベツが、すでにたっぷりとのせられている。

ここまで来れば、律子にも、彼らがなにを作ろうとしているのかは理解できた。

ソースカツ丼だ。

「おらよっと」

言葉とは裏腹に、そっと慎重な手つきで、穂村が刀を傾ける。

ソースの雫を垂らしていたカツは、ゆっくりとした動きで刀身を滑り、やがて、ずしりと、重みを感じさせながらキャベツの海に沈んだ。

ソースカツ丼の、完成である。

「さあて」

穂村は、赤い瞳を楽しげに細めると、おもむろに律子に向き直る。

「お待ちどお。おまえには、これを食ってもらおうか」

「な……っ」

すっかり場の空気に呑まれて、一連の調理ショーを見守っていた律子は、そこではっと我に返った。

「な、なんで、私がこれを食べる必要があるの……！」

「そりゃ、おまえさんが、俺たちを祓おうだなんて、物騒なことを言うからだろ」

穂村は、あやかしに命じて、小ぶりの——つまり人間サイズの深皿を持ってこさせると、またも器用に刀を操り、湯気を立てるソースカツ丼を取り分ける。

そうしてそれを、動けないままの律子の鼻先に突きつけた。

「この国じゃあよ、物騒な相手は食い物か芸で慰《なぐさ》めるってのが基本なんだ。ほれほれ食え」

「ふん……私を懐柔しようってこと？」

ようやく事態が呑み込めて、律子は少々ほっとした。

まさか、あやかしが人間を食で懐柔してくるとは思わなかったが、たしかに神話では、人間は大蛇を酒で酔わせて退治したのだし、その逆があっても、理解できないこともない。

だが、なにしろこれは、あやかしが作り出した異質の料理。

安全かどうかもわかったものではない。だいたい、『あちら側』の食事を口にすると、現世に帰れなくなると言うのが、神話の通説ではないか。

当然律子は、つんと顔を逸らした。

「冗談。誰が食べると思うの」

「ほお、強気だなあ。嫌いじゃねえぜ」

だが、その態度を見て、ますます穂村は笑みを深めた。口の端がにっと持ち上がって、悪童のような雰囲気が漂う。

「強気な女を見てると、ますます堕としたくなるんだよなァ。おい、ろく、刷毛《はけ》とソース。あ、あと匙《さじ》もくれ」

「あいよ」

名を呼ばれたろくろ首は、その首をにゅんと伸ばし、器用に刷毛や匙、ソースを小分けにした壺を運んでくる。

「なにを……」

するつもり、と呟いた律子の前で、穂村は、左手に丼を、右手に刷毛を掲げた。

「まあ、見てろって」

そう言って穂村は、刷毛をソース壺に沈める。

とろ……と雫を引く刷毛を引き上げると、それをおもむろに、カツに滑らせはじめた。

すでに十分茶色かった衣が、ますます、その色味を深めてゆく。

「……よしてよ。べつにそんなことされても……」

食欲をそそられるわけもない、と言おうとしたが、律子はふいに、目の前の皿から視線を剝がせなくなっている自分に気付いた。

いや、正直に言おう。至近距離から漂う油の熱気と、つんと酸味だったソースの匂いに、先ほどから律子の腹は少々、そう、少しばかり、切ない音を立てていた。

考えてみれば、昼にいつものコンビニおにぎりを食べたきり、『お呼ばれ』も断って、夕食もとらずに夜を迎えているのだ。育ち盛りの体は、理性をも上回って、目の前のカロリーの塊を欲しがっていた。

(冗談じゃないわ、落ち着くのよ、私)

律子は、ソースカツ丼をおいしそうだと思ってしまった自分が信じられない。

こんなの、味が濃くて脂ぎっただけの料理だ。

そう、濃厚なソースが惜しみなくかかった、こってりとした味わいの――。

(って、違う!)

律子は、拘束されながらできる精いっぱいの範囲で、ふるふると首を振った。

べつに、ずしりとソースを吸った衣がおいしそうだなんて、思っていない。

カツの重みに耐えかねて、しっとりと潰れているキャベツだとか、月光や鬼火に照らされてつやつやと光っているソースだとか、そんなものに目を奪われてなんて——。

「ほーら。ソースを追加だ」

「あ……っ」

目の前で、ことさらゆっくりと刷毛を滑らされて、律子は思わず声を上げてしまった。

ついで、真っ赤になって唇を嚙む。

だが、たっぷりとソースを含ませた刷毛からは、とろ……と音を立てて、黒い液体が流れ落ちてくる。それが、波紋を描きながらソースカツの上にゆっくりと広がり、さらにはキャベツを伝って白飯に染み込んでいくのを見ていると、知らず、律子の喉が鳴った。

「おっと。考えてみりゃ、縛られたまんまじゃ食えねえな。ほーら、あーんしてみな」

「……っ」

穂村がひょいと眉を上げ、匙に一口分をのせると、口元に突きつけてくる。

まるで赤子にするかのような態度で、律子は恥辱に震えた。

「だ、誰が、こんなもの——むぐっ」

「素直じゃねえなあ」

だが、軽く嘆息した穂村に、片手で頰を摑まれてしまう。

彼は圧倒的な膂力《りょりょく》で律子の顔を固定すると、匙の先で、つんつんと唇を叩いた。

「ほれほれ。口開けろ」

これは、ある種の攻撃なのだろうか。

律子はぷるぷると震え、目に涙すら滲ませはじめたが、続く穂村の言葉にはっとした。

「やれやれ、怯えちまって。それとも、これを一口食べただけで陥落しちまうってわかってるから、おまえさんも意地にならざるを得ないのかね？」

それは、まごうかたなき挑発だった。

(冗談じゃない！)

怒りが燃え上がる。

それはすぐさま、強さとなって、律子の全身を満たした。

今のこれは警戒しているだけであって、あやかし相手に怯える自分ではない。だいたい、こんな怪しげな料理を一口食べたからといって、その程度で急に従順になると思ったら大間違いだ。

この、余裕綽々《しゃくしゃく》でせせら笑っている男相手に、一矢報いてやりたい。

その一心で、相手の指ごと嚙み切らんとばかりに、匙にかぶりついたのだったが――。

じゅわっ。

「んぅ……！」

一口含むなり、たちまち口いっぱいに広がったソースの味わいに、思わず恍惚《こうこつ》とした声を上げてしまった。

(こ……っ、これは)

嚙むほどに、じゅわりとソースを広げてゆく衣。奥にはまだざくりと硬さを残した衣があり、その下に、塩気の利いた分厚い肉が待ち受けている。

ちん、と歯の先が熱くなるほどの肉を噛み割れば、ソースとは異なる、うまみをたっぷり閉じ込めた肉汁が、じゅわっと音を立てて飛び出した。それがソースと混ざり合い、熱い奔流となって、喉を駆け下りてゆく。

「おいし――」

はふ、と白い息を吐き出しながら、うっかりその言葉を漏らしかけて、はっとした。

あっさり敗北を認めてどうするのだ。

だが、そのわずかな隙を突いて、穂村は次なる一口を放り込む。

今度は、チーズが挟まっている部分だった。

「……！」

咄嗟に唇を噛み締めたのは、変な声が漏れてしまいそうだったからだ。

この濃厚さ、尋常ではない。

「……は、ふっ」

結局、あまりの熱さに堪えかねて、わずかに唇を開いてしまう。肉汁渦巻くカツと、とろけるような舌触りのチーズが混然一体となって、口の中全体がみっしりと幸福の味わいに満ち溢れていた。

しかもそこに、ソースが染み込んでくたりとなったキャベツや飯が、ほんのりと甘さを加えてくるわけである。気付けば、律子は夢中になって顎を動かしていた。

頬張るたびに、喉から、ぐんと熱が広がってゆく。

そのときになってやっと、自分の体が随分と冷えていたのだと悟った。

「おおっと、手が滑った」

穂村がふっと匙を手放し、中身が零れ落ちそうになったので、条件反射で短刀を手放し、匙を摑む。つまり、少なくとも右手は拘束を解かれていたわけだが、律子はそれに気付かず、無心に匙を動かし続けた。

（べ、べつに、夢中になっているわけじゃない。ただ……）

ただ、あと一口だけ。あと一口食べれば、このソースカツのなにがこんなにも、強烈に律子の舌を惹きつけているのかが明らかになる気がする。こんなにすぐに次の一口が食べたくなる中毒性は、ただごとではない。きっとなにか仕掛けがあるはずだ。

（おいしい……おいしい……っ）

そういえば、温かなごはんを食べたのはいつぶりだろうか。

朝はシリアルで済ませ、昼は冷えたおにぎり。夕食は、里江が用意してくれたものを、温め直すこともなくそそくさと口に入れるのが常だったので、湯気を立てる料理というものを、なんだか久しぶりに食べた気がする。

嚙み締め、飲み下すまでがもどかしい。喉を熱の塊が通るたびに、全身に力が溢れ、じんわりと頭が痺れるような多幸感が満ちる。

もうなにも考えられない。

とにかく、このソースカツ丼をひたすら食べ続けていたい。

あっという間に皿を空にしてしまった律子は、ふらりと惹きつけられるように、指先を丼の縁に走らせた。そこに、ソースを吸った衣の一部が張り付いていたのだ。

ぺろ、と指を舐め取り、このままお皿を舐め回したいとしみじみ思ってしまってから、律子はそんな自分に気付いて慄然とした。

今、なんということを考えた。

(これは……人をだめにする料理……！)

硬直する律子の頭上に、ふ、と吐息のような笑いが降ってくる。

もちろんそれは、煙管を咥えながらにやにやこちらを見る、穂村であった。

「可愛い嬢ちゃんだなァ。そんなに物欲しげに、指までしゃぶっちまって、まあ」

「……っ」

揶揄《やゆ》の色の強い呟きに、律子はかっと頬を赤らめる。

(なんかこの鬼、いやらしい！)

だいたい、先ほどから発言にいちいち含みを感じる。

律子はきっとまなじりを決し、穂村に短刀を突きつけてやろうとした……のだが。

「あ」

そこでふと、自分の右手がべたべたしていることに気付き、動きを止めた。

今さっき、自分はこの指で、ソースを拭い、舐め取りまでしたのだった。

(それって、すごく穢れてるのでは)

現状を把握した途端、かちんと硬直してしまう。穢れを祓う、清めの短刀。なにより清らかであらねばならぬだろうに、操る側がこんなに穢れていてどうするのだ。

(ほ、ほかの指で摘まめば……いえ、左手で……？)

「おーや、どうした？　言っとくが、おまえさんの食べやすいように、戒めは途中で解いておいた。好きに動いていいんだぞ？」

焦りながら短刀を見つめる律子を前に、穂村は追い詰めるかのように笑みを深める。

律子は怒りをばねに、親指と薬指でなんとか短刀を摘まみ上げてみせたが、もちろんそんな構え方で、目の前のあやかしたちを的確に狙うことなどできるわけもなかった。

「やーい、隙ありい！」

「あぁっ」

ついでに言えば、久しぶりに、そして一気に重量級の食事を詰め込んだ体は、満腹感と比例するようにずしりと重く、とても機敏に動けない。

穂村と同じようなにやにや笑いを浮かべた小鬼たちに、あっさりと短刀を弾き飛ばされてしまい、律子は小さく声を上げた。

「は……祓えたまえ、清めたまえ……」

それでもなんとか、略拝詞《りゃくはいし》を唱えてみせるが、

「ううん？　聞こえねえなぁ」

「聞こえねえっすよね、穂村さま！」

「聞こえねえぞう、アリーナ！」

ふっと生温い笑みを浮かべた小鬼たちに、軽くあしらわれて終わる。

「く……っ！」

律子は恥辱に震えた。

（なんだか……全然力が出ない！）

それは、飢えてへたり込むのとは、また異なる無力感。むしろ真逆で、これ以上ないほど満たされてしまったがゆえに、もう一歩も動きたくないという、怠惰さをも伴った脱力感であった。

（私……本当にこいつらに、堕とされてしまったの……!?）

まさか、今食べた料理は人から聖性を奪い、堕落させる――『堕落メシ』なのだろうか。

悪しき者を祓う力を失ってしまったのかと思うと、愕然とする。

「さあて」

そこに、じゃり、と石を踏みしめながら穂村が近付いてきたので、律子はびくりと肩を揺らした。

「実に気持ちよく、堕とされてくれた嬢ちゃんには、褒美として――」

「な、なにをするつもりなの!?」

引き攣った声で叫んだが、穂村はドサッと、そんな律子の胸元にあるものを投げ寄越してきた。

「この土産をやろう。宴もしまいだ。おうちに帰って、みんなで食いな」

「はっ？」

見ればそれは、風呂敷に包まれた、五段もある重箱だった。ずいぶんな重さがあるが、隙間から立ち上る匂いを嗅げば、正体は見なくともわかる。

ソースカツだ。

「ちなみに風呂敷は、『業炎ボンバー』で振り回す手拭いとしても活用できる。次回参加の折には、必ず持ってくるようにな」

「いらない！」

脊髄反射のように律子は叫んだのだったが、穂村は「つれないこと言うなよ」と笑うだけだった。

「さあて者ども、『残りはスタッフがおいしく頂きました』だ！　残ったソースカツを食って、解散！」

「我が！　チーズの部分は、我が！」

「うっひょおおおお！」

「ちょ……っ、ちょっと待って――」

律子は慌てて身を乗り出すが、もはや、あやかしたちは誰も注目してくれない。

ひゅうっと風が吹くほどの素早さで、巨大なソースカツ丼が配分され、酒杯が乾き、やぐらほどの高さのあった巨釜が下ろされ――。

やがて、境内にあったすべての灯が、消えた。

真っ暗になった神社に一人残された律子は、呆然と呟く。

「……なによ、これ」

寒風の吹きすさぶなか、押し付けられた重箱だけが、ほかほかと温かかった。


「……いい天気」

翌朝、シャワーで身を清め、白衣と緋袴を身に着けた律子は、境内に穏やかに降り注ぐ朝陽に向かって目を細めた。

八幡神社の摂社である。

己を律するため、早起きを旨としている律子は、この日も早くから起き出し、自主的な清掃をすべく境内にやってきたのだった。

手には、水拭き用の手拭いが握られている。いや、手拭いというには少々大きく、風呂敷と呼んで差し支えないものだった。

そう、件の手拭いである。

バケツに汲んだ、身を切るような冷たさの水に、じゃぶんと手拭いを浸しながら、律子は昨夜のことを思い出していた。

「律子ちゃん！　どこに行ってたの!?」

重箱を抱えたまま、狐につままれる思いで帰宅した律子を迎えたのは、玄関でうろうろと歩き回っていた叔母、里江だった。帰宅した形跡があるのに境内にいない律子のことを、ひどく心配してくれていたらしい。平日は外の企業に勤めている彼女は、仕事帰りなのかスーツのままだ。どうやら着替えも手につかなかったようだ。

「もー、心配したよ。夕方くらいに、猪狩さんのお家から電話があって、『急に体調を崩して、〝お呼ばれ〟の最中に帰ってしまった』って聞いたから、どこかで倒れてるんじゃないかって」

世話焼きの彼女は、白衣に緋袴という薄着の律子を見るや、額に手を当てたり、顔色を見たりと忙しい。

（しまった……里江さんに連絡がいく可能性を、考えてなかった）

里江にまで迷惑を掛けてしまったことを思い、律子は顔を強張らせた。もちろん、日向にもだ。まだ怒っているのだろうかと思うと、鉛を飲み込んだような心地になる。

しかし、

「日向ちゃんね、心配してたよ。『強引に誘っちゃってごめんなさい、反省しているので、よろしくお伝えください』って言ってた」

里江が続けた言葉を聞いて、面食らった。ついで、面映ゆいような、一層申し訳ないような、なんとも言えない気持ちになる。

（なんだって越田町の住人は、こうもお人よしなの）

心臓がじりじりとするような心地を覚えながら、律子はぎこちなく答えた。

「里江さんにまで心配をお掛けして、すみません。体調は、大丈夫です。ただちょっと、急用で、外に出てしまっただけで。猪狩さんには明日、私からちゃんと謝って――」

「あら？」

必死に言葉を選んでいると、ふいに里江が律子の抱えた重箱に目を留め、首を傾げた。

「その重箱って……もしかして、『揚げ物いがり』の？」

「え？」

「そうよね。派手な手拭いまで掛かっているし。『いがりスペシャルカツ重』でしょ？」

どうやら、『揚げ物いがり』では、スペシャルカツ重というメニューがあるらしく、特別な行事の際には、五段の重箱いっぱいに揚げ物やカツ丼を詰めてくれるというのだ。

こんなに大きかったっけ、と里江は不思議そうだったが、偶然、重箱を包んでいた風呂敷が、よく『いがり』でおまけに配っているタオル類と酷似していたことから、彼女の中ではそういう結論になったらしかった。

「わかった。もしかして、日向ちゃんに会いに行ったの？　謝ろうとか思って？　それで逆に、お土産持たされちゃったパターンでしょ。名推理？」

「ええと……そう、です」

律子は躊躇したが、結局、この誤解にありがたく乗っかることにした。

突然友人に会いに行く展開には無理があると思ったが、少なくとも、誘鬼の才だとか百鬼の宴だとかいった話よりかは、現実味がある。

「迷惑を掛けてしまったので、謝りに行ってきました。なので、もうこの話は自分たちで解決したので、猪狩さんのお宅に問い合わせや、お礼をするような、ことは……」

ごまかすことに罪悪感を覚えつつ、歯切れ悪く続けたが、帰って来たのは、予想外に弾んだ声だった。

「ふぅん。そっかそっか。わざわざ会いに。いやあ、いいじゃない、青春ねぇ」

「はい？」

「ふふん、口出しなんてしないわよお。大丈夫、こういうとき、大人がしゃしゃり出ちゃあ、だめなのよね」

里江はなにやら、ひどく嬉しそうににやにやしている。

「律子ちゃんに、早速この町で友達ができたみたいで、本当に嬉しい。友情のカツ重ね」

ご機嫌の理由を悟って、律子は内心で呻いた。

里江の脳内で、とんでもなくクサい光景が展開されている気がする。

「そ、そういうのでは……」

顔を引き攣らせて身を乗り出した律子だが、

——おうちに帰って、みんなで食いな。

なぜだかそのとき、あの、笑みを含んだ低い声が脳裏に蘇って、ふと口をつぐんだ。

（実際、一人じゃ、食べきれないし……）

出所があやかしというのが気にかかるものの、食べた律子に異状はないし、実際、かなりおいしくはある、このソースカツ重。

ふと、これを、里江にあげてはどうかと、そう思ったのだ。

「あの……これ、よければ里江さんたちで、どうぞ」

「え？　私たちに？」

目を見開く里江に、さっさと重箱を押し付ける。

「あ……ありがとう。でも、それなら、今から一緒に――」

「すみません。もう、向こうで頂いてきてしまったので」

断りを入れた途端、しょんぼりと眉を下げる里江に、慌てて付け足す。

「あの、誤解してほしくないんですけど、私、里江さんたちが嫌いとか、そういうわけではなくて」

「え？」

いつになく踏み込んできた律子に驚いたのだろう、里江がぱっと顔を上げる。

咄嗟に怯んでしまった律子だったが、なぜだかそのときは、口からぽろりと、先に言葉が飛び出した。

「嫌いではなくて、その……ほ、本当は、いつか、一緒に食べられたらな、とは、思っていて……！」

どうしよう。なぜこんなことを口走ってしまったのかわからない。

自制心だとか、遠慮だとか、そうしたものが緩んでしまったとしか思えなかった。きっと、このありえない料理のせいで、自分はだめにされてしまったのだ。

「ただ、今は本当にお腹がいっぱいで……いえ、普段も……でも、お誘いが迷惑とか、そういうことは、まったくなくて、でも……、その」

どう続けてよいのかわからない。

茹でだこのように真っ赤になってしまった律子を遮ったのは、「ふふっ」という軽やかな声だった。

「そっかぁ」

里江が、嬉しそうに微笑んでいる。

「そっか……そうだったのかぁ」

気のせいか、その目が、優しく潤んでいるように見えた。

「里江さん……」

「うん、大丈夫。大丈夫だよ、律子ちゃん。ゆっくりでいい。気が向いたら、叔母さんたちとごはん、食べようね」

声は、どこまでも柔らかい。

胸を突かれた律子が、なにも言えないでいるうちに、里江はぱっと踵を返してしまった。

「本当にありがとう。大切にいただくね。というか、明日の朝ごはんもきっとこれだね」

振り向いて、悪戯っぽく笑いながら。

「さ、律子ちゃん。その真っ赤な顔が落ち着いたら、律子ちゃんも上がっておいで」

爽やかにリビングに引き返していく里江の後ろ姿を思い出し、律子は無言で、両手に顔を埋めた。


（は……恥ずかしい……）

昨夜の自分はいったいなんだったのだろうか。

青春ドラマではあるまいし、わざわざ好意を口にする必要などなかったのに。いや、違う。親戚に「お誘いは迷惑なんかではありません」と伝えることは、きっと礼儀上必要だった。ただ、赤面する必要などまったくなかったというだけで。

（なんなの、もう。もう。もう！）

らしくないことをしてしまった自分が、恥ずかしくて仕方ない。

もしかして自分は、理性を失わせる類の術を掛けられてしまったのではないか。

いや、しかし、今朝は心身ともにすっきりしており、境内の空気が澄み渡っているからか、珍しく、あやかしたちの姿も見かけない。むしろ、ここ最近で一番、清く冴え渡った心地がするほどである。

律子はバケツから手拭いを取り出し、絞ると、八つ当たりのように狛犬を磨きはじめた。

昨日から磨いているせいか、狛犬はすっかり白さを取り戻し、ずいぶんと美しい。

（そうだ、日向にも、今日ちゃんと謝らなきゃ）

里江がああした誤解をしてしまった以上、日向にはきちんと詫び、話し合って、口裏を合わせてもらわなくてはならない。

これまでの律子であれば、料金だけを押し付けて、そそくさと自席に戻っていただろうが、こうなってしまっては、覚悟を決めて、しっかりと彼女に向き合うしかないだろう。

しかし一度『しなくてはならない』と決め込んでしまえば、不思議なことに、日向に話しかけにいくということが、さほど憂鬱ではないのだ。それは、律子の心が、責任感という燃料を得たからかもしれないし、あるいは、朝からしっかり食べて、力が満ち溢れているからかもしれない。そう、もちろん朝食は、ソースカツ重の残りだった。

「……ん？　なんか、ソース臭い？」

ふと、周辺からスパイシーなソースの匂いが漂った気のした律子は、ふと顔を上げて周囲を見回す。だがもちろん、近くに、ソースカツなどあるわけもない。

もしや、食べ過ぎて自分からソース臭がしているのだろうかと、思わず顔を強張らせた。

「あとでもう一回、シャワー浴びよう……」

両手で口元を押さえた律子は、阿吽の「阿」の形で大きく口を開いているはずの狛犬が、匂いを指摘されて慌てる人のように、ぱくっと口を閉ざしたのに気付かなかった。

グレイズがけフレンチクルーラー、バニラアイス添え

律子は物理が好きだ。

重力や慣性という揺るぎない法則があって、それを表す公式がすでに発見されていて、人々はただそこに数字を当てはめるだけで、確固たる結果を手に入れることができる。

そういうかっちりとした世界が、彼女にはとても好ましいし、実際得意でもあり、だからその日の通学電車で、律子は物理の小テストに備えることはなく、ひたすら、日向にどう話を切り出すかをシミュレーションしつづけていた。

（教室に入ったら、こちらから挨拶する。今日は後ろの入口から入って、背後から攻めよう……それで、不意打ちの挨拶に、相手がペースを崩されているうちにまずはお金を手渡す。ホームルームが始まるまでの五分、限られた時間であることを活かして、用件を伝えたら速やかにその場を離脱して）

友人に詫びる女子高生というよりは、戦場に臨む武士のような思考だ。だが、あながち間違いではない。律子自ら他人とコミュニケーションを取るなんて、何年ぶりかわからぬほど稀なことで、先ほどから全身が緊張で満ちていた。いつでも心臓が飛び出しそうなほどに。

（今日は絶対、邪魔なんかさせない）

混雑した電車の、網棚の上で、「うひょおお！」と笑いながら駆けっこをする小鬼たちを、ぎろりと睨み上げる。

声は出さず『消・え・て』と口を動かすと、それだけで彼らは「おっかねえ！」と大袈裟な悲鳴を上げて逃げて行ったので、律子は口をへの字にした。

昨夜以降も、相変わらずあやかしの姿は見えるし、睨み付ければ逃げてゆく。悪しき者を祓う力がなくなったとは思えず、そこはほっとするところだが、あの宴を境に彼らに侮られている感も否めなかった。

（忌々しい……穂村とかいう男）

それもこれも、あのお調子者の鬼が悪いのだ。次に機会があれば、一層厳しく気を引き締め、短刀で即座に祓ってやる。

だが今は、それよりも、日向への謝罪だ。

律子は乗車中ずっと綿密なシミュレーションを続け、教室という戦場を目指し、覚悟を漲らせて電車を降りたのだったが――。

「あ！　律子、おはよう！　同じ電車だったね」

「えっ！」

戦場に着くどころか、ホームで背後から突然斬りかかられて、声がひっくり返るほど動揺した。

「あ……え!?」

「律子もこの電車だったんだあ。私、いつも三両目。エスカレーター近いし、オススメだよ」

考えてみれば、隣駅である日向とは、電車内で遭遇する可能性もあったわけである。

「そ、そう」

背後からの不意打ちに、すっかりペースを崩されてしまった律子は、あれだけ入念に検討してきた謝罪の切り出し方を完全に見失ってしまった。

「私は、階段派で……」

「ねえ律子。昨日はごめんね」

挙げ句、相手に先手を取られる。

「私たちからすれば、『お呼ばれ』なんて日常茶飯事だけど、越田町に来たばかりの律子にとっては、なじみがないっていうか、すごく緊張することだよね。そのへん考えずに、強引に誘っちゃって、ごめん」

しょんぼりと眉を下げ、しかし滑らかに謝罪する日向のコミュニケーション能力の高さに、律子は静かに衝撃を受けた。

自身の悲しみは表現しつつも、相手に気を遣わせない、このどこか堂々とした詫び姿ときたらどうだろう。

二人はなんとなく連れ立って改札を出て、そのまま学校への道を歩きだした。

「お腹が痛いっていうのは、もう大丈夫？」

「……うん。それは、その、もう」

明らかに嘘だとお互いわかっているだろう場合には、どう答えればよいのだろうか。

律子はしどろもどろに頷いてから、ようやく、詫びの言葉を告げた。

「こちらこそ、昨日は、ごめんなさい。火傷は大丈夫？　ひどくないといいんだけど」

　さて、ここから、「昨夜のうちに猪狩家に謝りに行って、お土産を持たされたことになっているから、叔母がお礼を言ってきても気にしないでくれる？」という用件をどう切り出すか。

　いや、それよりもまず、昨日無駄にしてしまった食材のお代を支払うべきだろう。あれは猪狩家にとっては、商品でもあるわけなのだから。

「あの、お金――」

「律子……！　律子が謝ることなんて全然ないよ！　私、いつも本当に押しが強いって親からもよく叱られてて！」

　だが、律子が、それなりの額を収めた封筒を取り出すよりも早く、日向が感極まったように身を乗り出してくる。

「でも、律子からもそんな風に言ってもらえて、めちゃくちゃほっとした！　私も、もっと押しの強さを抑えられるように努力する！　火傷なんて全然問題ないよ！　それより、また誘ってもいい⁉　ねえ、いいでしょ⁉」

「そういうところが、押しが強いって言われるんじゃ……」

「大丈夫！　今度はちゃんと、気難しい猫を懐かせるイメージで、順序を踏んで、慎重に行くから！　言質取ってから行動するから！」

「本人の前で言う……？」

猫に触りたがる子どものように、両手をわきわきさせて近付いてくる日向に、律子は顎を引く。それを見た日向は、はっとしたように身を引き、「ごめんごめん」と頬を掻いた。

「もう無視されちゃうかも、なんて覚悟してたから、思いのほか普通の律子に、つい調子に乗っちゃった。ええっと、今日のお昼なに食べるー？」

どうやら、「朝なに食べた？」「昼なに食べる？」というのが、越田町の住人にとっては「当たり障りのない会話」らしい。

結局渡せていない封筒に意識を取られつつ、ぼそぼそと答えた。

「べつに……適当に、売店でおにぎりでも買おうかと」

律子たちの通う高校は、購買部門がしっかりしていて、業者から納入されたおにぎりや弁当の類を、きちんと冷蔵ショーケースで冷やして販売している。

同じスペースにある食堂には、レンジやトースターも備えられているため、生徒たちは安全で温かな食事がとれるという寸法だ。

弁当持参の生徒も、冷蔵ショーケースの間借りや温め直しに食堂を訪れるため、昼頃はいつも大混雑で、近付きがたい。そこで律子は、購買が開きはじめる三限目の休憩時間におにぎりを数個購入し、昼に冷え切ったままのそれを教室でそそくさと食べる、そんな食生活をずっと続けていた。

「そっか、律子は購買派だもんね。あ、でも、今日は購買やってないかもよ」

「え？」

「うちのショーケース、見た目はきれいだけど結構年季入ってるじゃん。そこに、部活の男子とかが後先考えずに『間借り』でジュースを大量に詰め込んだりするから、ときどき壊れちゃうんだよね。たしか昨日、メンテナンスの張り紙が出てたはず」

「そう……」

きちんと手入れのされた、真っ白なショーケースをぼんやりと思い浮かべながら、律子は相槌を打った。言われてみれば、汚れはきれいに取られているけれど、ぶんぶんと大きな稼働音を立てる装置は、かなり旧式の気がする。見た目はきれいでも、そうしたトラブルはそこそこ頻発しているのだろう。

「そう。なら、いいや」

朝からソースカツ重の残りを食べたため、お腹はたっぷりと満たされている。

「べつに、お昼くらい抜いても――」

「はい?」

だが、隣の日向が、突然ぴたりと立ち止まったので、律子は首を傾げた。

「どうかし――」

「律子?　なに言ってるの?」

「え……っ?」

律子はびくっとした。日向が、それはもう恐ろしい笑みを浮かべていたからだ。

小柄で、ふっくらした色白の頬がいかにも優しげで愛らしい印象なのに、今は燃え盛る炎を背負っているかのような迫力があった。

「なにそれ、どんな冗談？」

「え……っ？」

「越田町の住人の前で、食事を抜くとか言った？　朝ごはんのみならず、お昼までも？　挑発かな？　受けて立つよ？」

「え、あの……」

突然凄みを滲ませはじめたクラスメイトに、律子としてはどうしていいかわからない。

無意識に一歩踵を引いたら、日向はそのぶんだけ、ぐいっと身を寄せてきた。

「こーんなに細っこい子が、それ以上食事を抜いたらだめでしょ!?　なに考えてるの!?　お昼持ってきてないなら、私のお弁当半分あげるよ！　あるいは、授業をサボってでも、お昼買いに行かなきゃだめでしょ！　律子、人生の優先順位を間違えちゃいけないよ！」

「優先順位って、そうなの……？」

「いや待って！　今日は火曜日だ。やったね律子、まだ希望はあるよ」

圧倒される律子をよそに、日向ははっと顔を上げて、満面の笑みを浮かべる。

「今日は、ベーカリーワゴンの巡回日だ！」

「そ、そう」

ものすごく嬉しそうに親指を立てられて、律子は曖昧に頷いた。

そういえば、この高校には、週に一度、近所で人気のベーカリーがワゴン車販売に来るのだった。惣菜パンも菓子パンもボリュームがあると好評だそうだが、そのぶんワゴンの周囲は食堂以上に混雑するので、律子は利用を避けていた。経験上、人が多い場所ほど、あやかしは出やすい。

「あの、でも、押し合いへし合いしてまで、パンを買うのはちょっと……」

「なに言ってんの、そのために私たちがいるんじゃない！」

「はい？」

えへん！　と胸を張る日向に、なんだか嫌な予感を覚える。

「同中《おなちゅう》の子たちに、協力要請掛けとくから。絶対、おいしいパンをゲットしようね！」

「え……っ」

「あっ、じゃあ私、作戦練ってくるねー！　お先！　出発するときは声掛けるね！」

言うが早いか、日向は校門の向こうへと走り去ってしまった。

「だから……そういうところが、押しが強いって言うんじゃ……」

封筒を握りしめたまま、呆然と呟く律子を残して。


「はぁー！　大漁、大漁！　よかったねえ、律子！」

「………………」

大量のパンを抱えて上機嫌な日向の横で、律子はぐったりとしていた。

昼休み、食堂に向かう途中である。

厳密に言えば、彼女たちは教室から食堂へ向かっているのではなく、校庭に横付けされたベーカリーワゴンに立ち寄ってから、意気揚々と食堂へと引き揚げているのである。

（いや……立ち寄ると言うか……強襲すると言うか……）

数分前まで繰り広げられていた光景を思い出し、律子は少々遠い目になる。

四限目終了のチャイムが鳴りきるよりも早く、日向に急かされて昇降口まで下りてきた彼女が目の当たりにしたのは、屈伸をしたり、肩をぐるぐる回したりして準備運動をする、三人の生徒たちだった。ときどき日向の席まで遊びに来る、吊り目気味の女子生徒を除けば、あと二人の男子生徒は知らない顔だ。

「紹介するね、律子。ここにいる三人は、同中……つまり越田町出身の、私の友達だよ。みんな、この子が律子。八幡さんのとこの」

「ああ、噂の！　ようやく会えて嬉しいよ。今度、うちにも『お呼ばれ』に来てね。和菓子屋さんしてるから。あ、和泉宗太郎《いずみそうたろう》って言います」

「俺ん家《ち》は八百屋。うちにもぜひ来てくれな。健吾《けんご》でいいぜ」

「香辛料店。巻田《まきた》さゆりよ」

日向の紹介を受けて、名前よりも先に家業を主張してくる。宗太郎はおっとりとした文学少年、健吾は日焼けしたスポーツ少年といった感じで、吊り目のさゆりは、お嬢様のような少女だった。

「私たち、四人合わせて『越《こえ》フォー』だよ！　あっ、律子も入れたら『越ファイブ』だね！　よろしく」

　無邪気に告げる日向には悪いが、静かに闘志を湛え、ぽきぽきと関節を鳴らす彼らには、嫌な予感しか抱けない。

「……なんで、そんなにやる気に満ち溢れているの……？」

「えっ？　そりゃあもちろん、いの一番にワゴンにたどり着くためだよ」

　恐る恐る問うと、日向はこともなげに首を傾げる。

　のみならず、ほかのメンバーも口々に、

「安心してね。律子ちゃんのパンを確保する作戦は、僕たちがしっかり立ててあるから」

「こういうときのために、陸上部で鍛えてんだからさ。一年のエースと呼ばれるこの俊足に、大いに期待してくれていいからな」

　などと言うので、律子は顔を引き攣らせた。

　ちなみに、さゆりはつまらなそうにそっぽを向いているが、さりげなく足首を回し、準備運動を進めている。

「さて。大まかな作戦を説明するね。まず、ワゴンがやって来る音が聞こえたら、スピード自慢の健吾が走ってワゴンに到着。今日のメニューを素早く叫んで、私たちに伝える」

「待って、パンを買うのに作戦ってなに――」

「そしたら、律子は素早く欲しいパンを決めて、叫んで、走り出す。ここ、判断力が求められるから頑張ろうね。同時に、『越ファイブ』の頭脳、宗ちゃんが速やかに金額を計算して封筒に入れるから、それをバスケ部のさゆりんに投げてもらって、律子はワゴン付近でそれを受け取って、ぱぱっと支払って、即座に撤収する。しんがりは私が務めるからね」

困惑して突っ込むが、日向はどこまでも真剣だ。

「前は、早めに並んでおけば順に買えるシステムだったんだけどね……。今は弱肉強食、血で血を洗う熾烈な競争社会だよ。ここでは速さと力が正義なの。律子、頑張ろうね」

なんでも、パンを求めてあまりに多くの生徒が炎天下に行列してしまってから、『ワゴンが到着するまでは、校庭に列形成禁止』という規則ができてしまったらしい。おかげで生徒たちは、エンジン音をスタートの合図に、昇降口から校庭を突っ切るという、凄まじい徒競走を、週に一度繰り広げることになったわけだ。

そんな大げさな、と律子は眉を寄せたが、階上の教室から、生徒たちが続々と昇降口に集まりはじめたのを認めて、言葉を飲み込んだ。

生徒たちは心なしか、目が血走っている。

遠目から混んでいるとは知っていたが、ここまでとは思わなかった。

「あの……悪いけど、べつに、そうまでして——」

「来た！」

だが、辞退の言葉が最後まで紡がれるよりも早く、日向がはっと顔を上げた。

「健吾、よろしく！」

「任せろ！」

そしてすでに、健吾は走りはじめている。

同時に、遅れてやってきた生徒たちも一斉に顔色を変え、猛然とダッシュを始めた。

「うおおおおお！」

「きゃ……っ」

「律子！　避けて！」

闘牛のような生徒たちにぶつかりそうになるのを、日向が素早く腕を引いて助けてくれる。彼女はそのつぶらな瞳に爛々と戦闘心を光らせていた。

「ここはもう戦場だよ。集中！」

「え……っ」

「報告ー！　今日の品ぞろえは、焼き、クロ、コロ、大豚、赤、ごま、ドー、チュロにピザ！」

早くもワゴンにたどり着いた健吾が、素晴らしい肺活量でこちらに叫んでくる。

宗太郎がきりっとした目つきで、「律子ちゃん！　どれにする!?」と迫ってきたが、健吾が叫んだのは商品名というよりほとんど暗号で、とても選ぶどころではない。

「え、あの、え……っ」

「くっ、律子！　悩む時間はないんだよ！　もういいや！　代行として私が決める！

『全部買う』！　律子、走ろう！」

「は!?」

そうこうしているうちに、日向に強引に手を引かれ、走らされてしまった。

「ちょっと……」

「うおおおお!」

「焼きそばパァアアアアン!」

だが、周囲にはすぐにほかの生徒たちが押し寄せてきて、力任せの突進に、うっかり弾き飛ばされそうになる。

しかも合間には、「合戦か!?」「戦だな!?」ときゃらきゃら笑う小鬼や影法師たちの声が、好き放題に飛び交うのだ。人を避ける、あやかしを睨み付ける、というのを間違わずに繰り返す作業は、それだけで律子を疲弊させた。

「律子、右!」

「左!」

「屈んで避けて!」

もはやボディガードと化した日向の指示に従って人波をかいくぐり、なんとかワゴンにたどり着く。

「ひとまず全部一個ずつ籠に入れといたから!」

と笑う健吾から籠を、

「はい、律子、お金!」

さゆりからの投擲を受け止めた日向からは封筒を渡され、

「丁度お預かりします！　毎度ありがとうございましたァ！」

律子はわけがわからぬうちに、全種類大人買いという偉業を達成してのけたのだった。

（昼からすごく、疲れた……）

暖房の効いた食堂にたどり着いたはいいが、正直、全力疾走したせいで、とても暑い。

ちなみに、宗太郎、健吾、さゆりの三人は、無事にパンを購入できたことを確認すると、満足げに頷いて、「それじゃ」とそれぞれ教室や部室に引き返していた。昼はべつに約束があるらしい。

颯爽とした後ろ姿に、律子は絶句した。

（本当に、純粋に、私のパン購入の助っ人に来ただけってこと……？）

越田町の住人の食への情熱、いや、人に食べさせることへの情熱には驚いてしまう。

ついでに言えば、自分の要領の悪さにも、律子はほとほと呆れかえる思いだった。

到底一人では食べきれない、大量のパン。それなりにしたであろう金額は、三人と日向によって立て替えられていた。それに気付いたのは、すでに三人が去った後だ。律子は全額払うと言い張ったが、日向から請求されたのはたった四百円だけ。

「新入りさんには、なにかしら奢るのが越田町の礼儀なの。四人でぴったり同額を奢るように宗ちゃんが計算しちゃったから、律子にこれ以上払われちゃうと、かえって困っちゃうんだ」

ね？　と無邪気に笑われては、それ以上主張することも躊躇われる。日向が一番好きだという菓子パンを押し付けるのが、律子にできる精いっぱいだった。

「わあ、嬉しい！　いいの？　グレイズが掛かったパンって、大好物なんだよね。ねえ、私、お弁当ここに持ってきたから、このまま食堂で一緒に食べよう」

にこやかに日向が告げ、律子はごく自然に、彼女と昼食を共にしようとしていた。

（こういう……ものなのかな）

落ち着けるテーブルを選びながら、律子は考えに沈む。

これまで、この厄介な異能のせいで、積極的に友人を作ろうとはしてこなかった。強く拒絶したつもりはなかったが、感情の出にくい口調と、冷たく見えるらしい顔立ちのせいで、周囲はちらちらと視線を寄越しながらも、律子のことを遠巻きにしていた。律子もまた、そこにあえて近付こうとは思わなかったのだ。

人といれば、摩擦が起こる。形や大きさの異なる個体が一緒にいると、必ずぶつかって、笑い声や溜息や涙を引き起こす。その賑やかさや隙を求めて、あやかしが集まる――だから律子は、それらが苦手だ。

あやかしたちに付け入られぬよう、心を落ち着けて、静寂の中で、しんと冷えた清らかさを湛えて。

それでよかったはずなのに。

「あ、ここ空いてる！　ちょっと広すぎるけど、ほかにないし、いいかな？」

六人掛けの丸テーブルを見つけた日向はそう言って、両手が塞がれた律子のために、椅子の一つをわざわざ引いてくれる。

「ありがとう……」

「あ、私、お弁当あっためてくるから、先に食べててね」

ぎこちなく礼を述べる律子ににっこり微笑んで、日向は弁当を片手にレンジ台へと走っていった。その姿を、ぼんやり見つめる。

日向は、とても優しい女の子だ。押しは強いけれど、その強引さが不快にならない愛嬌がある。彼女があまりに無邪気に手を差し出してくるので、こちらもつい、びっくりした勢いで、その手を握り返してしまいそうになるほどだ。

そう、数日前までは友人ができるなんて思いもしなかったのに、こうやって食卓を囲む風景が、ごく自然なこととして想像できるようになった。

(でも……)

――あなた、おかしいわよ！

不意に、女性の引き攣った叫び声が脳裏に蘇り、律子は咄嗟に目を伏せた。

(こんなことをしていたら、巻き込んでしまう)

もう二度と、この異能のせいで、誰かに迷惑を掛けたくないのに。

「ひょおお、ここは暖かくていいなあ！」

「雪雄《ゆきお》のやつが調子を崩してるから、なおさらだな。過ごしやすくていいや」

「おいおい、姐さんと呼ばなきゃ、おいらたちまとめて氷漬けにされちまうよう」

と、律子が感情を揺らしたせいか、どこからともなく、小鬼たちが集まってくる。

最近すっかり顔見知りになりつつある、あの大中小、三匹組である。

彼らは、細い手足を動かし、よいしょと隣の椅子に乗り上がって来た。

「おお！　こりゃまた、ずいぶんと大量のパン！」

律子は眉を寄せた。彼らが興奮するのは、よくないことが起こる前兆のようなものだ。

「座ろう座ろう！　みんな集まれ！　ここにうまそうな食い物があるぞう」

次々と仲間を呼び込む小鬼たちに、一気に苛立ちが膨らむ。

そこは、日向の席なのに。

「お待たせ、お隣、いいかな――」

「座らないで」

冷えきった声で吐き捨てたのと、弁当を温めてきた日向が、反対側の席から声を掛けてきたのは、同時だった。

ぎょっとして振り向けば、

「あ……っと」

日向は強張った顔で軽く息を呑んでいる。前後の文脈を手繰り寄せ、どんな誤解をしたかを理解した律子は、あまりの間の悪さに、胸が詰まる心地を覚えた。

（ああ、どうして）

いつも自分は、こうなのだ。

「違うの、今のは……」

「おおっと！　しまった、お箸忘れちゃった！　私、割り箸もらってくるね」

青褪めて口を開いた律子を、日向はにこっと笑って遮る。

次に戻って来たとき、彼女はさりげなく、ひと席を空けた向かいの椅子に腰を下ろした。

「ねえ、グレイズってカロリーすごいよね。お弁当に追加でこれ食べたら、やばいかな。でもさ、この前テレビで見たんだけど、別腹って科学的に存在するらしくって――」

楽しそうに話す姿は、いつもの彼女だ。

昨日のように、雰囲気の悪さを無理やりごまかそうという気負いも見られない。

おそらく、「順序を追って」「言質を取って」という宣言を、守ってくれているのだろう。

こんな、自分なんかのために。

律子はテーブルの下で、きゅっと拳を握りしめた。

なぜだろう。昨日よりももっと、申し訳なさと、あやかしへの怒りが込み上げてくる。

握った拳で、音を立てぬように小鬼たちを叩き落とした。

一番小柄な鬼は、『ぴゃっ！』と甲高い悲鳴を上げて、床に転がり落ちる。

だが、遊びだとでも思ったのか、すぐに起き上がり、仲間たちと一緒に、きゃらきゃらと床を走りはじめた。

（許さない。せっかく……）

せっかく。

自分がなにを期待していたのかに気付いて、律子は泣きそうになった。


街灯から取り残された真っ暗闇に、ぼんやりと輪郭を溶かす鳥居を見上げた。商店街を抜けた先の、古びた神社である。律子はコートのポケットの中で、ぎゅっと拳を握った。

「……よし」

深いポケットには、清めの短刀を収めてある。考えてみれば、昨日あんな風に堂々と刀を握りしめていて、よくも周囲に見咎められなかったものだ。

今夜については、昨日のような失敗を繰り返さないよう、清潔な私服に厚手のコートをまとい、短刀も隠してある。家の食卓には、「誘われたので商店街を散歩してきます」と書き置きを残し、里江が心配しないように計らった。なに、あの忌々しいあやかしたちに誘いだされたようなものだから、嘘ではない。

(それに)

律子は己の腹を撫で、一つ頷いた。

(今日はたっぷり、食べてきたし)

そう。律子は昼に大量に入手したパンを、夕飯代わりにすべて平らげてきたのである。

思えば、前回ああもたやすく穂村の術中にはまってしまったのは、律子が空腹だったからだ。心身を清めることは意識していたが、体それ自体が、隙のある状態だったことは否めない。

そこで律子は一計を案じ、今日穂村たちに対峙するにあたって、しっかりと腹を満たしてやることにした。塩気の強いパンばかりを詰め込んだので、多少胸焼けがするほどで、これならば、たとえ穂村たちが今回も料理で誘惑してきたとしても、まったく心が動かされる気はしない。

かつ、そのあとシャワーで禊を済ませた。満腹とはいえ冷えたパンばかりだったので、昨夜のように、多幸感を伴う気だるさもない。今なら気も引き締めた状態で、難なくあやかしを祓えるように思われた。

ちら、と視線を向ければ、一匹、また一匹と、小鬼や鬼火、怪しげな面をつけた影などが、ふらふらと鳥居に引き寄せられてゆく。

宴だ、楽しみだ、などとはしゃぐ彼らの様子からして、今夜もまた、この境内で百鬼の宴が催されると踏んで間違いないだろう。

(今度こそ、あの小鬼たちを祓う。そして……あの穂村とやらを、きっちり脅しつけてやらないと)

さすがに、指の一振りで巨大な炎を操り、大量のあやかしを従える穂村を、やすやす祓えるとは思えない。だからまず、律子の目的はあのちょろちょろとまとわりついてくる、三体の小鬼の殲滅《せんめつ》だ。直接手を下すか、あるいは元締めにきちんと締めてもらうか。それができれば、当面、律子の精神の安定は確保できるだろう。

律子は覚悟を決めて、鳥居の内側へと踏み入った。

途端に、真っ暗だったはずの境内に大量の鬼火が漂い、眩いほどの提灯の火が瞼《まぶた》を刺す。押し寄せるような、お囃子と喧騒。

あの非常識な鬼のことだ、今日もまた賑わいのはざまに、あのふざけたライブのような爆音が――。

(……ん?)

だが、耳を澄ませても一向に、そうした非常識な音が聞こえないことに気付き、律子は眉を寄せた。

無意識に、短刀とは反対のポケットに忍ばせた風呂敷を探る。

『業炎ボンバー』で手拭いを振るのは、恒例行事のように言っていたくせに。

だが、そろりと拝殿のほうへ歩みを進めても、聞こえるのは、笛や太鼓といった、いかにもなお囃子の音だけだ。心なしか、太鼓の音も控えめだろうか。

(いえ、それならそれで、いいんだけど……)

物陰に身を隠しながら、釈然としない思いで首をひねる。

拝殿の前で車座になったあやかしたちも、昨日に比べてなんだか元気がない。

というよりは、緊張した様子で、居住まいを正しながら、楽器を持ったり酒杯を掲げたりしているのであった。

「ほらァ、また拍が狂った。あんたも化け太鼓なら、もっとリズム感を鍛えなさいよね」

「すっ、すみません、姐さん！」

「ちょっとォ、もっとお酒！　穂村サマの盃が空じゃないの。あんたたち、やる気あんの？」

「すっ、すんません！　すんません！」

そうして気付く。

輪になったあやかしたちの真ん中、やぐらの近くに胡坐《あぐら》をかいた穂村に、べったりとしなだれかかる者がいることに。

もちろん、その者もまた、明らかに人間ではない。

裾が透き通るような白い着物を身に着け、白にも銀にも見える艶髪を高く結い上げている。髪には大量の簪《かんざし》を挿し、襟は大きく後ろに引いて、花魁《おいらん》を思わせる姿だ。

穂村の緩く着崩した胸元に手と頬を当て、うっとりと見上げるその白い顔《かんばせ》は、大層美しかった。

（雪女……とか？）

女の周りだけ、ちらちらと雪が降っている様子から、そう当たりを付ける。穂村は寒そうに腕を擦っているし、巨釜の炎も心なしか萎縮しているので、たぶん正解だろう。コートを着ているのでわかりにくいが、たぶん昨夜よりも、境内はずっと寒い。

（穂村の奥さんか、彼女、とかかしら）

それにしては、穂村が苦虫を噛み潰したような表情なのが不思議だ。人となりを深く知っているわけではないが、彼ならば、にやりと笑って美女を愛でそうなものなのに。

肩を抱くどころか、穂村は頻繁に煙管を持ち換えることで、なんとか雪女と距離を取ろうとしているようにさえ見える。

「変なの」

律子がぽつりと呟いた途端、遠く離れた穂村がばっと顔を上げた。

（しまった！）

どうやらこの鬼は、やたら耳がいいようなのだ。

焦った律子が身構えるよりも早く、またも、見えない糸で境内へと引きずり出される。

「きゃ……っ！」

咄嗟に短刀だけは握ったものの、ぎりぎりと右手を拘束する糸はあまりに強く、身動きができなかった。

（まずい！）

これでは、完全に昨夜の二の舞だ。

いや、昨日よりも改まった、いかにも百鬼の宴らしい雰囲気が漂う中、はたして昨日のように無事でいられるものか。

「いやー！　こりゃ大変だ！　招かれざるお客さんだ！　一大事だ！　至急宴は切り上げ

て、このお嬢ちゃんへの対処に全面的に取りかからなきゃな!!」

だが、穂村がどこか必死さを滲ませて、棒読みの叫び声を上げたので、律子は怪訝さに眉を寄せた。

「は……？」

「よーし！　今まさに宴もたけなわ、ここで締めるのは断腸の思いだが、こうなりゃ仕方ねえ！　者ども！　速やかに酒盛りを片付けて、調理の準備だ！」

「お……おおおおお！」

律子の発言を遮っての穂村の宣言に、周囲のあやかしたちも、一斉に立ち上がる。

気のせいか、彼らの顔には一様に、「助かった！」と言わんばかりの表情が浮かんでいた。

「ちょっとォ！」

だが、それを制するような怒りの声が上がる。

声の持ち主は、当然ながら、穂村にぽいと突き飛ばされた雪女だった。

「冗談じゃないわよ！　今日は、哀れにも具合を悪くしたあたしを慰めるための宴じゃなかったわけ!?　なんでそんな人間の小娘のために、シメを用意しなきゃならないのよ！」

どうやら彼女は、突然出てきた律子に、穂村たちの関心を奪われてご立腹のようである。

拘束された律子に向かって、美しい顔を鬼のように歪めて指を突きつけてきた。至近距離で彼女を見つめて、律子は初めて、あることに気付いた。

「まあまあ、落ち着けよ。ほら、この嬢ちゃん、可愛い顔してなかなかおっかねえんだよ。見ろ、短刀なんて握りしめてんだろ？　これはもう、一刻も早く堕とさねえと、な？」

「んまあ！　あたし以外の女に『可愛い』なんて言うの!?　ひどいッ」

この人物、穂村の前ではしなを作ったりして、とても婀娜《あだ》っぽいのだが、

「いや……以外もなにも、姐さんは、女じゃない――」

「おい、今なんつったてめェら」

ぼそっと囁きを交わした小鬼たちには、途端にどすの利いた、低い声を向けるのである。低い低い声。そう、とても女性のものではありえないような。

(もしかして……)

偶然、修羅場に巻き込まれた通行人のごとき心境をなぜか味わいながら、律子はごくりと喉を鳴らした。

目の前の『彼女』は、立ち上がってみると、ずいぶんと背が高い。襟は大きく引いているものの、胸元は隠され、しかも、まったく膨らんでいなかった。なにより、その喉ぼとけが、せり出ている。

つまり『彼女』は、雪女などではなく、あえて言うならば、

「ゆ、雪男……？」

「あああああん!?」

「おいばか！　出会って五秒で逆鱗を掻きむしりに行くやつがあるか！」

思わず漏らした律子に対し、雪女改め雪男は地を這うような声で恫喝《どうかつ》し、穂村はぎょっとしたように叫んだ。

「ずいぶん無粋な名前で呼んでくれるじゃないのさ。あんた何者……っていうか、何様なわけ？　このあたしを差し置いて、穂村サマに料理してもらおうなんざ、どういう了見？」

「おい、落ち着け、雪雄！」

「そんなゴツい名前で呼んじゃいやッ！　雪姫、さもなくばハニーと呼んで！」

雪雄は律子に向かって凄んだかと思えば、穂村には身をくねらせたりと忙しい。

だが、ほっそりとした見かけに反し、片手でがしっと頬を摑まれている律子としては堪ったものではなかった。明らかに、男の膂力だ。長い爪が食い込んで痛い。

「あ、あの、放して……」

「小娘の分際であたしに命令してんじゃないわよ。五まで数える間にさっさと視界から消えなさい」

「いやでも、この人が拘束してるから、逃げられない……」

厳密に言えば、現在進行形で律子を拘束しているのは雪雄だ。だが、本能的に波風を立てることを恐れた律子が、穂村の操る糸のせいです、と訴えると、それを聞いた雪雄はますますまなじりを決した。

「んまあああ！　『穂村サマが私を手放してくれないんですぅ』とでも言うつもり!?　束

縛系彼氏に愛されてますアピール⁉　くっそ忌々しい小娘！」

「どうしてそうなるの⁉」

どうやら雪雄は、穂村にぞっこんであるらしい。律子を睨み付けるその表情は、人間をいたぶるあやかしというよりも、恋敵を憎む女のそれだった。

「ああ、いらいらする。あんたのこと、氷漬けにしてやりましょうか。なによ、オネエが恋しちゃ悪い⁉　片思いで悪い⁉　雪雄なんてゴツい名前を聞いて、内心じゃせせら笑ってんでしょ！」

「ご、ごめんなさい、そういうつもりではなくて」

あやかしならば、気を引き締めさえすれば祓える自信があるが、恋する女を敵に回して対処できる気がしない。

穂村相手にだったらまず謝罪などしなかっただろうに、律子は冷や汗を浮かべながら、言い訳をひねり出した。

「あの、あんまりにきれいな方だと思ったから、ギャップに驚いただけというか」

「……きれい？」

「ええ。てっきり、穂村、さん？　の奥さんか彼女かと思ったので、それが男性だったという意外性に、つい戸惑ってしまっただけで」

どこに地雷が潜んでいるかわからないため、穂村の名前にも敬称など付けてみる。

「……奥さん？」

しどろもどろの律子の主張を聞いた雪雄は、ぴたりと動きを止めた。

次の瞬間には、ぱっと満面の笑みを浮かべる。

「やっだァ！　もおお！　気が早いわよォ！」

「いたっ」

ばしん！　と肩を叩かれ、律子は小さく悲鳴を上げた。力が強い。

しかしどうやら、危機からは逃れられたらしく、雪雄は先ほどまでの剣呑さから一転、にこにこと少女のような笑みを浮かべてこちらを見ていた。

「んもおお、なによ、あんたって気が早いけど、なかなか見る目があるじゃない。よく見れば、あたしの次くらいには可愛い顔してるし。なに、お腹空かせてるの？　じゃあちょっと、なんか食べて行きなさいよ」

「今度は五秒で、琴線に触れまくった……だと……？」

一気にご機嫌になった雪雄を見て、穂村以下、あやかしたちが「信じられない」といった表情を浮かべる。

が、穂村はすぐに顔を引き締めると、一同に号令を掛けた。

「よーし、おまえら！　そうと決まれば、メシの準備だ、準備！　巨釜の火を強めろ！　なんか思い付いた材料、全部持ってこい！」

「おおおおお！」

「ちょ、ちょょっと待ちなさいよ！」

誰もかれも、顔に「調理に没頭することで、雪雄の強いる宴から一刻も早く解放されたい」という切実な思いを滲ませている。今度はそれを、律子が制止した。

「私、食べるなんて一言も言ってない！　なんで今日もこんな展開になるのよ⁉　私はあくまで、あなたたちを祓いに――」

「しっ、黙んな、嬢ちゃん」

だがそれを、きりっとした様子の穂村に遮られる。

「祓うなんて物騒なこと言うなよ。というか、頼むから協力してくれ。人助けだと思って。な？」

「人じゃないでしょ⁉」

「ありゃ、ばれてら」

素早く突っ込むも、さらりと躱《かわ》される。

そのまま、続々と運び込まれた食材を前に「うーん、今日はなににするかねえ」と煙管を弄びはじめた穂村に、律子は叫んだ。

「言っておくけど、これで私を懐柔しようっていうつもりなら、まったくの無意味だから。だって私、全然お腹が空いていない……むしろ、お腹いっぱいの状態ですからね」

いつだって本気を出せるのだぞ、ということを言外に主張したつもりだったが、穂村は「ほおん」と適当な相槌を寄越すだけだった。

「へえ、そうなの？　でも、大丈夫よォ」

雪雄に至っては、なぜかますます上機嫌に、ウインクなど決めてくる。

「あたしたち女の子には、別腹ってもんがあるじゃない」

まるで、ダイエット中の友達に、デザート追加を促す女子のような凶悪さであった。

「穂村サマ！　今日はスイーツのアレで行きましょ。仕上げはあたしがするわ」

「ほお……久々だな」

「ええ！　久々の共同作業よね」

二人は素早くなにかの意思決定を下している。いや、身をくねらせる雪雄に対し、穂村は若干顎を引いていたが、とにもかくにも、メニューは決まったようだ。

「よし小鬼ども！　薄力粉とバター、卵と水を持ってこい！」

「鬼火、あんたたちは蜂蜜と粉糖を溶かしてグレイズ作りよ」

二人の指導者を得て、あやかしたちは手際よく調理を始める。

穂村たちは昨夜と同じく、酒甕を切って土鍋を作り、そこで溶かしバターと薄力粉を練りはじめ、雪雄率いる鬼火チームは、同様の土鍋で『グレイズ』とやらを作りはじめた。

（な……なにを作ろうって言うの……？）

途端にあたりに漂い出した、バターの濃厚な香りと、蜂蜜や砂糖の甘ったるい匂い。熊ほどの大きさのバターをどかっと鍋に投げ込むのだから、その存在感も格別だ。

圧倒された律子は、しばらく調理風景に見入ってしまったが、はっとして首を振った。

（またこいつらのペースに乗せられてどうするの!?　しっかりしなきゃ）

ぐ、と右手を動かしてみる。

相変わらず見えない糸に動きを封じられてはいたものの、握りしめた短刀を振って鞘を落とし、手首の動きだけで刃先の向きを変えれば、思った通り、ふっと糸が切れるような感覚とともに、拘束が解けた。

あやかしたちは、調理にすっかり夢中になっている。

この隙を突いて、全身の糸を切り、体が自由になれば、彼らを祓うことなど造作もない——が。

（すごく……いい匂い）

律子はうっかり動きを止めて、鍋から漂う匂いに、すんと鼻を動かしてしまった。

穂村たちが掻きまわす鍋からは、質量を感じさせるほどに濃厚なバターの匂い。雪雄たちが掻きまわす鍋からは、蜂蜜と粉糖のストレートな甘い香り。どちらも、嗅げばたちまち舌下にじわりと唾が湧く、カロリーの風と呼んで差し支えない代物である。

「よぉし、一同、溶き卵を順次投入！」

と、穂村はバターで練った薄力粉に、よくかき混ぜた卵を加えはじめる。白っぽかった生地は、徐々に明るみを増し、鬼火や焚火に照らされて、優しいクリーム色を呈した。

「グレイズはそこまで！　次、こちらも溶き卵に砂糖を投入するわよォ！」

一方の雪雄もまた、グレイズの鍋をかき混ぜる手を止め、二つ目の鍋で溶き卵と砂糖を混ぜはじめる。

「ほらほら、ろく、きりきり回って生クリームをしっかり泡立てなさいよ！」

さらには、三つ目の鍋に生クリームと思しき濃厚な液体を並々張り、そこに熊手箒のような泡だて器を突っ込んだ状態で、ろくと呼ばれたろくろ首に支えさせた。

「あいよ！」

ろくが頷いて、長い首をぎりぎりとねじり、限界まで来たタイミングでぱっと力を緩めると、たちまち反動で首が勢いよく回転し、みるみる生クリームが泡立っていく。

あやかしの個性を生かした調理法には、ときに感嘆させられるほどであった。

さて、見る間に六分立てになった生クリームを、雪雄は溶いた卵へと加えてゆく。

そこに、ととと……と徳利を傾け、途端にふわりと鼻孔をくすぐったバニラの香りに、律子はようやく、彼らがなにを作っているかを察した。

「よし！　生クリームはむらなく溶けきったわね？　凍らすわよ！」

「う、うっす！」

「ほらァ！　寒がってんじゃないわよ！　ときどきかき回さないと、ガッチガチに固まった、甘くて冷たいだけの白い石ができあがっちゃうわよ！」

「うっす！　うひい！　さ、寒いよう！」

雪雄がぶんと袖を振ると、途端に吹きすさぶ冷風。健気に火の尻尾を揺らしながら、鬼火や小鬼たちが懸命にかき混ぜている、その鍋の中身は——。

（バニラアイス……！）

それも、とびきり濃厚なやつだった。

(ひとまず、アイスを作ってることはわかった。もう一つの鍋は、グレイズ。じゃあ、穂村たちが作っているのは、なんなの?)

スイーツだ、ということはわかるのだが、菓子作りなどしたことがない律子には、穂村たちがなにを目指しているのかさっぱりわからない。

戸惑いも手伝い、つい彼らの動きを注視しているうちに、穂村たちは大鍋に手際よく卵液を加え終え、生地を適度な硬さへと練り上げていった。

「よぉし、絞るぞ! 金口を袋に取り付けて、生地を流し込め!」

(なにを作る気……?)

生クリームを絞るような袋に生地が移されてゆくのを見て、律子の眉が寄る。

「金口は星形のやつにしろよ! 丸形でぶっとく絞ると、爆発することがあるからな!」

(だから、なにを作る気!?)

そんな爆発の可能性を秘める危険なスイーツ、あっただろうか。

動揺する律子の前で、小鬼たちは「はいィ!」と気合の入った返事を寄越し、目を瞠るような連携プレーで生地を紙の上に押し出していった。油紙のように艶やかな——おそらくは、クッキングシートに相当するものだ。紙は正方形に切り分けられ、何枚も広がっている。

紙の上に生地で円を描くように、くるりと一周。それにぴったり重なるよう、その上にもう一段くるり。

たちまち、表面のぎざぎざ模様も優美な、クリーム色の輪ができあがった。

そうして大量の輪っかを、紙も貼り付かせたまま、煮え立った油の中に落としてゆく。

あやかしの性格が出るのか、小鬼とろくろ首が連携して運んだそれは、昨夜の阿駒のように豪快な入れ方ではなく、そうっと沈めるようにして、巨釜に入れられていった。

じゅわ……っ。

油は優しげな音を立てて、輪っかを受け止める。

律子のいる位置からは見えないが、巨釜の中で輪っかが揚がるにつれ、くっついていた紙がひらりと浮き上がってくるものらしい。小鬼たち三匹が肩車をして釜に身を乗り出し、

「回収成功！」と叫びながら、素手で油に濡れた紙を取り出している。

「いいぞ、こんがりと揚がって、実にうまそうだ」

満足そうに手を打ち合わせる小鬼たちの発言で、律子はようやく理解した。

（あ……！）

しゅしゅしゅしゅしゅ……っ。

油の立てる音がいよいよ細かくなってきたタイミングで、穂村が跳躍する。

「おらよっと」

腰に佩いていた刀を輪の中心に通し、一気にすべての輪を引き上げると、彼はそれをぶんぶんと、夜空の下で旋回させた。油を切ったのだ。

「いい色だ」

にやりと笑って、それをひょいと、煮詰めたグレイズの鍋へと放り入れていく。

月光をきらりと弾く、その黄金色の輪を視界に入れて、律子はごくりと喉を鳴らした。

ぎざぎざとした、どこか薔薇の花を思わせる形状。真ん中に穴の開いた、その揚げ菓子の名は——。

(フレンチクルーラー!)

コンビニや専門店で見かけたことのある、あのドーナツであった。

「うふん、どうしたのォ? 涎《よだれ》出ちゃった?」

律子の様子に気付いた雪雄は、にたりと目を細めてこちらに近付いてくる。

右手の糸がすでに切れていることを気取られないかと、身を硬くした律子だったが、

「ほら」と雪雄が指し示した先を目で追った瞬間、つい意識をそちらに持っていかれてしまった。

鍋では、放り込まれたドーナツが、身をくねらせるようにしてグレイズを絡ませていたのである。

とろ……と音を立てそうな、粘度のある液体は、ゆっくりとドーナツの表皮を滑り、冷たい夜の空気に触れるや、すうっと白く結晶化してゆく。

おそらく口に含めば、さくりと音を立てるのであろうその半透明の糖衣——グレイズ。

凝視する律子の舌に、知らず、唾が湧いた。

（な……っ、なにを）

すでにパンで腹を満たしてきたにもかかわらず、それを見ただけで無性に食欲が刺激されてしまった自分に、戸惑いを隠せない。

（お、落ち着くのよ。私は満腹なのよ。あんなこってりしたものを見て、おいしそうだなんて思うはずが――）

――でもさ、この前テレビで見たんだけど、別腹って科学的に存在するらしくって……。

しかしその瞬間、日向の言葉がふと脳裏に蘇る。

それに引きずられたのだろうか。たしかに満腹だったはずなのに、胃の中身がぐうっと下がるような心地がした。まるで、「さあどうぞ、お入りなさい」と、お腹がドーナツのためにスペースを空けてくれたかのように。口のほうはすでに唾で潤い、もはや歓迎の垂れ幕を広げだしそうな感すらある。

（あああああ）

自分の欲求を認めそうになってしまった律子は、慌てて目をつむった。

「さて、グレイズはこんなもんかね？　雪雄、あとは頼んだ！」

「はァい！　任せてちょうだい」

だが、雪雄たちの行動は、その想定をはるかに上回っていた。

「うふん、バニラアイスも、最高の仕上がりよォ」

半透明の衣をまとったフレンチクルーラーを皿にずらりと並べると、その上に、豪快にすくったバニラアイスを投下したのである。

「な……っ」

なんというカロリーの暴力。

けば立っていたアイスの表面は、わずかに湯気を残すドーナツに触れた途端、じわ……と輪郭を溶かしてゆく。

グレイズなる衣をまとい、ほんのりと黄金色に輝くクルーラーの上を、白いバニラアイスが、もったりと滑ってゆく様子を見ては、もう、喉を鳴らすほかなかった。

しかも、雪雄はそこに、とどめとばかり、材料の一部であった蜂蜜を回しかけ、さらには粉糖まで散らすのである。

つやつやと光る蜂蜜の奔流、そして雪のように眩しく輝く粉糖の誘惑に、もはや律子の理性は陥落寸前であった。

そう。これまで強く自覚したことはなかったが、律子はどうやら甘党のようなのである。

(ど……どうして、目が離せないの……っ)

あれほど冷ややかな気持ちで、強く闘志を漲らせてこの場に臨んだはずなのに、なぜ自分は、宴にのこのこ参加し、昨夜に続いてあやかし料理に対峙しているのか。

いや、ここまでが怒濤の展開だったからという言い訳はあるにしても、それならなぜ、動きを封じる糸を断ち、あやかしたちに短刀を突きつけられないのか。

どうして、先ほどから自分は、この、つやつやとした、噛めばさくりと軽快な歯ざわりのするだろうドーナツから、視線を剝がせないのか——。

「さあ、召し上がれ」

律子の葛藤など知らぬように、雪雄がその美しい顔に婀娜っぽい笑みを浮かべ、ぐうっと皿を近付けてくる。と、硬直している律子を見ると——もっとも、そのすべてが拘束のせいではないのだが——、昨夜の穂村同様「ははん」という顔つきになって、傍らのあやかしから匙を取り寄せた。

すいと器用にドーナツとアイスを掬い取ると、雪雄はそれを、律子の口先まで近付ける。

「ほぉら、口開けなさいよ」

「……っ」

ぐっと口を引き結び、律子は、にやにやとこちらを見つめる穂村たちを睨み付けた。

「食べないわ」

「強情な嬢ちゃんだなぁ。そのいやらしい体は、フレンチクルーラーを食いたくて食いたくて、びくびく震えてんだろうに」

「あなたはどうして言い方がそういやらしいのよ！」

肩を竦める穂村に反射的に嚙み付いてから、律子ははっとした。

言い回しにだけ突っ込んだのでは、まるで、自分がドーナツにそそられていること自体は認めたことになってしまうではないか。

（冗談じゃないわ）

たしかにドーナツは、あくまで客観的に見ておいしそうだと言えるが、そんなものを食べさせたからと言って、事態をうやむやにできると思ったら大間違いだ。

(しっかりしなさい、律子。なんのために、あれだけパンを食べてきたの)

昨夜の自分とは違う。あやかしたちの、怪しげなスイーツなどに、やすやす誘惑される人間ではないのだ。

今日こそは毅然と、あやかしたちが、これ以上自分の周囲に付きまとわないように、追い払ってみせる！

「いやよ。繰り返すけど、私はあなたたちを祓いに来たの。特にそこの忌々しい小鬼たちが、もう二度と私や、私の周りに現れないよう——ふぐっ!?」

「んもお、アイス垂れちゃうじゃない」

だが、堂々とした宣戦布告を最後まで紡がせてもらうことなく、雪雄に匙を強引に口に突っ込まれた。

「ちょ……っ」

ちょっと、と怒りの声を上げようとして、しかしその瞬間、溶けたアイスが口の端からこぼれそうになったので、慌てて口を閉ざす。

そのままうっかり、口の中のものを噛み締めてしまい、

「ふ……ぅ」

律子は思わず、恍惚とした声を漏らしてしまった。

口内で、言葉を奪うほどの味わいがさっと広がったからだ。

真っ先に感じるのは、ひんやりとしたアイスの滑らかな甘み。舌に触れるや、みるみる溶けて、口の中いっぱいに広がってゆく。

それを押しやった先にあるのが、フレンチクルーラーだ。

揚げたてだからか、市販のものよりも歯ごたえがあり、ざくりと低く籠もった音が、口内で響いた。それでいて、中はふんわりと空気を含んでいて、軽い。まだ熱を残す衣を噛めば、じゅわっと、甘い油が染み出した。

歯の先に感じる、グレイズのざらりとした感触。いまだ熱を孕む空洞と、衣から染み出す甘い油。そこに、ひやりとしたアイスの味わいが絡まる。冷たかったり熱かったり、歯触りがあったり滑らかだったりと、口の中が忙しい。

「うぅ……」

「はァい、ここの、蜂蜜がたっぷりかかった部分も召し上がれ」

律子の反応に気をよくしたらしく、雪雄がにこやかに、次の一口を突っ込んでくる。

宣言通り、ドーナツとアイスの上には、したたるほどに黄金色の蜂蜜がかかっており、口に含んだ律子は、ストレートな甘みにきゅっと口をすぼめた。

「んん……っ」

もはや、背徳的と言っていい味わいだ。

カロリーを求める本能に対して、暴力的なほどの素直さで応える、そんな味。

そして、その全力で食欲を揺さぶる味わいに、律子の理性はちぎれる寸前だった。

（お……落ち着くのよ、私。こんな……っ、めちゃくちゃな料理に、陥落なんか）

大丈夫、大丈夫だ。自分はまだ冷静だ。

とろける熱さのドーナツと、ひやりとしたアイスのギャップが、いったいなんだと言うのだ。そんなの、熱力学への冒瀆だ。そうとも、互いの温度が打ち消し合って、発生するエネルギーはゼロだ、ゼロ。熱々のフレンチクルーラーと、冷たいアイスからは、なにも生まれやしない――。

（はずなのに、無限大の快感が生まれちゃっているのは、なんでなの……！）

物理的法則を薙ぎ払う世界の真実に、律子は慄いた。

いや違う。熱力学とは、そうしたものではない。だが、もう、わけがわからない。

認めよう。律子の理性は、すでに消え失せていた。

（だめ……なにも、考えられない……）

そう、考えられない。

目の前のこのスイーツを、ただ口に運ぶこと以外は。

こんなにもはっきりとした甘みを訴えながらも、口当たり自体は軽いのがいけないのかもしれない。ほろりと儚いグレイズ、さくり、ふわりとしたくちどけの衣は、まるで淡雪のように、あっという間に口の中で掻き消えてしまう。だから食べる者としては、次から次へと口に放り込み、その幻のような食感を追いかけずにはいられないのだ。

すでに、腹は満ちている。だというのに、どうしようもなく口が、喉が、次の一口を求めてやまない。

気付けば律子は、雪雄がさりげなく預けてきた匙を摑み、夢中になってアイス添えフレンチクルーラーを完食していた。

カツン、と匙が空の皿とぶつかり、もうそれ以上掬うべきものがないと理解したとき、律子を襲ったのは、軽い絶望だった。

（……お皿に残った溶けたアイスと、グレイズを……もう、お皿ごと、舐め――）

ついで、そんな自分に気付いて愕然とする。

（しまった！）

昨夜に引き続き、なにをやっているのだ。

我に返り、慌てて短刀を探るが、匙をしっかりと握るため、先ほど無意識に、石畳の上に安置していたのだった。昨夜同様、いつの間にか穂村が拘束を緩めてくれていたので、素早く短刀を拾い上げることも可能だろうが――案の定、右手は、アイスクリームやグレイズでべったりとしている。

どうやら、「皿を舐めたい」と思った際に、すでに指は自然に皿をなぞり、口元に運ばれていたらしいことを悟り、律子はその場にくずおれた。

また、彼らにだめにさせられてしまった。

「ああ……」

「ちょっとちょっと、どうしたのよ」

と、急に懊悩しだした律子に驚いたように、雪雄がそばにしゃがみ込んでくる。

「食べ過ぎちゃった？　大丈夫よォ、あんた、まだ若いんだから」

それはなんというのか、自分がそそのかしたくせに、その結果ダイエットに失敗した女友達を励ます女子高生のような、身勝手な優しさだ。律子は恨めしい思いで、背中をさすろうとする手を振り払った。

「そんなんじゃない！　そんなんじゃ、なくて……」

自分は、小鬼たちを祓うためにここに来たのだ。

今度こそ、平穏を手に入れるために。もう二度と、あんな惨めな思いをしなくて済むように——誤解されたり、傷付けたり、傷付けられたりしないように。

だというのに、またあやかしの術中にはまってどうするのだ。

自己嫌悪にうなだれる律子を見下ろしながら、穂村と雪雄は肩を竦め合ったようだった。

「嬢ちゃんよ。いきなり刀を突きつけて『祓う』だなんだ言うよりも、先に事情を話しちゃくれないか。どうしたんだよ」

「そうよォ。思いつめちゃ、肌に悪いじゃない？」

なぜあやかし側が、カウンセリングのようなことをしてくるのか。

リアクションに悩む展開だが、毒気が抜かれる思いもあり、律子は気付けば、ぽつりと言葉を漏らしていた。

「……迷惑なのよ」

攻撃的というよりは、心細そうな声が響く。

素直な心情を吐露してしまったのは、もしかしたら、お腹がこれ以上ないほど満ち足りているからなのかもしれない。

口の中が甘く満たされていて、眠気を覚えるほどに満腹で。拳を握る気力も出ないから、こんな、子どものように頼りない声が出てしまうのかもしれないと、律子は思った。

「やめてほしいの。大騒ぎしたり、悪戯をすることを。私が心を揺らすたびに、わいわい集まってくることを。そうされると、ついそちらを見てしまう。緊張するし、やめてって言いたくなる。でも……そうしたら」

母親の、恐怖に引き攣った顔を思い出す。

そして日向の、戸惑いと気遣いに満ちた、あの微笑みを。さりげなくひと席分を空けられた、寒々しい距離を。

なんと続けるべきかわからなくなってしまい、しゃがんだ膝に顔を埋めていたら、穂村たちは代わりに、周囲の小鬼に事情聴取を始めた。おい、と声を掛けた瞬間、大中小の三匹の小鬼たちが、背の順にぴしっと整列する。

「なんだおまえら、この子にそんなにちょっかい出してたのか？」

「いえそんな！　悪さなんて全然してないっす！」

敬礼しそうな勢いで答えるのは、三匹の中では一番大きな小鬼だ。

三匹は皆、似たような顔つきに見えるが、この小鬼は口調が少々荒っぽく、もじゃもじゃ髪も気持ち前に突き出ていて、なんだか一昔前のヤンキーのように見える。すぐにその彼に同調するように、中くらいの大きさの小鬼が続けた。

「むしろね、俺たちがね、剣呑に睨まれたりね、こっぴどく追い払われたりね、そういう被害にあってるんですよ！」

こちらは、もじゃもじゃ髪が目にかかり、どこかオタクっぽく見えるような外見だ。じっくりと見比べれば、ほか二匹よりも少し細い体つきをしている。興奮しやすい性質なのか、両手をぶんぶん振り、やたらと文節ごとに区切りながら、早口でまくし立てていた。

「今日の昼は、こういうことがあったんですよう」

最後に、どこか甘ったれた口調で付け足したのは、一番小柄な小鬼だった。黒目がうるうるとしていて、あやかしのくせに、犬や猫を思わせる。おそらくだが、小鬼の中でも幼い部類で、弟分のようなポジションなのだろう。

身を乗り出して食堂での出来事を語る小鬼たちに、穂村は顎を撫でながら耳を傾けていたが、やがて「そりゃぁ、なんつーのか」と、曖昧に言葉を濁した。

「ただの自爆じゃない？」

さくっと指摘を寄越したのは、もちろん雪雄である。

彼女は白粉をはたいたような白い首をこてんと傾げた。

「べつにこの子たち、なァんも悪いことしてないじゃない。あんたが勝手に叫んで、勝手に誤解されたわけでしょ？　それを恨まれても、ねェ？」

「いや、そこまでは言わねえけど、ついはしゃいじまうのは、こいつらの本分だしなぁ。そういうとき、嬢ちゃんが睨み付けたり脅したりすんじゃなくて、にこっと笑って手でも叩いてやりゃあ、お互い幸せになったんじゃねえか？」

「誰もいない席に向かって、笑ったり囃したりしたら、頭がおかしいと思われるじゃない……！」

　好き勝手を告げるあやかしたちに、律子は低く呻く。

　だがそれも、雪雄は肩を竦めて躱すだけだった。

「いちいち反応するからいけないのよ。どォんと大らかに構えてりゃいいじゃないのさ。あたしなんて、このたび人間どもにさんざん無体を働かれたけど、このとおり大らかな性格だから、慈愛深く見逃してやったわよ」

「無体……？」

　言葉に引っかかりを覚えて、律子は顔を上げたが、雪雄はすでに「ね？　そんなあたしを慰めてちょうだいよォ」と穂村ににじり寄っていたので、詳しい説明はもらえなかった。

「雪雄、じゃないや、姐さんは、若い男どもに甘いからなぁ……」

「変態っぽいからさ、むしろさ、喜んでたかもな。若い男たちにさ、ぎゅうぎゅうにジュースを詰め込まれてさ――」

「てめェら今なんつった？」

それでいて、ひそひそ声での陰口もばっちり聞き取っているらしく、すぐさま低い声で威圧する。おかげで、小鬼たちの発言の後半は聞き取れなかった。

「ま、とにかくだ！」

ぐいぐいと迫ってくる雪雄の顎を掌で突き返しながら、穂村が場の空気を仕切り直す。

「嬢ちゃんも気にしすぎんなよ。その友達とやらは、べつに激怒したり、絶交したりしたわけじゃないんだろ？　俺たちも、まあなんだ、あんまり調子に乗らないように気を付けるしよ。な、おまえら？　嬢ちゃんは静かなのが好きなんだとよ」

親切ごかしているが、彼の表情を見れば「もうどうでもいいから一刻も早くこの状況《うたげ》を切り上げたい」とでもいう思いが明らかだ。

「そんなことが、できるの……？」

「できるできる！　はい解決！　はい終了！　よしおまえら、今日の宴はしまいだ。それぞれ食いたいぶんを食って、解散！」

最後にぞんざいとしか言いようのない強引な締めくくりを見せ、穂村は解散を命じた。

「ちょ……ちょっと、待ってよ！」

「あ、嬢ちゃん。これいくつか持ってきな。女はこういう甘いもん大好きだろ？」

「なかなかの食べっぷりに免じて、特製アイスも付けてあげるわ。伏して感謝なさい」

律子は慌てて身を乗り出すが、穂村も雪雄もまったく話を聞かず、どこからか取り出した重箱に、どかどかとフレンチクルーラーやアイスを詰めてゆく。

あっという間に、蓋ができぬほどの二段重ができあがった。

「風呂敷は……お、持ってきてるな、よしよし。偉いぞ。次は『業炎』もやろうな」

「溶けないうちに持って帰んなさい。あ、温度をもう少し下げて、硬めにしとこうかしら。そしたら、しばらく持ち歩いたらちょうど食べごろになるじゃない？」

風呂敷で包んだり、重箱の温度を下げたりと、二人とも意外なほどの甲斐甲斐しさを見せてくれるが、いや、そんな優しさを求めているわけではない。

「そ、そうじゃなくて……！　そうじゃなくて！」

「食うときは、フレンチクルーラーはちゃんとトースターで温めるんだぞ」

「箱は冷たいから、風呂敷の結び目を持つのよ。冷えは女の大敵だからね！」

言うだけ言って、穂村は「じゃ！」と手を上げて去ってゆく。雪雄もまた、律子に母親のようなセリフを投げかけると「あーん、待ってェ」と、穂村を追いかけるようにして消えていった。

巨釜の火が落ち、提灯の明かりが瞬く間に散り、あれだけ方々に散らばっていた酒杯や甕の類も、寒風に紛れるようにして掻き消え――。

「なんなのよ……」

真っ暗な境内には、甘いバターの残り香だけが漂っていた。

四限目終了のチャイムを聞き取りながら、教室の片隅で、律子は大きく息を吐きだした。

吸って、吐いて。

揺らがぬ心を手に入れるためには、なんといっても呼吸が重要だ。

(小鬼は……いない。小人も、影も、獣もろくろ首も雪男も)

穂村はあんないい加減なことを言いながらも、本当に律子から小鬼たちを遠ざけてくれたのだろうか。さりげなく周囲を見渡しながら、いよいよ律子は覚悟を決めた。

日向を、こちらから昼食に誘うのだ。


「あの。今日——」

「おっ、律子、今日お弁当？　よしよし、偉いじゃん。どこで食べるの、食堂？　食堂行くなら、私も行くー。デザート買い足そうと思ってたんだよね」

が、決死の覚悟で切り出した誘いも、あっさりと日向に先を越されてしまう。

なんのてらいもない、実に滑らかな日向のリードに衝撃すら覚えつつ、律子はぎこちなく頷いた。

ひとまず、結果が伴っていれば、どちらから誘ったかなど問題ではない。

そのままなにげない会話を挟みつつ、食堂へ向かう。冷蔵ショーケースが復調したとかで、惣菜の類もふんだんに並んだ食堂は、昨日以上に混んでいたが、昨日に引き続き、六人掛けの丸テーブルだけが空いていた。見たところ、食堂の利用者は二人組か、そうでなければ十人近い部活生の大所帯、というのが多いため、六人という人数設定が使いにくいのだろう。

ひとまずテーブルに荷物を置き、日向はデザートの購入に向かったので、その間、律子は反対側にあるレンジ台へと陣取った。業務用レンジは混雑しているが、トースターはあまり利用者がいないのか、並ばずすぐに使うことができる。

備え付けのアルミホイルを、不慣れな手つきで天板にセットし、

「よし」

弁当箱から、フレンチクルーラーを取り出した。

そう。昨日穂村たちに押し付けられた重箱を、さすがに一人では処理しきれず、一部を弁当箱に移して持参したのである。昼食自体は、いつもどおり、三限目の休み時間におにぎりを購入していた。

トースターでじりじりと焼くこと数分。へなりとなっていた生地が過剰な水分や油をはじき出し、サクサクとした歯ごたえが戻ってくるというのは、朝の時点で確認済だ。溶けてしまったグレイズも、トースターから出して、冷たい外気に触れると、ほどよい硬さを取り戻してくれた。

「それで、アイスを添えて……」

次に取り出したのは、家から保冷剤付きで持ってきたアイスクリームである。

雪雄が温度を下げ過ぎたせいで、朝食ではスプーンを立てることすらできず、ひとまず保冷バッグに入れて持ってきたのである。

その間にゆるゆると溶けはじめたらしいアイスは、昼休みの今ちょうどいい硬さになって、律子が繰り出すスプーンも、すんなりと受け入れてくれた。

弁当箱のままだと食べにくいので、食堂に備え付けの平皿を借りて、その上にドーナツとアイスを盛り付ける。それから、大きめのスプーンを二つ。

蜂蜜は残念ながらなかったが、昨夜同様、背徳的な絵面になったことに満足し、律子は皿とスプーンをそっと掲げ持ったまま、席へと引き返した。

すると小鬼たちが、フレンチクルーラーの匂いに釣られたように、ひょこひょこと体を揺らしながら集まってくる。

(穂村め。全然言いつけ、効いてないじゃないの)

ひくっと顔が強張るのを感じたが、

——睨み付けたり脅したりすんじゃなくて、にこっと笑って手でも叩いてやりゃあ……。

穂村の声が蘇る。

律子は少し考えてから、彼らが『よいしょ、こらしょ』とよじ登ってくる椅子に向かって、笑みを浮かべてみせた。

「ゆっくり食べたい気分なの。残ったら分けてあげるから、大人しくしててくれる?」

小声で囁く。

ぎこちない笑顔だったと思うが、小鬼たちはびっくりしたようにこちらを振り向き、それから、仲間内できょろきょろと視線を交わし合った。

「おい、初めて笑いかけてきたぞ！　なかなか可愛いじゃねえか！」

「そうかァ？　なんかさ、ぎこちないっていうかさ、ぶっさいくなさ、笑い方だと思うけどさ」

「ええ？　おいらは可愛いと思うけどよう」

二匹目のことだけは、笑顔で威圧する。

小鬼たちは「ぴゃ！」と悲鳴を上げて、両手を上げて走り去っていった。途中からきゃらきゃらとした笑い声になったところを見るに、楽しんでいるようだ。

（よし、去った）

うむ、と頷いたのと、日向が戻って来たのは同時だった。

「どうしたの律子、にこにこしちゃって」

デザートを買い込む、と意気込んでいたわりには、ガサガサ揺れるビニール袋には、飲み物のパックしか入っていない。日向は「はあ」と溜息を漏らした。

「今日は残念ながら、一番食べたかったドーナツ系が品切れだったんだ。まあでも、放課後にリベンジすれば……って、律子、なにそれ、すごいね！　どうしたの⁉」

と、改めて律子の手元を覗き込み、そこにものものしいドーナツの山が鎮座していることに目を見開いている。

同時に、食欲もそそられたのか、まじまじと皿を覗き込んできた日向だったが、

「おいしそうだねぇ」

一口をねだることもなく、一つ空いた、向かいの椅子を引いた。

「それ、購買じゃないよね。ドーナツショップでも、そんなメニューあったっけ？　あっ、もしかしてカフェのテイクアウトメニューとか？」

「あの」

腰を下ろしてしまった日向を前に、律子は切り出す。

何度も頭の中で練習したというのに、声を出した途端、心臓がどきどきと飛び跳ねはじめるのがわかった。

「と、隣に、座らない？」

「え？」

「その、これ、ドーナツ……。あの、多いから、私一人では、食べきれないと思うから、それで、日向が、ドーナツ好きって言っていたから、だから、一緒に」

ああ、なぜ、日向のように滑らかに、自然に誘いかけられないのか。

頬に血が集まってゆく。自分のあまりのみっともなさに、目が潤んだ。

「一緒に、食べようかと、思って。それで、その、遠くだと分けにくいから、ほら、アイスとか垂れちゃうし……だから、隣に」

もうだめだ、と思って、律子はふいと視線を逸らした。

「ごめん、やっぱり、なんでもない――」

「無理……」

だが、それに重なるように、日向が震える声を漏らす。

思いもかけない鋭い拒絶に、はっと息を呑んだ律子だったが、振り向いた先の日向が、ガンッとテーブルに頭を打ち付けているのを見て、怪訝さに眉を寄せた。

「なに……？」

「これが、巷《ちまた》で言うツンデレってやつ……っ」

日向はそのまま突っ伏し、打ち震えている。

「めっちゃ可愛いんですけどお！　なにこれもおお！」

かと思えば、がばっと起き上がり、そのまま椅子を蹴り倒す勢いで、席を移動した。

律子の、隣の席だ。

「嬉しい。私、すっごく嬉しいよ、律子！　なに、これ、私も食べていいの？　ありがとう！　えー、これって、今アイスよそったんだよね？　わざわざ用意してくれたの？　すごい！」

「いや、『お呼ばれ』のぶんも、昨日のパン代も払えてないから、そのお礼というか……」

「えー！　じゃあ、これって律子の『お呼ばれ』ってこと!?　やだ、すっごく嬉しいんですけど！」

「あの……私が作ったわけじゃないから、『お呼ばれ』扱いするのは申し訳ないんだけど」

なにがそんなに琴線に触れたのか、日向はこれ以上ないほど機嫌をよくし、にこにこしている。

持参した弁当箱も脇に追いやり、「いざ!」とばかりスプーンを握りしめた日向に、そこでようやく律子は、あっと声を上げた。

「ごめん……デザート、先にしちゃった」

「いいよいいよ、なんの問題もないよ!」

詫びるが、日向は笑って取り合わない。

「だって、私たちには別腹ってものがあるんだから。どっちから満たしたって、大丈夫」

力強く請け合って、彼女はいそいそと、アイスから口に運んだ。

「んうー! めっちゃおいしいー! ありがとう律子!」

そうして、きらきらと目を輝かせる。

(そういえば)

感謝の言葉と笑顔を惜しみなく差し出してくる日向を前に、律子はふと思った。

(誰かに食べさせるのって、初めて)

自分が作ったわけではないけれど、よそって、食卓を整えて、勧めて。大きく頬張って顔を緩める誰かを見つめる瞬間というのは、こんなにも、心が弾むものなのか。

それはまるで、満足感で頷きたくなるような、あるいは、胸のどこかが優しくくすぐられるような。

「アイスだけでまずおいしい！　うわあ、最高」

「そ、そう？」

むずむずしはじめた口の端を、必死に引き締める。

「ドーナツと一緒に食べると、もっとおいしいんだけど。あ、ドーナツは、本当は、揚げたてが一番なんだけど、トースターで温め直すだけでも、結構食感がよくて……」

らしくもなく、解説などしながら、律子もまた、スプーンを手に取った。

この勢いでは、日向にアイスを全部食べられてしまう。

冬の陽光が優しく差し込む食堂。その片隅で、冷蔵ショーケースがからかうように、ふっと冷気を吐き出したが、顔を赤らめながら日向に説明する律子は、それに気付かなかった。

香り豊かな豚の生姜焼き、どっさりマヨネーズのせ

「あ……」

身を切るような冷たさの水で手を洗ってから、律子はこの手水舎《ちょうずしゃ》に、手拭いが用意されていないことに気が付いた。

「……それもそうか」

ぽつんと呟いて、コートのポケットを探る。

ハンカチはそこにはなく、制服のポケットに入っていたので、結果的に服のあちこちを濡らすことになった。

しんと冷え切った夕暮れの境内。ところどころに雑草を覗かせた砂利道。小さな拝殿。

この細井八幡神社には、神職は常駐していない。叔母夫婦の護持する越田八幡神社から、時折人を寄越して管理しているだけなので、彼らが次にやって来るまで、多少手入れが行き届かない点があっても、それは仕方のないことだ。

無意識に柄杓を拭い、並べ直しながら、律子は「ごめんね」と詫びた。

この神社は、かつて、律子の両親が護持していた。

「もう、五年かあ……」

両親がこの神社を、そして神職の座を退いてから。

あるいは、あの団欒があってから。

それが長いのか短いのか、律子にはわからない。

言ってみれば、両親の死、そして越田町にやって来てからの一カ月という期間も、どのように受け止めるべきものなのか、彼女にはわからないのだった。

律子は一つ溜息を落とすと、手水舎を離れ、拝殿に向かった。

すると、鳥居から拝殿に続く正中で、三匹組の小鬼たちがひょおお！　と叫びながら駆けっこをしているのを見つけてしまう。

律子は口をへの字にしたが、なんとか顔に笑みを貼り付けて、

「静かにね」

とだけ告げた。

穂村たちに言われてから、なるべく、小鬼たちには笑顔で言い聞かせるようにしている。

不思議なことに、そのほうが彼らが引き下がる率は高く、最近ではすっかり、笑みでの対応が自然に取れるようになりつつあった。

が、

（やっぱり、ここだと、力が入っちゃうな……）

いつもに比べて、笑顔がぎこちないことを自覚し、律子は頬を揉んだ。

この場所と、小鬼。その組み合わせが、どうしても彼女に、過去の思い出を引き寄せさせてしまうからだった。

歩きながら、つい癖で、灯籠に溜まった落ち葉を掻き出したり、風でねじれた紙垂《しで》を整えてやったりする。この神社の神職の娘として社務所に住んでいたころは、そうするのが彼女の役目だったから。特に石造りの小さな灯籠は、手入れしてやると本当に火を灯して

くれそうな、温もりのある形をしていて、律子のお気に入りだった。

——ちびちゃん。今日も寒いね。

かじかむ指先を擦り合わせていると、ちょうど同じ仕草をしていた幼い自分の声が、ふと脳裏に蘇る。

まだ小学生だったころ、律子はよくそうやって、灯籠に入ってしまった葉を掻き出しては手を温めていた。外で掃除をしていると、体温が高い子どもとはいえ、冷えるのだ。

それでも、息が詰まるような社務所の中にいるよりは、境内に出たほうが、いくらか過ごしやすかった。

——また、怒られちゃった。今日見たのは、猫みたいなかわいい女の子だったから、それならいいのかなって思ったんだけど、……だめだったみたい。

寒さの厳しい平日の夕方、手入れが行き届いているとは言い難い神社に、わざわざ参拝しに来る人はいない。境内はがらんと静まり返っていて、それがどうにも耐えられなくて、幼い律子はときどき、灯籠に囁きかけたりもした。

もちろん灯籠が言葉を返すことはなかったけれど、空洞越しに自分の手を覗いてみたり、丸みを帯びた屋根をすりすりと撫でてみるだけで、なんとなく心が晴れたのだ。

律子が気に入っていた灯籠は、『ちび』のほかにも二つあって、それぞれ作られた年代が異なるのか、ごくわずかに異なる形をしていた。気持ち装飾の形が鋭いものを『とんがり』、細長いものを『がりがり』と呼んでいたのだったか。もう、よく覚えてない。

とにかく律子は、それらから泥や葉を掻き出し、布で丁寧に拭い、きれいにしてやっていた。少なくともその間は、親も律子に冷ややかな視線を向けることは、なかったから。

——寒いねえ。

ぴと、と石の表面に掌を添わせると、最初だけ、ひやりとした感触が伝わってくる。けれども、すっかりかじかんだ指は、すぐに冷たさを感知できなくなってしまって、ただざらりとした手触りだけが残るのだ。それはまるで、冷たさというものがふと掻き消えてしまったかのような現象で、律子はしばしばその感覚を楽しんだ。

冷たい、けれど冷たくない。不思議な感覚。

もっとも五年前、神職を退いた両親とともに、近所のマンションに引っ越したことで、この神社自体、あまり訪れなくなり、そうした遊びもすっかりやめてしまったのだったが。

実際には神社は、里江たちに預けられたわけなのだが、律子にはどこか、この神社を棄ててしまったという罪悪感がある。あまり気楽に足が向く場所ではなかった。

それでも、放課後わざわざ電車を乗り継いでこの場所にやって来たのは、この近くにあるマンションに、いくつかの遺品を取りに来たついでだった。

契約の関係で、マンションは今月末に引き払うことになっている。荷物はそれまでにまとめればよく、引っ越しは里江たちも手伝ってくれると言うが、一人で整理したいものがあれば、事前にしておくようにと言われていた。

なんとなく先延ばしにしていたのを、ようやく思い切ってやって来た律子だったが、遺品の整理自体はわずか十分ほどで終わってしまった。それはそうだ。少なくともこの五年の間、両親と自分は、ろくに交流をしてこなかったのだから。

共通の思い出の品などあるはずもなく、彼らの遺物に勝手に触れるのは気が引けて、結局、自分のお気に入りの学用品だけをいくつか持ち出すに留めた。

(同じ家に、住んでたのにね)

あのマンションで過ごした日々を、律子は思い返す。

広く古い社務所とは異なり、狭く小ぎれいな——けれど、ひどく寒々しい部屋だった。

もしかしたらそれは、あまり火を使わなかったからなのかもしれない。

両親が出勤した後に起床して、シリアルで朝食を済ませ、学校に行く。部活まで終えて夜帰宅し、買ってきたおにぎりや惣菜を口にし、両親の帰ってくる前に寝る。その繰り返し。

——食事は、一人でするのよ。くれぐれも静かに、心を落ち着けて。

物心ついたときから、律子はそう言い付けられていた。

巫女は食事も儀式の一環と捉え、端座し集中して食べるものだから、と説明されたが、本当のところ、母がそれを命じた理由を、律子はよく理解している。

律子が心を揺らすと、不気味なことが起こるからだ。

たとえば、突然ガス台の火が点いたり、窓がいつの間にか開いていたり。風もないのに物が倒れたり。

ときどき虚空を見て、

「あっ、あそこに、小さい人がいるよ」

「あそこの隅から、黒いのが出てきた」

と告げる律子のことを、母親は大層気味悪がった。

もともと怪談の類が苦手だったようだし、神社という清らかな場所に連なる者だからこそ、律子の言うあやかしというのは、未知で、汚らわしい存在に映ったようだ。律子が、ご神体の近くを指し示して、「あの人、すごくぞっとする顔をしてる」と呟いたときには、強く手をはたかれた。

だが、律子にはただ、見えたのだ。

はっとするほど美しい姿をした者も見かけたが、大抵はくすんでいたり、奇妙だったり、違和感のある外見の者ばかりだった。そしてそれは、律子が笑ったり泣いたり、おしゃべりに夢中になったり、つまりは感情を揺らすたびに、やたらと活発に動き回るのだった。

それが恐ろしくて、幼い律子はよく泣いたものだったが、母親もまた、自分には理解できぬものを見て泣く娘にうんざりしていたのだろう。

彼女は、律子に、その力を隠すようにと、何度となく言い聞かせた。気味悪がられて、嫌な思いをするのは、あなたなのだからと。

律子はそれを守って口を閉ざし、だから、『誘鬼の才』という異能の存在を知ったのは、祖父が亡くなる直前のことだった。

里江たちの前に八幡神社の宮司を務めていた彼は、なんでも鷹揚《おうよう》に受け止めるような穏やかな人物で、だからこそ律子は、たまたま彼のもとに遊びに行ったときに、冗談めかして尋ねてみたのだ。

巫女さんって、アニメや漫画の中では超能力者なことが多いけど、現実で本当に、そんなことってあるのかな、と。

さあ、というのが彼の最初の答えだった。

あるかもしれないし、ないかもしれないね。でも、ずっと昔、祖母さんのそのまた祖母さんが、『誘鬼の才』というのを、持っていたそうだよ。この世ならざるものを見て、引き寄せる力——異能、と言うんだそうだ。

それを聞いたとき、律子は心臓が止まるのではないかと思った。

それはまさしく、自分の身に起こっているのと同じ現象だったからだ。

そして同時に、鬼を誘うという性質に対して、『才』という言葉を付けることに、違和感を覚えた。

祓える、という点についてはわかるとしても、こんな忌々しい、恐ろしい体質のことを、なぜ才能などと言うのか。

それが最も聞きたかったわけではなかったが、少なくとも「私も『誘鬼の才』の持ち主かもしれない」と切り出すよりは容易だったので、律子はそれを問うた。

祖父は目を瞬かせてから、「そうだなあ」と顎を撫でたものだ。

そうして告げたのだ。

そりゃ、誘えないよりも、誘えた方が楽しいからかなあ、相手が誰でも。

楽天家の彼らしい、大らかな答えだった。

けれどあまりに大らかだったからこそ、律子は咄嗟に、なんと話を続けるべきかわからなくなってしまった。

結局会話は尻すぼみに終わり、律子はそのまま彼の前を辞し、次に会おう、話を聞こうと思っていたその前日に――祖父は死んだ。持病から来る脳梗塞だった。

「全然楽しくなんかないよ、おじいちゃん……」

ひゅう、と寒風が拝殿の扉を叩くのを見ながら、律子は呟く。

穂村たちに出会ってからは、少々印象が変わった感もあるあやかし。

けれどこの場所にいると、どうしても、彼らに怯え、振り回されてきた日々のほうを強く思い出してしまう。

特に、あの団欒の日のことを。

律子はちらりと社務所の方角を振り返り、それから目を伏せた。

神職たち一家は、境内の中、社務所に住居を構える。マンションに引っ越すまでは、あの古びた部屋で、律子たちは暮らしていた。静かに、気を引き締めて。心を揺らさぬよう、厳しく己を律しながら。

唯一、あの日を除いて。

律子は、独り言とわかっていて、あえて声を上げた。

「あー……やだな、もう」

「やだ、やだ」

せっかく、ここ最近は、楽しいことばかりだったのに。

里江たちの家での生活にも、新しい学校にも、だんだん慣れてきて、お節介な越田町の住人の性質にも、少しずつ耐性が付いてきた。

相変わらず、里江たちと食卓を囲むことまでは踏み切れないが、それでも、日向とは昼食を共にしたりして、自分なりに、日常の歯ざわりのようなものを、摑みはじめたのに。

――もう、いい加減にして！

温かく微笑みかけてくる人間がずっとそばにいるという事実。それを受け止めていいのかと、おずおず手を伸ばそうとするたびに、けれどどうしてもあの声を思い出してしまう。

――どうして、「普通の子」みたいにできないの!?

「やだ……」

漏らした声は、子どものもののように、か細く、頼りなかった。

五年前の律子は、たぶん今より図々しかった。

食事は一人でとるし、笑ったり泣いたりしたら母は自分を叱るけれど、でも、暴力を振るわれたことも、無視されたこともない。学校で必要な道具や衣服は十分に揃えてくれたし、話だって――必要最低限の会話しかしなかったけれど――、目を見て聞いてくれる。

だから、大丈夫だと思ったのだ。

こちらから誘いさえすれば、学校のみんながそうしているという「一家団欒」が、食卓を家族で囲むということが、きっとできると思っていた。

律子はきゅっと目をつむる。

そうすることで、瞼によぎる残像が消えればいいと願った。

突然食卓を焼きはじめた凶悪な炎。笑う小鬼。火傷した肌を押さえ、恐怖に強張った瞳でこちらを見つめる両親の顔。手つかずのまま冷めてしまった、料理たち。

あの日、律子と家族は、決定的に断裂したのだ。

いや、もうずいぶん前に綻《ほころ》んでいたことに、気付かされたと言うべきか。

だから、両親が交通事故で突然この世を去っても、葬式を挙げても、一カ月が経っても、いまだに、律子は涙を流したことがない。

彼らは、とっくの昔から、遠い人であったのだから。

――ブブブブブ……。

そのとき、コートのポケットに突っ込んでいたスマートフォンが、思い出したように鳴りだして、律子はびくりと肩を揺らした。

すっかりかじかんでいた指をなんとか動かし、画面を開いてみると、表示されていたのは里江の名前だった。電話だ。

「もしもし……」

「あっ、律子ちゃん？　ごめん、今メッセージ読んだ。今日行くことにしたんだね、遺品整理。明日だったら、ちょうどそっちに奉務に行こうと思ってたから、車で乗せていってあげたんだけど」

叔母には心配を掛けてはいけないと思い、遺品整理のためにマンションに向かうということと、夕食は外で済ませるか、どこかで惣菜でも買うので必要ないということを連絡してあった。

里江は明日ならばと言ってくれるが、そう言うだろうと見越したからこそ、その前に向かうことにしたのだ。忙しい彼らに、時間や手間を割かせたくはない。

「すみません。今日、ふと思い立ったもので」

「いや、怒ってるわけじゃないから、全然いいんだけどさ。あっ、でも、夕ごはんはうちで食べなよ。コンビニで好きなもの買ってくるのは止めないけど、一人で食べてくるなんて、とんでもないよ。律子ちゃんみたいに可愛い子、変なやつに絡まれそうで超心配」

だが、里江からすれば、律子のそうした気遣いは不要どころか、とんでもないものであったらしい。

電話越しにもわかるほど心配の色を滲ませる里江に、律子は咄嗟に言葉に詰まった。

こういうとき、すみませんと言うべきなのか、ありがとうと言うべきなのか。いつもわからなくなってしまう。

「あとさ、今まだマンションにいるんだよね？　私ちょうど仕事上がったから、迎えに行くよ。暖かいところで待っててくれる?」

「えっ?」

実に滑らかに続けられて、律子は思わず変な声を上げてしまった。

少しでも迷惑を掛けたくないと思ったから、このタイミングに一人で来たというのに、わざわざ車で迎えに来てもらっては、まったく意味がない。

「あーっと、でもちょっと時間が掛かるかも。ここからだと、んー、三、四十分くらいかなあ?」

「いえ、いいです! 一人で帰りますから!」

「え、でも寒いじゃない。荷物もあるでしょ?」

「いえ、荷物なんて、全然ないですから。あまりにあっさり終わっちゃって、今、神社に来てるくらいですし……」

慌てて言い繕ってから、これでは情の薄い人間のように聞こえるだろうかと気を揉んだが、里江は「そうなのー?」とあっけらかんと笑うだけだった。

かつ、相槌を打ったわりには、まったく迎えをやめる気配がない。

律子は強めの口調で告げた。

「本当に、いいですから。私、一人で大丈夫です」

「でも――」

「来ないでほしいです」

電話の向こうで軽く息を呑む気配がし、律子もまた、はっとする。

里江の時間を奪うのは申し訳なかったし、もっと言えば、両親の命を奪った車という乗り物それ自体にも、律子は淡い不安を抱いていた。

その思いが無意識に紡いだ言葉だったが、これでは、強い拒絶にしか聞こえないだろう。

(ああ、もう)

律子は唇を噛み締めた。

たしかに穂村たちの言う通り、律子のコミュニケーションがうまくいかないのには、あやかしの存在なんて関係ないのかもしれない。なんだっていつも、こう、空回りばかりしてしまうのか。

「……そっか」

ほんのわずかの間に、里江が受けた悲しみと、それを悟らせまいとする気遣いまでが感じ取れる。

「おっけー、わかった」

「あの……」

「大丈夫よ。じゃあ、ええと、いったん切るね。気を付けてね」

ことさら明るい、優しい声で告げ、里江が電話を切る。

暗くなった画面をひとしきり見つめてから、律子はそれを両手で握りしめ、うなだれた。

「最低……」

もちろん、自分に対しての言葉だ。

「おいおい、どうした、どうしたー？」

「これはさ、あれだろ、絶対さ、痴話げんかだな！」

「この嬢ちゃんに、彼氏なんていないよう。おいらは知ってる！」

途端に、先ほど立ち退いたはずの小鬼たちが、どこからともなく集まってくる。最近徐々に見分けがつくようになってきた、三匹組だ。

（ほら、隙を見せたら、やって来る――）

律子は不意に、彼らに向かって怒鳴り散らしたくなるような衝動を覚え、ぐっとそれを飲みくだした。

睨み付けるのではなく、笑顔で。

ああ、けれど今、そのなんて難しいことか。

（すごく……いやな気持ち）

心の底がざらざらとする。今の失態は小鬼たちのせいではないと頭では理解していても、彼らのきゃらきゃらとした笑い声が、ひどく耳に障る。

あのときもそうだった。心を揺らす自分に付け込んで、なにがそんなに楽しいのか、好き勝手騒ぎ立てて。挙げ句、せっかく歩み寄ろうとしていた律子と両親を、引き裂いた。

そう、あの夜、初めて家族で囲んだホットプレートの周りではしゃぎまわり、出火させて両親に火傷を負わせたのは、鬼火を体にまとわせた、目の前の彼らのような小鬼たちだったのだ。

ホットプレートからの出火は奇妙な勢いで広がり、天井を焦がした。肉を焼こうとしていた両親の腕に火傷を負わせ、それ自体は軽症で済んだものの、彼らと律子の間に結ばれたかもしれない絆を、決定的に焼き消した。

当時の律子に、小鬼の見分けなどつかなかった。

だから、あのときの小鬼が、目の前の彼らだったかどうかなんて、わかるはずもない。

しかし、だからこそ、その可能性も否定できなかった。

「どうしたんだよ。急に黙りこんじゃってさ」

「俺たちのさ、胸をさ、貸してやろうか？　きひひ！」

「でも、おいらたちのサイズじゃ押しつぶされちまうよう」

「うるさい……」

周囲をぴょこぴょこと飛び跳ねる彼らに、つい、低い唸り声が漏れる。

今、どうしても、この騒がしい声を聞きたくなかった。

「黙っててよ……」

あの、怯えたような両親の瞳。彼らが亡くなってしまったことより、あのときの凍り付いた視線が、いつまでも律子の胸を塞ぐ。父親は、「ホットプレートのメーカーを訴える」と息巻いていたが、母親は、虚空に向かって「やめて！」と叫んだ娘を見て、すべての事情を察したのだろう、父親を止めた。

「どこかに行ってよ」

そうして、その日を境に、家族は一層交流を減らした。天井の修理を理由に、近くのマンションを借りて移り住み、もともと神社の護持に熱心でなかった彼らは、いつしか、神社を叔母夫婦に託して、それぞれ企業勤めを始めた。あの寒々しいマンションで、律子はますます、一人になった。

不意に、胸に冷たい風が吹き渡るような心地を覚える。木枯らしが激しく地面を叩きつけるような、その勢いのままに、彼女は叫んだ。

「消えて！」

びゅうっ！　と、一際強い寒風が、境内の木々を揺らす。

だが、その風は、拝殿の扉を揺する前にふっと掻き消え、

「荒ぶってんなぁ」

代わりに、どこか呑気な、低い男の声が頭上から降ってきた。

「……!?」

ぎょっとして顔を上げる。

夜に塗り替わろうとしている空から、とん、と軽やかに下りてきたのは、肩に引っかけた羽織を翻した穂村であった。先ほどの風で吹き飛ばされた小鬼たちを受け止めたらしく、目を白黒させた彼らを腕に抱えている。

口に煙管を咥えているためか、彼は「ん」とだけ声を上げると、ぽんと放り出すような

手つきで小鬼たちを地上に戻した。ついで旨そうに煙を吐き出し、律子に真顔で向き直る。

「嬢ちゃん。手拭いは持ってきたか」

「……は？」

「おいおい、そりゃねえよ！　次は『業炎ボンバー』もやるっつったじゃねえか」

煙管を持った手を大袈裟に広げ、もう片方の手で額を押さえ、溜息をつく。

「……は？」

ますます眉間に皺を寄せた律子の前で、穂村は「まあいいや」と煙管をしまうと、かわりに懐から手拭いを取り出し、律子に握らせるではないか。

「ほれ。新しいの持ってきな」

「いえ、いりませんけど」

布のほんのりとした温かさに、律子は本能的に顔を引き攣らせた。

鬼の体温など感じて喜ぶのは、あの雪雄くらいのものだろう。

「まあったく、いちいちつれない嬢ちゃんだぜ。まあいいや、おい、おまえら！　宴の準備だ！　火を入れな！」

「は!?」

だが、こちらの様子になどまったく頓着せず、穂村は片手を挙げ、宴の開始を宣言する。

叫ぶ律子をよそに、小鬼たちは「はいよお！」と元気よく宙に飛び上がり、次の瞬間には鬼火となって、宵の境内を照らしはじめた。

「宴だ、宴だ！」

「灯《あかり》は任せろい」

「仲間よ、早く集まれい！」

いつもは独特の、籠もった響きをまとう彼らの声も、今やはっきりと聞こえる。それで律子は、この境内が、彼らの領域になり替わったのだということを悟った。

見上げれば、沈んだ夕陽の残照で薄明かりを保っていた空も、ほとんど暗く染まっている。

夜が、迫っていた。

「呼んだか、呼んだか。太鼓はこの俺様にお任せあれよ」

「今日のシメはなんにするのだ？　カツか？　我はカツだと信じるぞ」

「おおい、巨釜を上げるの手伝っておくれよう」

朱塗りの鳥居からは、手足を生やした楽器が、先日見かけた巨大な獣が、何十人がかりでせっせと釜を運ぶ小人たちが、続々と現れてくる。言葉は発さないが、ゆらゆらと尾を遊ばせる、大量の鬼火も一緒だ。

そのたびに、境内は明るさを増し、太鼓や笛からなるお囃子が辺りに響き渡り、真ん中には、やぐらのようなものが組まれて巨釜が据えられる。あっという間に、祭りの夜のような、煌々とした風景ができあがった。

「ちょ……ちょっと、待ちなさいよ」

呆然と光景に見入ってしまった律子は、そこでようやく我に返り、穂村に向き直った。

「どうしてここで宴が始まるのよ！　あなたたち、越田町のあの神社が縄張りじゃないの？」

「いやあ、あそこはすっかり、雪雄のやつにマークされちまってよう。あいつが来ると、途端に爆音系の歌が禁じられるわ、マナーが厳しくなるわで、しらけんだよなぁ」

「そんな理由で場所を変えるの!?」

思わず突っ込んだ律子だったが、考えてみれば、鬼たちがどこで宴をしようが、それは自由だ。いや、まがりなりにもあやかしだろうに、聖域である境内でそれをするなよとは思うのだが、べつに律子がそれを咎める筋合いもない。

（どうしよう）

つい先ほどまで、小鬼たちのことが厭わしくて仕方なかった。あやかしと遭遇してしまった以上、彼らを祓うなり牽制するなりしたほうがよいのでは、という気もする。

一方で、穂村の相変わらずの能天気さに、先ほどまでの毒々しい思いが、ふいに行き場を失ってしまったような感じもあった。

（それに……）

律子はそっと、己の腹に手を当てる。

今日はまだ禊も済ませていないし、短刀も持ち合わせていない。なにより――夕飯時が近付いて、小腹が空いていた。こと穂村たちと対峙するにおいて、これはつまり、相当な不利ということである。

いそいそと運び込まれた酒や肴、なにより、やぐらの上にどっしりと据えられている巨釜を見て、律子は半ば遠《なか》い目になった。


食い道楽の彼らは、また、調理で宴を締めくくるつもりだろう。

「……帰る」

よって、律子はそう結論した。

今日のところは、小鬼たちをこれ以上追い詰めるつもりもない。厳密には、八つ当たりを認めたというべきか。少なくとも今回は、彼らを睨み付けたり、祓ったりしなくてもいいと思ったのだ。

（もうこれ以上、こいつらと関わり合いたくないし）

手拭いを穂村に押し戻し、冷ややかな思いで踵を返した律子だったが、しかしくいと腕を引かれた。

「そうかそうか。まあ拗ねるなよって。手拭いの持ち方がわかんねえか？　ほれ、こうだ。半分に畳んでから、右手で長辺の端をしっかり持ってだな」

「いえ、そうじゃなくて」

「俺が『業《ごう》・業』と叫んだら、おまえは素早く『炎《えん》・炎』と返す。で、『業炎！』ときたら、『ボンバー！』だ。で、そのときすんげえ速く手拭いを回す」

「だから、そうじゃなくて！」

ごく自然に手拭いを握り直させてくる穂村相手に、律子は声を荒らげた。

「どうして私も宴に参加することになってるのよ！　あなたの歌なんて、べつに聞きたくもないし、一緒になって手拭いを回すなんて、するわけないでしょ⁉」

これ以上ないほど明確な拒絶だ。

それがいいことなのかはわからないが、穂村相手になら、こんな言い方をしても胸は痛まない。

いっそ清々しい思いすら抱き、ふんと鼻を鳴らした律子だったが、「そうかあ」と顎を撫でた穂村が次に取った行動は、彼女の想定を超えていた。

「おい、おまえら！　嬢ちゃんは先に、メシが食いたいんだとよ！　食材を運べ！」

「はい⁉」

なぜだか、すでに酒盛りを始めていたあやかしたちを前に、そんな宣言をしたのである。

「ど、どうしてそういうことになるのよ！」

「そうっすよ。俺たちまだ、飲みはじめたばっかりなのに」

「今日こそは『業炎ボンバー』と思って、手首の準備運動までしてきたのに！」

律子は叫んだし、酒杯を舐めていた彼らも、不満げである。

しかし現金なもので、

「今日は、酒の肴が少なくて、白飯ばっかだろ？　そこで今日は、『アレ』を作ろうと思ってよお……」

穂村が赤い瞳をにやりと細めただけで、彼らはぱっと顔を輝かせた。

「いいっすね！」

「やりましょう、やりましょう！」

「いよっしゃあ、豚肉持ってきます！」

盃を投げ出す勢いで、ふっと姿を掻き消す。かと思えば、次の瞬間には、「えっさ、ほいさ」と掛け声を上げながら、塊肉をのせた板を掲げ持ち、鳥居をくぐってくる彼らの姿が見えた。

「……!?」

いったいどんな仕組みになっているのか、つくづく謎に満ちた空間だ。

ぎょっとしている間にも、もはや顔見知りになりつつあるろくろ首が、着物の童女が、大きな獣が、影法師が、手足を生やしたあらゆるものたちが、調味料や器具の類を運び入れてくる。

気付けば、やぐらの巨釜を中心に、完全な調理態勢が敷かれていた。

「よーし、まずは、肉切るか！」

「ちょ……ちょっと待ってよ。私、食べないから。もう帰る」

滑らかに下ごしらえに取り掛かろうとする穂村を尻目に、ようやく我に返る。

だが鳥居に向かって踵を返そうとした律子は、己の足が自由に動かないことに気付いた。

「な……っ」

「まあまあまあ、ちょっとくらい付き合ってけって。な？」

居酒屋でしつこく部下を引き留めるサラリーマンのようなセリフを吐き、穂村はにやにやと首を傾げる。指先をつい、と曲げた素振りを見るまでもなく、彼の仕業だった。

「離しなさいよ！」

「さーて。肉の切り方もポイントの一つではあるんだが……俺一人じゃ疲れるんだよなあ。おい、かまいたち、そこにいるな？」

顔を真っ赤にした律子など、穂村は気に留めもしない。

虚空に向かって呼びかけると、片腕でぐいと律子の身を引き寄せ、どこから出したのか、朱色の唐傘を広げた。

「小間切れで頼むわ！」

「ちょっと、近い――」

すぐ傍に感じる体温に動揺し、手を突っ張って離れようとしたが、それよりも早く、

――ざんっ！

刀を大きく振りかぶるような音が聞こえたので、驚きに目を見開いて固まる。

一拍遅れて、ごうっと嵐のような強風が境内を吹き渡ってゆく。

「きゃあ！」

「うーむ、見事」

方々でばりばりばりばり！　と音を立てる風を、傘一つでいなすと、穂村は満足そうに頷い

た。視線の先には、つい先ほどまで塊肉をのせていた板がある。象ほどの大きさの塊だったはずだが、不思議なことに、そこには、薄くスライスされた肉の山が出現していた。

「な……!?」

おそらくだが、先ほど「かまいたち」と穂村が呼んだ風によって、小間切れにされたのだろう。

（かまいたちって……そうか、自然現象の名前だけど、あやかしでもあったかも）

対策の足しになればと、最近紐解いた『妖怪図鑑』の内容を頭の中で照合しながら、ごくりと喉を鳴らす。

一歩間違えれば、律子の体が切り刻まれるところだった。穂村の態度が態度だから、つい忘れがちだが、やはりあやかしなど、危険極まりない存在だ。にわかに体を緊張で強張らせ、慎重に問うた。

「……いったい、なにを作るつもりなの」

「んー？」

肉に近付き、脂の乗り具合を確認していた穂村は、首だけを動かし振り返る。

そして、にっと笑った。

「絶品、生姜焼き」

「生姜焼き、ね」

律子は警戒心を込めたまま、真顔でそれを復唱した。

いや、復唱してみたはいいものの、正直、メニューが判明したところで、どうリアクションしてよいのかわからない。

言葉に詰まる律子を見てなにを思ったのか、穂村が誇らしげに胸を叩いた。

「超うまいの食わせてやるから、まあ見てろよ。一口食えば、一気に極楽。眉間に皺寄せて、俺たちを脅しつけようなんて気も、ぱあっとどこかに行っちまうからよ」

「……そうやって私を懐柔するつもり、ってことね」

律子は、相手の意図が明確になったことで、少しだけほっとした。

つまり、彼らは、先ほど律子が小鬼たちを威嚇したことに、危機感を抱いているわけだ。それで、これまでと同様、うまいものを食わせれば攻撃の手も緩むだろうと、せっせとこちらに食事を捧げようとしているということである。

(今日はこれ以上攻撃するつもり、なかったんだけど)

内心ではそう思うが、べつにわざわざ告げてやる必要もない。警戒すべき相手という立ち位置は、あやかしから身を守るために、今後も維持したほうがいいに違いないからだ。

邪悪なはずの存在が、自分のためにせっせと料理を作り機嫌を取るという図は、なんとも馬鹿らしいが、律子はしばし、彼らに付き合ってやることにした。

(ええ、馬鹿らしいわ。料理で懐柔されるなんてこと、あるわけないじゃない)

先日のソースカツや、それに続くフレンチクルーラーの宴が、ふいに脳裏によぎる。

律子は無言のまま、あやかしたちから視線を逸らした。

（……あ、あるわけないじゃない）

自分でも説得力がないとは思っている。

だって――慣れぬ電車の乗り継ぎと、遺品整理で疲弊し、小腹の空いた体。そんな状態で、彼らの作る、あの堕落的な料理に接してしまったら。

（……落ち着くのよ。生姜焼きで、さすがに理性を失うなんてことはないはずだわ）

律子は必死に言い聞かせた。

たしかに、味の濃い生姜焼きは食欲をそそるだろうが、あれはむしろ、家庭的な料理の代名詞だ。引き連れてくるのは、温かで素朴な食卓のイメージであって、嚙めばソースがじゅぶっと染み出すソースカツや、アイスをのせ蜂蜜を回しかけたドーナツに比べれば背徳感はない。必然、あの、欲望の渦に引きずり込まれるような、凶悪な食べ応えというのもないだろう。だから、大丈夫だ。

（もうあやかしたちの前で、あんな無防備な状態にさせられるのはごめんだわ）

結果的に危害は加えられなかったものの、敵である存在の前で、理性を失い、欲求をさらけ出してしまったことは、苛烈な羞恥心を律子に与えていた。

律子はぎっとまなじりを決し、わいわいとこま切れ肉を囲む一団を睨み付ける。

（今日こそは、料理を差し出されても、毅然と断ってみせる）

少々趣旨が変わっているような気もしたが、彼らに吞まれない、という点で言えば、なにより重要な命題だった。

そう。呑まれない。泰然とした姿を崩さない。

たとえ、拷問道具かと思うような巨大なおろし金を使って、彼らが生姜を下ろしはじめても。あたりに、つんと爽やかな生姜の香りと、一緒におろされたにんにくの香りが広がりはじめても。

「う……」

やぐらに据えられていた巨釜に、さっと油を引き、そこに、薄切りにした玉ねぎを放り込まれようとも。そこに、生姜の絞り汁とおろしにんにくに浸した豚肉を投げ込まれようとも。熱された鍋肌に触れた途端、肉がじゃじゃじゃじゃ……！　と激しい音を立てても。

なんら、律子の鋼《はがね》の理性に影響するものではない。

「うう……っ」

砂糖やしょうゆ、みりんや酒が加えられ、そのたびに、じょわ……っ！　という濡れた音とともに、えもいわれぬ甘辛い匂いが立ち込める。

(大丈夫……まだ、堪えられる……っ)

律子はきゅっと唇を引き結んだ。先ほどから、額に妙な汗がにじんでいる。

嗅覚と聴覚をいたく刺激され、気を抜けばすぐにでも涎が滲みそうではあったが、いやしかし、暴力的なまでに食欲に訴えかけるメニューに比べれば、まだ健全だ。余裕で耐えられる。

だが、ぎりぎりと絞られた律子の理性の糸を、穂村の次の一言が断ち切った。

「よーし！　仕上げに、カレー粉投入！」

「は!?」

生姜焼きにカレー粉を加えるなどという暴挙、聞いたこともない。

ぎょっと顔を上げた律子の前で、穂村たちは、まるで花咲か爺が枯れ木に灰を撒くように、壺に手を突っ込んだかと思うと、景気よく黄色い粉を撒き散らした。

途端に、ふわっと一面に漂う、スパイスの香り。

食欲をストレートに襲うその香りを吸い込んだ途端、じわりと、とうとう唾が湧きはじめたのを感じた。

「な……、な、な……っ」

「なにが『絶品・生姜焼き』を絶品たらしめるかといえばよお、カレー粉のわけなんだなあ」

動揺を露わにした律子を振り返り、穂村はにいっと口の端を引き上げる。

「このやばい粉を掛けると、人間、誰もかれも理性を失くして、涎を垂らしたまま鍋に縋りつくようになる。すぐに嬢ちゃんも、なにも考えられなくしてやるよ」

まるで麻薬の売人のような言い草だが、律子としても強く反論はできない。すでに口の中が、すっかりカレーになりはじめていた。

（たしかに、すごい中毒性……！）

この、強制的に食欲を引き出すような香りときたらどうだろう。しかもそれは、砂糖醬油の甘辛い匂いと混ざり合って、大層濃くて深い味わいを予感させるわけである。

もしこれを、白いごはんと一緒に食べたら。いや、いっそ、上にのせてしまったら。

だめだ、その情景を想像せずにはいられない。

（ひ、引きずられちゃだめ！）

律子は固く拳を握り、必死になって、目の前の料理に難癖をつけた。

カレー粉がなんだ。食欲をそそることは理解しているが、なぜそれを、わざわざ生姜焼きにぶつける必要があった。結局、生姜の風味が台無しにされ、味ばかりが濃い代物ができあがるだけではないか。

そうとも。濃厚な、白ごはんがものすごく進む味わいの――。

（って、違う！）

ぷるぷると首を振る律子をよそに、穂村たちは手際よく、カレー粉の絡まった肉を、人間サイズの皿によそい分けていく。

別方面からは、小鬼たちが、同じく人間サイズの茶碗に白飯をよそってきて、「よいせ」と運んできた。

「精米したてを、土鍋で炊いた飯だぞう！」

「そ、そういうこと言うの、やめてくれる……っ」

ふい、と顔を逸らしたが、今度はその顎を、がしっと穂村に摑まれてしまった。

「ほおら、この匂いを、よおく嗅いでみろや……」

そうやって、危険な薬物を嗅がせる極悪人のような笑みを浮かべ、律子の鼻先でゆっくりと皿を動かす。

真っ白な湯気が、ふわり、ふわりとたなびき、この上なく魅惑的なスパイスと脂の香りが、律子の鼻孔を直撃した。

「……っ！」

「まだまだ、これでしまいじゃないぜえ……？」

「な、にを、する気……！」

すでにいっぱいいっぱいの律子に対し、穂村は余裕の表情で笑みを深める。

「ろく、仕上げ用のブツを」

「あいよ」

なにかと気が利くろくろ首が、器用に首に巻き付けて持ってきた、二つの『ブツ』を見て、律子はいよいよ絶句した。

一つは黒胡椒。黒い粒をがりがりと粗挽きにして、その場で生姜焼きに振りかけている

――それはわかる。

が、残るもう一つというのが、

（マヨネーズ!?）

ぽってりと腹の膨らんだ容器に、赤い蓋が目印の、マヨネーズだったのである。

「基本的に手作りが好きな俺だがよお、ことこういう調味料に関しちゃ、市販品を侮っ

ちゃいけねえ……。なにがすげえって、このキャップが優れものなんだ」

ふ、と意味もなくニヒルな笑みを決めながら、穂村が片手の親指でピンッと蓋を弾く。

「カロリーハーフなんかじゃねえ、元祖の威力を、とくと思い知るがいいさ」

そうして、すでにカレー粉や胡椒でトッピングされている生姜焼きに、躊躇なくそれを回しかけた。

「な……っ！」

いったい何種類、味を重ねるつもりなのか。

芸術的な放物線を描いて、みるみる生姜焼きに投下されてゆくマヨネーズを前に、律子はそんな感想を抱く。

生姜だれ、カレー粉、マヨネーズ。三者が同時に成り立つ味覚を想像しきれず、目の前の料理は、ただただやりすぎにしか見えなかった。そう。カロリーも味も、過剰。良識ある人間なら、その威圧的なまでのボリュームに、まず怯むだろう一品である。

「そんなもの……」

ふんと鼻で笑ってこき下ろそうとした律子だったが、続けるべき言葉に悩んで、口をつぐんだ。

まずいに決まってるでしょ、と言うには、目の前の皿はやや、魅力的に過ぎた。少なくとも、カレー粉がもたらすスパイシーな香りには、すでに相当食欲を刺激されている。

かといって、「やりすぎだわ」などと言うのも、遠回しな称賛のニュアンスを含んでしまうような気がして、抵抗があった。

　結局律子は、

「脂っこくて、とても食べられたもんじゃないわ」

　とだけ、小声で囁いた。

「さあて、それはどうかねえ」

　だが穂村は、動じない。

　今回は上半身は拘束されていないので、皿と箸ごと「ほい」と律子に押し付けると、

「召し上がれ」

　と大袈裟に両手を広げた。

　咄嗟に皿こそ落とさないように持ってしまったものの、素直に従う気にもなれず、むすっと黙り込む。

　だが、

「あー。なんだ、怖いのか？」

　穂村が「やれやれ」と言わんばかりの、生温い笑みを浮かべたので、律子はぴくりと眉を跳ね上げてしまった。

　それを見て取ると、穂村はもったいぶった仕草で煙管を咥え、煙をふうっと、律子のすぐ隣に向かって吹きかける。

　器用なことに、煙は三つの輪を描いて、ぷかぷかと宙を舞った。

「まあ、そりゃそうだよな。だっておまえの意思の弱さときたら、濡れた紙並みだもんな。今日もまた、俺たちのメシにあっさり陥落しちまうとわかりきってるんじゃあ、そりゃ、進んで負けに行く人間もそうはいないよなあ」

わかりやすすぎるほどの挑発だ。煙の輪を作りながらにやつく穂村に、ごはん茶碗を掲げたままの小鬼たちも、次々と同意する。

「お嬢、人一倍、メシに弱えもんなあ」

「これでさ、『氷の巫女』なんてさ、あだ名があるなんてさ、まったく信じられないよな」

「まあ、そういう意思が弱いとこ、嫌いじゃねえけどよう」

けらけらと笑いながらの言葉を、律子は侮辱と受け取った。

(冗談じゃないわよ)

なぜ、いつの間にか宴に巻き込まれ、望んでもいないのに皿を押し付けられ、勝手に馬鹿にされているのか。わけがわからない。

(さすがに、この料理に、がっつくはずはないじゃない)

完食どころか、数口食べただけで、胸やけしてしまうだろう。

よって、律子はもったいぶった様子で箸を取ると、一口、生姜焼きを口に運んだ。

これ見よがしに顔を顰めて、「くどい」とでも言い放ってやるつもりで。

しかし、

「——……んん!?」

実際に彼女が口にできたのは、くぐもった悲鳴だけだった。それも、苦痛のではなく、歓喜の。

(な、なにこれ!)

口内で、味覚の洪水が起こっていた。

真っ先に感じるのは、もちろんカレーの風味だ。けれど、それは生姜の風味を掻き消すことなく、むしろ互いを引き立て合って、これ以上ないほどスパイシーな味わいを呈している。

(し、しかも、マヨネーズが……っ)

そこにきての、マヨネーズである。

生姜焼き本来の甘辛い味に、特徴的なカレーの組み合わせ。ここまでならば、刺激的すぎる味になるだろうところを、豚の脂と一緒になったマヨネーズが、そのコクで、生姜焼き全体をまろやかに包み込んでいた。

ただただ、濃厚で、凄まじい味総量を持つなにかが、混然一体となって、口いっぱいに広がってゆく。胸やけなど覚える間もなく、むしろ脂の力を借りるようにして、生姜焼きはするんと、喉を滑り落ちていった。

「あ……」

一口目を飲み下してから、愕然とする。

あやかしたちに、そして彼らの料理に難癖をつけてやろうと思っていたのに、する暇もなかった。

「おらおら、飯も一緒に食えよ」

「いつまでもさ、持ち上げてるとさ、腕がさ、重いんだよな」

下からは、ずっとごはん茶碗を掲げていた小鬼たちがせっついてくる。

律子は、咄嗟に彼らに反論しようとしたはずなのに、

「………」

なぜか気付けば、生姜焼きの皿を傾けて、中身をどさりとご飯の上に移し、それから、茶碗を受け取ってしまっていた。

「お？　わかってんじゃねえか」

穂村が愉快そうに笑いかけてくるが、べつに、彼の歓心を得たいわけではない。

純粋に、一口目を飲み込んだ瞬間、胃の底から猛烈に込み上げてきた食欲の促すまま、行動しているだけである。

（この……マヨネーズが熱で溶けて、とろりと滴っているところを、生姜焼きで掬いつつ、白ごはんにのせて……）

無言で、茶碗の壁面をこそぐようにして、箸を滑らせてゆく。

（一滴も零さないよう、口に運べば……）

茶碗に直接口を付けては品がない、などという普段なら当然浮かぶ発想が頭をよぎる余裕もなく、律子は、丼となったそれを、掻き込んだ。

（おいしい……っ！）

むくむくと口を満たす熱に、思わず目を潤ませた。

この、暴力的なまでになにかを満たしてゆく感じ。

ガツン、と音を立てて本能を揺さぶるような、荒々しい食べ応え。

小腹が空いた程度、と思っていた空腹感は、今や猛烈な飢餓感となって彼女を襲い、その荒ぶる獣を鎮めるかのように、律子は、この堕落メシを流し込んだ。

食べたい。おいしい。食べたい。

もう、それしか考えられない。

途中、白ごはんと生姜焼きを——そしてもちろんマヨネーズも——追加してくれた穂村に、反射的に感謝の視線を向けてしまいながら、律子は茶碗の中身を完食した。

脂の一滴さえ残らぬ茶碗と裏腹に、全身が、もうあと米一粒ぶんだって入らないというほど、満ち満ちていた。

「う……」

食べきってしまってから、急速に襲ってきた満腹感に、律子はふらりとしゃがみ込む。

こうして、身動きが取れなくなるほどに満たされるのも、もう三度目のことである。

初回のような驚きはないが、代わりに、「またか」という、不甲斐ない自分への絶望感が湧いてきた。腹は満たされたものの、同時に体が重く、気だるささえあり、こんな状態では、略拝詞を唱えたって彼らを祓えないだろうことは、目に見えている。

「うう……！」

だんっ、と冷えた石畳を拳で叩いてはみせたが、生姜焼きでしっかり満たされた体は、ぽかぽかと温かかった。ぽかぽかと温かかった。もう、悔しいやら、幸せやら、すっかり感情が混乱してしまっている。

「ううううう！」

だんだんと石畳を叩く律子を見て、穂村たちは「まあまあ」などとにやついていたものの、いつまでも蹲ったままの姿を前に、やがて顔を見合わせた。

意中の相手をからかいすぎて泣かせてしまった悪がきのような表情だった。

「ま、まあ、なんだよ、うまいメシ食って腹がくちくなったなら、そんなに悲壮な顔すること、ねえじゃねえか」

「そうだよ、食いっぷり悪いよりは、いい女のほうが、すかっと気持ちいいしさ」

「なあ」

だが、慰めいたことを口にしはじめた彼らのことを、律子はぎっと睨み上げた。

「そういう問題じゃない」

「じゃあ、どんな問題なんだよ」

首を傾げた穂村たちを見上げ、やがて、律子はぽつりと呟いた。

「……あなたたちを嫌うのは、軽い気持ちじゃないの」

「んん？」

「簡単に……ごはん一つで懐柔されちゃうような、そんな軽いことじゃないの。私は……私はっ」

声は次第に、昂っていった。

あやかしが嫌いだ。面白半分で人の人生をひっかき回し、両親と自分を引き裂いた彼らが、大嫌いだ。

それだというのに、彼らの手料理を口にして、のみならず、毎度毎度、敵意が鈍るほどに満たされてしまうことが、律子には信じられない。

同時に、言いようのない不安に駆られるのだ。自分の憎しみは——悲しみは、こんなにも容易に翻される、単純で、ちっぽけなものであったのかと。そんなものに、自分は何年も、そして今も、振り回されているのかと。

（あの日のことを忘れられない私が、馬鹿なだけなの……？）

律子はきゅっと唇を嚙み締めた。

団欒の夜を思い返すと、いつも蘇る光景がある。

異様な勢いで燃え盛る炎。はしゃぎまわる小鬼たち。怯えた両親の顔。手つかずのまま残された料理。

その日は焼肉をするはずだった。切った肉と野菜を焼くだけなら、小学生の律子でも、食卓を整えることができると思ったから。乗り気でない両親のためにも、自分が完璧な一家団欒を演出せねばと、張り切っていた。

ひとかけらでも失敗したくなかったから、小遣いを握りしめて、料理本を買って。焼肉に合いそうな玉子スープを、不慣れな包丁を握って、こしらえた。

もっともそれは一口も味わわれることなく、冷めきってしまったのだけれど。

あのときの、胸が凍り付くような思い。すべてをめちゃくちゃにしたあやかしに対する、冷ややかな怒り。それは、今の律子を形成する、とても大きな要素だったはずだ。

だというのに、それが、こんな些細なことで翻ってしまうだなんて。

「……もう、よくわからない」

頭の中がぐちゃぐちゃだった。

それは一つには、満腹すぎて考えることが億劫だったからだし、もう一つには、精神がこうした混乱状態に陥ることが、これまでほとんどなかったからだ。

静かに。落ち着いて。己を律し、制御する。そればかりを、心がけてきたはずなのに。

「情けない……」

ただ、それだけを思った。

再び膝に顔を埋めてしまった律子を、穂村たちは困ったように見下ろす。

おまえが慰めろよ、いやここはそっちが、のような視線でのやり取りを数回往復した後、

「あー、なんだ」

結局穂村が、赤い髪をばりばりと掻きながら、切り出した。

「腹が減りゃ殺伐とするし、腹が満ちりゃ穏やかになるのは、誰も一緒なんだからよ。嫌

いな相手を嫌えなくなっちまったとか、そんなことで、そこまで落ち込む必要もねえじゃねえか。嫌うよりは好いたほうが、人生楽しいだろ？」

「……相手が、明らかに邪悪な存在なら、ほだされちゃまずいでしょ」

律子は、顔を埋めたまま低く答える。

それは裏を返せば、彼女が穂村たちにほだされかけているということのはずで、日頃の彼らだったら、やんやと囃し立てただろうが、しかしこのとき、穂村はそれをしなかった。

「邪悪かねえ」

彼は、不意に、まるで律子の祖父を思わせるような穏やかな声で、問うたのである。

「俺たちは、邪悪か？」

あやかしや妖怪、この世ならざる者。呼称は様々だが、律子が生きるこの現世は、生者の世界である以上、彼らは異端と呼ばれるべき存在であって、心の隙に付け込んだり、怪我をさせたりする彼らは、当然『悪いもの』のはずである。

けれど、真正面から、こんな優しい声で問われてしまうと、きっぱりとそう断じることができなかった。

少なくともこの三回、律子は穂村に、遇されることしかしていない。

結局律子は、しばらく悩んだ末、声を押し出すようにして答えた。

「……全部がそうじゃないかもしれないけど。周りの人に怪我をさせたり、怖がらせたりするやつらは、邪悪だと思うし、許せない」

脳裏によぎったのは、あの日、ホットプレートの周囲で飛び跳ねる、小鬼の姿だった。怯える両親を見て、きゃらきゃらと愉快そうに笑っていた彼ら。

「だってあなたたちは、笑うじゃない。大迷惑を掛けてるのに、楽しそうにけらけらと。私がちょっとでも心を揺らしたり、弱らせたりすると、途端に、にやにやしながら集まってくる。それが悪いものでなかったら、なんなの？」

律子には、ほとんどの小鬼の顔の見分けがつかない。せり出た腹と角を持ち、炎を身にまとわせる彼らは、たいてい同じに見える。

だから、本当に悪いのはあの日の小鬼だけだったのだとしても、律子からすれば、皆同じだ。彼らの誰を見ても、いや、小鬼に限らず、この世ならざる者を見ただけで、本能的に身構えてしまう。

「あなたたちは、いつも暗がりにいるじゃない。ごみごみした、穢れた場所に集うじゃない。いつもじっと、私のことを見張って、隙あらば寄ってくるじゃない。そんな相手を、どうしたら、『怖い』とか、『嫌だ』って思わずにいられるの？」

詰問するように声を震わせると、あやかしたちはしん、と黙り込んだ。

普段はおしゃべりな小鬼たちも、眉を下げて口を閉ざしている。心なしか、帯びている炎も萎縮しているようだ。

「……あの、おいら」

「あー、よせ、こもり。今言っても、こじれるだけだ」

常に群れ集っている三匹の小鬼のうち、一番小さな小鬼――こもり、というらしい――が、何事かを言いかけたが、穂村は片手を振ってそれを制した。

「女ってのはよ、心の切り替えに時間が掛かるし、それを急かすとろくな結果にならねえんだ。今はこの嬢ちゃんも、いっぱいいっぱいなんだろ」

日頃は女遊びの激しい若旦那崩れのような風情のくせに、いや、だからこそなのか、穂村はわかったような口調で肩を竦める。

律子はなんとなくむっとしたが、反論しようと口を開くよりも早く、穂村がどこからともなく重箱を取り出したので、慌てて制止した。

「ちょっと。さすがに今日は、いらないから」

「なんでだよ。あ、白飯も付けとくからな。マヨネーズは食う直前にかけねえと、余熱で溶けちまうから、悪ぃが自分で調達してくれ」

「だから！　いらないって言ってる！」

むきになって言い募るが、穂村はどこ吹く風だ。

手際よく、新しい手拭いで重箱を包むと、律子に押し付けた。

「本当に、いらな――」

「なあ。腹が満たされると、気持ちがずいぶん穏やかになるだろ」

それから、律子の言葉を遮って、にいと笑った。

真っすぐに瞳を覗き込まれて、その炎のような不思議な色合いに、なぜだか視線が惹きつけられる。

「空腹のときは、短刀振りかざして、まあおっかねえ嬢ちゃんだが、ほっぺ膨らまして、動けなくなるまで料理を食らうおまえさんは、そりゃあまあ、愛らしいもんだ」

「な……っ」

「覚えておいてくれよ。おまえが、おっかねえ女にも可愛い女にもなるように、俺たちだって、邪悪なやつにも善良なやつにもなる。ただそれだけのことだ」

穂村はそう告げて、無理やり律子に手拭いの結び目を握らせた。

生姜焼きとごはんを詰め込んだ重箱は、ずしりと重かった。

「ただ、腹が減ってると、誰もかれもいやなやつになる。いやなやつになっちまうと、周りの皆のことも、いやなやつに見える。だからおまえさんは、もっともっと、満腹にならねえといけねえよ。そうしたら、こもりたちの姿だって、違うように見えるだろ」

「なにを……」

彼の言い回しは、飾り気がないようでいて、曖昧だ。

戸惑って呟いたが、穂村はそんな律子の顎をすくうと、すいと上を向かせた。

「うん。前に比べりゃ、見られる顔色になってきたじゃねえか。ちゃんと食ってるからだな。よしよし」

「け……血色をよくして、食らおうとでも言うの……!?」

「ああん？　このグルメな俺が、骨が浮き出そうなほっそいガキに、そそられるとでも?」

ぎょっとして叫べば、顔を顰められる。心外だと言わんばかりの態度に、戸惑った。

「……じゃあなんで、あなたたちは、私にいつも食べさせてくるのよ。あなたたちは、何者なの?」

「腹が満ちて、じっくり考える余裕ができりゃ、わかるようになるんじゃねえか?」

「どういう意味?」

律子は眉を寄せたが、穂村はやたらに上手いウインクを決めるだけだった。

「ま、宴にまた来いってこと」

「は!?」

「じゃー、第一部終了ってことで、おまえさんはお家に帰んな。俺たちゃこれから、ヒットナンバーがんがん決めるから。前回は雪雄のやつに『業炎ボンバー』を禁止されちまって、鬱憤が溜まってんだよ。そりゃ、あいつは日頃ぶんぶんうるさい音に悩まされてるんだろうが、俺の歌は騒音じゃねえっての。なあ、おまえら?」

ぎょっとする律子をよそに、穂村は背後の仲間たちに向かって朗らかに呼びかける。

すぐさま「おう!」という返事があって、あやかしたちはそれを契機に調理態勢を解き、元の位置に――つまり、酒杯を傾けながらダラダラと宴を楽しむ態勢へと戻った。

「よおし、待たせたな!　順番前後したが、これからは待望のボンバータイムだ!　おまえら、生姜焼きつまみながらでいいから、手拭いしっかり用意しとけよ!」

「おおう！」

中身の酒が零れる勢いで、一同が盃ごと拳を突き上げる。

すっかり取り残された律子は、

「なによ――」

声を上げようとしたが、その瞬間、ぐうっと全身を後ろに引かれたような心地を覚え、その場でたたらを踏んだ。

まるで立ち眩みのような感覚。咄嗟に目をつむってふらつきをやり過ごし、おずおずと目を開ける。

すると、境内の真ん中あたりにいたはずなのに、いつの間にか鳥居の真下に移動していることに気付き、驚いた。

「きゃっ」

鳥居からすぐ石段が広がっていて、少しでも足を踏み外せば、転げ落ちそうになる。

慌てて身を引いた結果バランスをくずし、尻もちをついてしまった。

「痛あ」

尻をさすりながら、恨みがましく鳥居の奥を振り返る。

先ほどまで、赤々とした提灯や鬼火に照らされ、祭りの夜のようだったはずの空間は、今やとっぷりと夜の闇に沈んでいた。お囃子も太鼓も、もちろん『業炎ボンバー』の斉唱なども聞こえず、ただ、寒風が梢を揺らす音だけが耳に届く。

こちらに戻ってきたのだと、わかった。

「なによ、追い出したってこと？」

自分から去るつもりだったとはいえ、強引に追い出されると、それはそれで腹立たしい。

いや――。

「……あったかい」

押し付けられた生姜焼き重は、これを追放と表現するのを躊躇わせるほどには、ほかほかと温かかった。

「なんなのよ」

だから、律子は代わりに呟く。

冷ややかに凝り固まった怒りから一度離れて、穂村の言葉を反芻してみようと、自然にそう思えた。どうせ、腹が膨れすぎて、きびきびと動けやしないのだ。その場に座り込み、夜風でしばし頬を冷やしながら物思いに耽るくらいが、今できるせいぜいのことだった。

（お腹いっぱい。もう一歩も動けない）

今日も今日とて食べ過ぎてしまった自分を振り返り、無意識に腹をさする。

体が重くて、気だるかったが、まあ、満ち足りた、と表現できなくもない状態だった。

少なくとも、強引なあやかしたちに対して、強く怒ったり、拳を握りしめたりするだけの気力が、今はない。

鋭くとげとげしい感情が、胃の腑から広がるじんわりとした熱に溶け、輪郭を緩ませる光景を、律子はなんとなく思った。

――邪悪なやつにも善良なやつにもなる。

あれは、どういう意味なのだろう。

あやかしや鬼、妖怪と呼ばれるものは、基本的には、異端であり、悪い存在のはずではないのか。

とそのとき、突然目の前をパアアッと眩しい光が掠め、律子は目を細めた。

静かなタイヤの音に、排気音。バンッと扉を閉める、少しくぐもった音。

「ちょっとお、律子ちゃーん！　信じられない、どこで待ってんのよ、もー！」

運転席から出てきて、石段の下から呼びかけてくる人物が誰かを理解し、律子は素っ頓狂な声を上げた。

「さ、里江さん!?」

両手に腰を当てて、ぷりぷりとした表情を隠さない彼女は、里江だったのである。

彼女は、鳥居の下に座り込んだ律子を見ると、すぐに心配そうな顔つきになって、石段を上がってきた。

「もー、暖かいところで待っててって言ったのに、どうしてこのチョイスなの？　わかりやすいのはいいんだけど、近くのコンビニとかに移動してればよかったのに」

「さ、里江さん、どうしてここに……」

対する律子は、なんとか立ち上がったものの、しどろもどろである。

先ほど、里江に対してはきっぱりと――きっぱりすぎるほど、迎えを断ったというのに。

驚く律子に対して、里江は不思議そうに首を傾げるだけだった。

「え？　だって、迎えに行くって言ったじゃない」

「いえ、だって……『来ないで』って言ってしまったから、里江さん、『そうか』って……。『わかった』って……」

「え？　うん、言ったけど。でもべつに、『じゃあ迎えには行かない』なんて、一言も言ってないでしょう？」

こちらの揚げ足を取ろうというのではなく、あくまで素直に、きょとんとして返す里江に、律子は呆気にとられた。

彼女の中では、「そっかあ、律子ちゃんは来てほしくないのね、わかった」という相槌と、「それじゃあ迎えに行くからね」という結論は、矛盾なく繋がってしまえるのか。

（越田町住人の鋼のメンタル、舐めてた……！）

どこか日向にも共通する、あっけらかんとした強引さに、静かに衝撃を覚えていると、里江は今さらになって「あっ」と目を丸くした。

「えっ、もしかして、本当に来ないほうがよかった!?　え、今、私、うざい!?　ごめん、だめだった!?」

その、心底慌てたような様子に、律子は呆然と答える。

「いえ、全然その、うざくなんてないですけど、……だって、私さっき、すごく強い口調で、生意気なことを言ってしまって……里江さんも、その、驚いてたみたいだったから」

「んん？　ああ、『来ないで』ってあたり？　ごめんごめん、ちょうどあのとき、駐車場に向かって歩いてる最中で、転びそうになったんだよね。だめよねえ、歩きスマホ」

「え」

予想外の返答に、硬直してしまう。

では、あの一連のやり取りに滲んだ緊張感は、律子の勘違いだったのか。

瞠目して黙り込んでしまった姪に、里江は少し笑うと、「あのさ」と口を開いた。

「そりゃあ、遠慮されすぎると、寂しくなることもあるけど、べつに、ちょっと強い口調でなにか言われたくらいで、このお節介根性が傷付いちゃうことは、ないわけよ。律子ちゃんが恥ずかしがり屋さんってことは知ってるし、そんな律子ちゃんが好きだからこそ、私だって、あれこれ構いたくなっちゃうわけで。だからね、大丈夫なんだよ」

――大丈夫なんだよ。

それが、具体的になにを指しての言葉なのかは、わからない。けれど里江は、この言葉をよく使う。

そして律子はそれを聞くたび、わけもなく、泣きたいような気持ちになるのだ。

（大丈夫なのかな）

大丈夫なのだろうか。

大丈夫なのかもしれない。

自分の牙や棘など大したことなくて、彼女たちの心はこんなにもふっくらと豊かで。だから、彼女たちを傷付けてしまうなどと、恐れなくてもいいのかもしれない。

（いいのかな）

差し出された手を、摑んでも。

笑いかけてくる声に、笑い返しても。

こっちにおいで、一緒に食べようと誘う声に、応えても。

事態はさほど、悪いことには、ならないのかもしれない――。

「ほら、寒いでしょ。行こう、行こう。……って、うわ！　冷たい手！」

考え込んでしまっていると、しびれを切らしたらしい里江が、ぐいと手を引っ張ってくる。いつの間にか冷えていたらしい律子の肌に、びっくりしたような声を上げると、彼女はそのまま、熱を移すようにぎゅっと手を握りしめた。

「ひゃー、信じらんない。若い子ってこんなに冷えるの？　あ、石段気を付けてね。寒い場所で座り込んでて、突然歩ける？　足、痺れたりしてない？　っていうか、あれ？　その風呂敷なあに？」

まさに『浴びせる』という表現にふさわしい、怒濤の質問の数々。

律子は、苦し紛れに「マンションの知り合いに、たまたま持たされて……」などと答えながら、そのまま、おずおずと石段を下りはじめた。

繫がれた手が、まるで子どもに戻ってしまったようで恥ずかしかったが、足元が怪しいのと、里江がしっかり握って離さないのとで、そのままにする。

お腹がいっぱいで、本当は動くのも億劫なのだと、誰にともなく言い訳をしながら。

暖房で暖められた車内の助手席に落ち着き、シートベルトを締めて発進すると、車は静かに、夜の町を走りはじめた。里江は意外にも、運転中はあまり話さないタイプのようで、車内には心地よい沈黙と、振動だけが満ちる。

そのおかげか、車という乗り物に対して淡い不安を抱いていた律子も、気付けばとろん、と瞼を閉じつつあった。

重箱を抱え、背中を深くシートに預け、こくりこくりと、舟をこぐ。

まるで安全な場所で心を許しきった子どものように、無防備な表情で。

運転席から横を見た里江が、嬉しそうに口元をほころばせたが、眠る律子は、もちろんそれを知ることはなかった。

そうして、徐々に遠ざかってゆく神社の境内の、その一隅で。

律子がきれいにしてやった灯籠が、ほうっと、まるで去ってゆく律子を見守るように、淡い光を籠らせたことも、もちろん知る由もなかった。

がっつり餅入り、チーズタッカルビ風豚キムチ

「え、すごい、律子。そのマヨネーズどうしたの？」

隣の日向が目を丸くして尋ねてきたとき、律子は、やはり変かという諦念のような感情とともに、びくりと肩を竦めた。

昼休みのことである。

エアコンの効いた暖かな空間と、良心的な価格の惣菜を求める生徒たちで、今日も食堂はごった返していた。

すっかり昼食をともにするのが恒例となっている律子たちは、その日は二人掛けのテーブルで、それぞれの弁当箱を開いたところだった。

いつもはコンビニか購買のおにぎりで済ませる律子が、弁当を持ってくること自体珍しいが、日向の関心はそれ以上に、弁当箱と一緒にごろりと出てきた、マヨネーズ容器に向かったようだ。

それはそうだろう、ほとんど掌に収まるサイズとはいえ、携帯用と言い切るには、少々違和感のある大きさだったから。

「コンビニに売ってたサイズ、一番小さいのでもこれしかなくて」

「う、うん、そうか。でも、なんていうかこう、マヨネーズ大好き芸人みたいな光景になってるんですけど……。律子、学校までわざわざ容器ごと持ってくるほど、マヨネーズ、好きなんだ？」

「いや、好きでも嫌いでもないんだけど、生姜焼きを食べるには、絶対になきゃいけないような気がして……」

もごもごと答えながら、弁当箱に視線を落とす。

そこにあったのは、例のごとく、穂村に無理やり持たされた生姜焼きの残りだった。

案の定朝食では食べきれず、こうして弁当箱に詰めて持ってきたのだ。

朝は、ただ温め直すだけで食べてしまった律子だったが、するとやはり、どこかパンチに欠けるように思え、つい登校中にコンビニに立ち寄り、マヨネーズを買い足してしまったというわけである。本人は自覚していないが、律子には、一度仕込まれた食べ方をきっちりと再現するような、妙な律義さがあった。

「ふうん、そっかあ。いいね、いいね」

日向はといえば、そんな律子の説明を聞いて、にこにこと頷いている。

まるで旺盛な食欲を見せる子どもを前にした母親のような、満足げな顔だった。

「なんでそんなにご機嫌なの？」

「いやあ、だって。律子がそういうふうに、食にこだわりを見せてくれるようになったんだもん。実に喜ばしいよ。あ、私もさ、神様もいつもソースじゃ味気なかろうと思って、ちょうど昨日、神棚にマヨネーズを供えておいたんだ。今、世界的に来てるんじゃないかな、マヨネーズのビッグウェーブが！」

「……神棚にマヨネーズって、供えるものなの？」

ツッコミどころは多々あったような気がしたが、神饌《しんせん》にマヨネーズ、というのが一番違和感があるように思った律子は、ぼそっとそのあたりを指摘した。

だが、日向はかえって不思議そうに問い返してきたものである。

「えー？　供えるよ？　変かな？」

「いや……どちらかといえば、お酒とか、米とか、そういうもののほうが多いかなと」

律子は、神社に奉納される神饌を思い浮かべながら答えた。

神饌とは、神に捧げる供物である以上、清らかさが求められるし、神との間に交わす儀式でもあるのだから、象徴性を帯びるものが多い。必然、一般的なのは、主食である米や、そこからできた酒だ。地域によっては、海の幸や山の幸を捧げる風習があるのも知ってはいるが、それでも、獣肉の類や、加工品となると稀である。

「ふうん、そうなんだあ。でも、越田町だと皆、それぞれの好きなもの供えてるんだけどなあ」

日向が腑に落ちない様子で頷く。

なんでも、越田町は宿場町であったし、今は商店街でもあるので、商売繁盛を願って、どこの家庭でも神棚を持つことが多いらしいのだ。特に食品を扱う店ほど、八幡様に並び、摂社で祀られている三宝荒神――炎を司る竈神――を祀るところが多く、「店の竈を守ってもらおう」という発想から、揚げ物であれ煮物であれ、店の商品をそのまま供えることも普通なのだという。

「ちなみに我が家は、豚塊肉をどかんと供えたこともあれば、こんがり揚げたカツに、ウスターとタルタルソースを添えて供えることもザラです！」

「……なかなかワイルドな神饌だね」

「ね。そのほうがきっと、神様もテンション上がるでしょ？　香辛料店のさゆりん家《ち》なんて、自家製キムチとかよく上げてるみたいだよ」

「……うん」

さぞ、漂う匂いごとおいしそうな神棚なのだろうなと一言加えたくなったが、辛うじて踏みとどまった。

家庭の神棚なのだから、なにを供えようと、それは各家庭の流儀だ。

（それに、そういうところも、越田町っぽいっていうか）

ついで律子は苦笑した。

この町にやって来て一カ月。律子もだいぶ、お節介でお祭り好きの、越田町気質というものを理解してきた。

きっと彼らは、『あったかい』のが好きなのだ。陽気で、賑わっていて、人同士がぎゅっとくっつく空間が。冷えた酒や白飯よりも、こんがり揚げた肉のほうが相手も喜ぶに違いないと、心からそう信じている。

そして神様のほうも、この越田町の炎を守る存在ならば、実際それを喜んでいるのかもしれない。

なんとなくしみじみとした気になっていると、日向が「さゆりんといえば」と、思い出したように口を開いた。

「今日、さゆりん家《ち》に『お呼ばれ』されてるんだけどさ、よければ律子も一緒に行かない？　さゆりん家の料理って、商品でもあるからスパイスたっぷりで、すごくおいしいんだよ。たぶん、健吾とか宗ちゃんも来ると思うし」

「『お呼ばれ』……」

その言葉を、律子は躊躇いを覚えつつ反復した。

彼らにとって、互いの家に行き来し、食事をともにするというのは、ごく一般的なことなのだろう。あるいは、日常茶飯事とまでは言わなくても、とても喜ばしい、楽しいことなのだろう。

だが、律子はいまだに怯んでしまう。

あまりに距離が近い気がする、というのと、あとは、万が一『誘鬼の才』に引かれたあやかしたちが、なにかをしでかしてしまったら、という懸念がぬぐえないからだった。

彼らは、雑然としていて、様々な感情が入り混じる場所を好むようだから。

この町に越してきて、律子も少しずつ、人と食事をともにする行為に慣れてきたように思う。けれど、それは里江や日向という、特定の――自分では傷付けえぬほど逞しい人々が相手だから可能なのだ。ほとんど面識のない級友《さゆり》とでは、いささか荷が重すぎる。

特にさゆりは、先日のパン購入騒動の際に会ったけれど、朗らかな健吾や穏やかな宗太郎とは異なり、少し、つんとした印象のある少女だった。自分自身、冷ややかでつんとした性格に見られがちなので、『つん』同士が向き合って、コミュニケーションが成り立つのかは微妙なところだ。

「私、大人数は、ちょっと……」

「うーん、そっか、そうだよねえ……」

日向にならば、率直な思いを告げても大丈夫だろうかと悩みながらも遠回しに伝えると、日向はすんなりと引き下がった。

だが、そのくりくりとした子犬のような目に、少しばかり躊躇いの色をのせた後、

「でもさ」

と口を開く。

しかしすぐに思い直したようで、「なんでもない」と、再び口を閉ざしてしまった。

「はっきり言ってやれば？」

滑舌のよい声が降ってきたのは、そのときであった。

「さゆりん！」

振り返ってみれば、そこにいるのは、緩く巻いた髪を片側に流した、巻田さゆりである。

どうやらパンを買ってきたようで、片手に、ぱんぱんに膨れ上がったビニール袋を持っている。

そういえば、今日はパンワゴンの来る火曜日だったのだなと、律子は思い出した。

（はっきり、っていうのは……？）

だがパンワゴンのことよりも、今はさゆりの発言が気になる。

困惑し、椅子に腰を下ろしたまま相手のことを見上げると、さゆりは細く整えた眉を寄せ、ふんと不機嫌そうに鼻を鳴らした。

「なに？」

「え、いえ」

問いたいことはあるが、つっけんどんな相手に、なんと切り出してよいのかわからない。しり込みしてしまった律子を見かねて、日向が割って入った。

「もう、さゆりん、圧強いよ！　ごめんね律子。さゆりん、性格が悪いわけじゃないんだけど、ときどき態度が乱暴っていうか、意地悪顔が標準搭載されてるっていうか」

「ちょっと、ひな。まるでフォローになってないんだけど」

フォローの口調でこき下ろす日向も、不機嫌顔のままのさゆりも、けっして真剣に怒っている感じではなく、ぽんぽんと言葉を交わす。恐らく、これが彼女たちのいつもの距離感なのだろう。

「あれえ、おかしいな。渾身のフォローのつもりだったのにな」

「フォローの意味を調べてきたほうがいいわよ」

息ぴったり、という様子で会話する二人に圧倒されていると、さゆりが不意にこちらを振り返り、片眉を上げながら問うた。

「で、あなたは、『お呼ばれ』には来ない、ってことよね」

どうやら、会話の一部を聞かれていたらしい。

律子がおずおずと「そのつもりで……」と頷くと、さゆりは剣呑な様子で目を細めた。

「あっそ。失礼な人」

「さゆりん！」

途端に、日向が血相を変えて立ち上がる。

しかしさゆりは眉を上げて「だってそうでしょ」と返し、とん、とテーブルに片手を付いた。

「私、まどろっこしいのは嫌いだからはっきり言うけど、あなた、ずっと日向に対して失礼なことしてるって、気付いたほうがいいわよ」

「え……」

「だってそうでしょ？　最初の『お呼ばれ』のとき、あなた、途中で帰ったそうじゃない。それってこれ以上ないほど失礼なことよ。そのくせ、その後もいけしゃあしゃあと日向とランチしてるし。しかも、こっちからまた『お呼ばれ』に誘ってやってるのに、それも断るなんて」

どうやら、越田町の住人にとって『お呼ばれ』を断るというのは、それほど重大な意味を持つものであるらしい。

青褪める律子の横で、日向は慌てて「さゆりん」と制したが、それでもさゆりは止まらなかった。

「あなたが客なら、遠慮なくもてなされるべきだわ。そうでないなら——客じゃなくて仲間だというなら、逆にあなたが『お呼ばれ』をすべきよ」

「さゆりん！　律子に、越田町の論理を押し付けちゃだめだよ。だいたい、『お呼ばれ』なんていうのは、見返りを求めてするものじゃないんだから」

「見返りとまでは言わないけど、もらったら返すっていうのが礼儀なんじゃないの？　私たちもパンを買うのを手伝ったけど、その後なんにも音沙汰なし。日向は『お呼ばれ』にも誘うし、あなたのためにわざわざ昼時間まで割きつづけているのに、特にそれを感謝するでもない。周りの厚意におんぶにだっこで、いつまでも中途半端なお客様をしてるように、私には見えるわ」

日向が必死に諫めるが、さゆりはけんもほろろだ。

そして、さゆりの放った言葉は、聞いていた律子の心に深く突き刺さった。

黙り込んでしまった律子に、さゆりは溜飲を下げたのか、はたまたこれ以上の攻撃は無意味と踏んだのか、小さく溜息をついて手を引く。

「ま、ひながそれでいいなら、いいけど。ひな、また後でね」

そして、くるりと踵を返してしまった。

テーブルには、気まずい沈黙が落ちる。

それを破ったのは、「はあぁ」と溜息をつきながら腰を下ろした日向だった。

「ごめん、律子ぉ。まさかこんなことになるなんて……」

「……ううん」

無意識に座り直しながら、なんとか否定を返す。日向が謝るべきことではない。

「巻田さんの、言う通りだと思うし」

「そんなことないよ！　ごめんね、さゆりん、たぶんちょっと、機嫌が悪くて」

「ううん、本当に。私……返すってこと、全然、考えられてなかった」

律子はぽつりと、呟いた。

そう、越田町にやって来てからというもの、日向や里江から惜しみなく注がれる厚意に対して、受け取っていいのだろうかと悩みはしてきたものの、自分から厚意を返す、という発想はほとんどしてこなかったように思う。

商品やパンの代金を支払う、そのくらいのことは考えても、実際それらは受け取ってもらえなかったわけだし、以降は、ただ日向に誘われるまま、なにも考えずランチをして、以前中途半端に抜け出した『お呼ばれ』についても、そのままにしていた。

客というには素直さもない、仲間というには誠意もない態度。それはたしかに、越田町の文化が深く染み込んでいるらしいさゆりからすれば、苛立たしく映って当然のように思われる。

そこでふと、先ほど日向がなにかを言いかけていたことを思い出し、律子は尋ねた。

「『お呼ばれ』っていうのは……本当なら、招かれたら、招き返すものなの？」

「えっ！　いやあ、それは、そのう、どうかなあ、人それぞれっていうか。少なくとも、招き返されることを目的に、するものじゃないよ。ほら、お客さんからもてなしを期待する宿なんて、ないでしょ?」

日向は一生懸命に言い募ったが、逆にその様子が、さゆりの発言が真実なのだと突きつける。

つまり、これは彼らにとって、区分なのだ。客なら素直にもてなされるべきだし、この町の一員となるのなら——仲間となるなら、もてなす側に回るべき。そして、だいぶこの町に律子が馴染んできたようだから、日向も、そろそろもてなす側に——『お呼ばれ』をする側に回ってみては、と言いたかったのではないだろうか。

「私……」

「あああっ、待って待って待って。深刻オーラが出ちゃってるけど、ほんと気にしなくていいから! 律子は律子なんだから、越田町の文化に無理やり合わせることなんてないんだよ。『お呼ばれ』なんて、強制的になったら『お呼ばれ』じゃなくなっちゃうんだから」

日向は心底困ったように眉を下げていた。

「律子は、律子のペースでいいんだよ」

だが、かえってその言葉が、先ほどのさゆりの発言と結びつき、律子にある可能性を思いつかせる。

——わざわざ昼時間まで割きつづけているのに。

「……もしかして、私とお昼ごはん食べるために、ほかの誘いを、断ったりしてた?」

「そんなことないよ」

小声で問うと、日向は即座に答えた。

少し、早すぎると思うほどに。

「それに、私は、一緒に食べたいと思う人と、一緒にごはんを食べるって決めてるんだよ。それは私の決めることなんだから、誰が口を挟むようなものでもないの。誘われた当人を除いてね」

子犬のような瞳が、真っすぐにこちらを射貫く。

食べること、食べさせることに強いこだわりを持つ、彼女らしい発言だった。

(でも……)

律子はちらりと、周囲に視線を走らせる。

「なんだなんだ、喧嘩かよ?」

「いいや、これは、青春の一幕と見たね。あえて言うなら、そこの日向って嬢ちゃんの取り合いかな」

「そうねェ。その子、学校《ここ》の人気者みたいだものォ」

こちらの動揺を察してか、せっかく距離を置いていた小鬼たちが、ぞろぞろと集まってきた。いや、小人や影法師、なんと雪雄までいる。

「ちょっと前までは、越田町の子たちとしょっちゅう食堂で食べてたものねェ。それが最近は断ってばっか! そりゃあ、あのさゆりって子だって、面白くないでしょうよ」

どうやら彼らは、この学校の情報もある程度得ているようだった。発言に衝撃を受けた律子が咄嗟に視線を向ければ、ショーケースのあたりを漂っていた雪雄はにやりと含み笑いを返す。

「まあ仕方ないわねェ。新人が、『大人数はちょっと……』なんていう、面倒な子なんだもの。まったく手が掛かるけれど、先輩格としては、世話を焼かざるを得ないわねェ」

「ちょっと、雪雄……じゃねえや、姐さん。面倒だなんて、あんまり正直に貶しちゃったら、お嬢が可哀想ですよう。あの子だって、いいところも少しはあるのに、たぶん」

「おいおい、こもり、おまえが一番貶してるよ」

きゃらきゃらと笑う雪雄と小鬼たちに、律子は顔を強張らせた。

(やっぱり、私を優先してたんだ)

感じるのは、喜びより不甲斐なさだ。

だって、日向がこうして二人での食事を優先するのは、他人との食事に慣れない律子への配慮から。

律子がもっと、他人との食事をすんなり楽しめる人間であれば、さゆりや健吾、宗太郎たちとも一緒に食べられただろうに。いやそれとも、律子が周囲にもっと溶け込み、手を離れてしまえば、日向は安心して、『越フォー』で過ごす日常に戻れたのだろうか。

「あの、律子……?」

黙り込んでしまったせいだろう、日向が心配そうに声を掛ける。

はっとした律子は、咄嗟に適当な言い訳を口にして、この場を去ってしまおうかとも考えたが――。

「逃げるのォ？　進歩ないわねェ」

身じろぎした律子に、雪雄が意地悪く言い放つのを見て、動きを止めた。

（本当に、そうだ）

厚意に戸惑って、硬直してしまっている間に、空回りし、迷惑を掛けて。

挙げ句、その罪悪感すら制御しきれず、揺れる心のままその場から逃げ出す。そんなことを、いったい何度繰り返せば気が済むのか。

――おまえさんは、もっともっと、満腹にならねえといけねえよ。

なぜか今、穂村の言葉が蘇った。

会うたびに、強引に律子の腹を満たしにかかる、不思議な鬼。

だがそう、彼が強引に引き留めるものだから、律子は逃げることもなく宴に巻き込まれてしまうのだし、彼が強引に、人をだめにするくらいおいしい料理を食べさせてくるものだから、お腹がいっぱいになった律子は、怒りも敵意も忘れてしまう。

傷付いていたはずの、あるいはとげとげしかったはずの心が丸く膨らみ、どしりと座り込んでしまうのだ。おどおどと、逃げることも忘れて。

今、自分に必要なのは、そうした図太さというか、揺るぎなさなのではないかと思った。

ふっくらと満たされた、動じない心。

「……なんでもない。食べよっか」

律子は再び座り直し、弁当箱の蓋を開けた。

なにかに立ち向かうには、エネルギーがいる。

そして幸い、目の前には熱量の塊があった。

「う、うん。でも、あのね、律子。本当に私、律子に無理強いしたいわけじゃなくって――」

「わかってる」

不慣れな手つきでマヨネーズを絞ると、必要以上の量が飛び出してしまう。

縁からはみ出そうになってしまったそれを、律子は箸で丁寧に掬い取ると、肉の上にしっかりとのせた。

「私……甘えてばかりだけど、甘えつづけたいわけじゃないの」

「え？」

「私だって、その、一緒に、ごはんを食べたいと思ってるの。日向と」

初めて、相手の名前をはっきりと呼ぶ。

それに気付いた日向は、大きく目を見開いた。

「えっ!?　えっ、あ、え……う、うん！」

「だから、私もちゃんと、考える。傷付くんじゃなくて」

律子は、生姜焼きとマヨネーズとごはんを一度に掬うと、大きな口で頬張った。

（考える。厚意を返すには、どうしたらいいのか）

空っぽだった腹を満たしてやると、それに同期するように、覚悟までもがひしひしと満ちてくる。

「あらァ、いい食べっぷりじゃなァい」

「やけ食いか？」

「あのマヨネーズの量、穂村さまもびっくりだな」

遠くでにやにやと笑い声を上げる雪雄たちを、律子は強く見据えた。

「手伝ってもらうわよ」

日向に気取られぬよう、唇だけ動かすと、あやかしたちは揃って目を丸くする。

それから、雪雄は軽く首を傾げ、『楽しみねェ』とでも言わんばかりに、口の端を引き上げたのだった。


「おいおい」

決意を漲らせて鳥居をくぐった律子に、穂村は咥えていた煙管を落としかけた。

「最近じゃちょっとずつ態度も丸くなってきたと思ったのに、なんで思いつめた顔して包丁、それも出刃包丁なんて握ってきてんだよ、おまえさんは」

それというのも、制服の上からコートを羽織った律子が、布と紙袋で厳重に包まれた出刃包丁を、すらりと取り出したからである。

相も変わらぬ、宴の夜。

雪雄から逃げるのは諦めたのか、商店街の先にあるいつもの神社《なわばり》で酒と歌を楽しんでいた穂村は、律子がやってくるやいなや、眉尻を下げて大袈裟に嘆いてみせた。

「こんだけ俺たちとメシを食っといて、なんだってちっともほだされる素振りがねえんだ。おまえの心は冷えた鋼かなにかか？」

「害意はないわ。少なくとも、今日は」

対する律子は、ほんの少しだけばつが悪そうに応じた。

「どれが一般的な包丁かわからなかったの」

「俺たちを刺し殺すのに？」

「違う。料理をするのに、よ」

目を見開く穂村に、ちょうど横でしなだれかかろうとしていた雪雄が口を開く。

「穂村サマ。この子ね、今日も今日とて、おトモダチ相手に空回ってたのよ。なにか思うところでもあるんじゃないのかしらァ」

「ふぅん？　っておい、近《ちけ》えよ、離れてくれ。今日はおまえ、本調子じゃねえか」

先日とは異なり、穂村はあっさりと雪雄を追い払った。どうやら前回は、具合が悪いと訴える雪雄に対して、それなりに配慮していたようである。

いけずゥ、と甘え声を上げる雪雄を無視し、穂村は律子に向かって首を傾げた。

「で、それはつまり、俺たちとメシを作りたいってことか？」

「……ま、まあ、そういうこと、かしら」

ストレートな問いに、声は少しばかり、裏返ってしまった。

「その。あなたたち、いつも料理をして、振る舞ってくるじゃない。だから、そういう……調理のコツだとか、人に振る舞うときのポイントだとかを、その、共有？　してもらおうじゃないのと、思い立って」

「へえ。俺たちに教えを乞いたいと」

「教えてほしいだなんて言ってないでしょ！　共有だってば！」

ニヤつく穂村に、律子はカッとなって訂正した。

そう。律子は今日この場に、彼らのレシピやコツを共有してもらうつもりでやって来たのである。

（だってこの人たち、夜な夜な『お呼ばれ』しているようなものだし）

与えられてばかりいる自分が、日向や里江にどうやって厚意を返せるのか。

真っ先に思い付くのは、彼女たちがなにより大切にするもてなし、即ち越田町風に言うのならば『お呼ばれ』をし返すということだったが、それをするには、律子はあまりに料理に不慣れすぎた。両親との一件があってから、火の前に立つのが憚られ、結果、この五年というもの、ろくに包丁も握っていないのだ。

それに、長年孤食ばかりしていたため、複数人で食卓を囲むとなると、どのくらいの量を用意すればよいのかわからない。一品を作るのにどれくらいの食材が必要なのかも見当がつかなかったし、そもそも、人をもてなすのに適当な献立を思いつきもしなかった。

世の中にレシピサイトや料理本は多々あれど、相手の性格や人間関係まで勘案して献立を提案してくれるものなどない。おそらく、里江や日向はその手のことに長《た》けているだろうから、彼女たちに尋ねるのが一番なのだろうが、自分がこれからもてなそうとする相手に、相談を持ちかけるわけにもいかなかった。

そうして考えた末に、半ばやけくそ気味に、いっそ、あやかしたちの手を借りてしまおうと思い立ったわけである。

「ふうん、へえ、ほおお。なにかにつけ突っかかってきて、邪悪だ消えろと罵ってきた俺たちから、料理をねえ。へええ」

「よっぽど頼る相手、というか、おトモダチがいないんでしょうねェ。かわいそうよねェ」

敵意を潜めさせた律子が愉快なのか、穂村と雪雄はにやにやと意地悪な笑みを浮かべる。

ぐ、と歯噛みしながら、律子は虚勢を張った。

「邪悪な相手には邪悪に、善良な相手には善良に。あなたが言ってたのって、そういうことでしょ。私が友好的に接している限りは、あなたたちもまた害はなさないと判断したまでよ。もちろん、あなたたちがなにかを仕掛けてくるなら、その瞬間に、私もあなたたちを祓う」

ただ、それは同時に、穂村たちに対する素直な評価でもあった。

邪悪で、残酷としか思ってこなかったあやかし。けれど穂村たちは、少なくとも現時点まで、律子を害したことはない。それに、彼らの言動というのはいつも、こちらが拍子抜けしてしまうようなばかばかしいものばかり。

全面的に信じるとまではいかないまでも、あまり深刻に警戒する必要はないのではないかと、そう思えたのである。

「ふぅん、そう取ったわけか」

その相槌が気になったものの、律子が聞き返すよりも早く、穂村がふ、と笑みを深めた。

「いいぜ」

途端に、彼の背後、巨釜を温めるための炎がぶわりと膨らみ、境内のあちこちに浮かんでいた赤提灯も、一斉にその色を深める。

ごう、と境内を吹き渡った熱風に、思わず律子は息を呑んだ。

「教えてやるよ。一緒にメシを作ろうぜ。ただし、条件がある」

「条件……？」

細められた目の鋭さに、知らず、踵を引いてしまう。

普段、おどけた姿しか見せないものの、いやだからこそ、穂村がわずかに居住まいを正しただけで、言いようのない迫力が漂う。

威圧される感覚を必死にやり過ごしながら、律子は問うた。

「条件って、なんなの……？」

「なあに、簡単なことだ。俺の問いに、正直に答えてくれれば、それでいい」

「問いに、正直に……？」

声をわずかに掠れさせてしまった律子に、穂村はゆっくり、一歩踏み出した。

「ああ。嘘をついたら、おまえは地獄の苦しみを味わうことになるだろう」

「……！」

低い声で告げられた内容の恐ろしさに、背筋が粟立った。

彼から、こんなに明確な言葉で恫喝されたのは初めてだ。

ごうごうと燃え盛る炎を背にした、この凄みときたらどうだろう。

まるで業火で人を嬲《なぶ》る、獄卒かのような――。

「まさかあなた――」

「正直に答えろ。辛いのは平気か？」

が、予想の外角を豪快に抉ってきた問いに、律子は固まった。

「……は？」

「絶、対、正直に答えろよ。見栄張って『全然平気です』なんて答えて、後から『やっぱり食べられません』って残されるのが、まじで一番迷惑なパターンだからな」

渋面で首を振る穂村に、すぐさま雪雄が同意する。

「そうよォ。後から辛くすることはできても、その逆はできないんだからね。一人だけ激辛が苦手、って断られるより、無理されて後から場の空気を冷やされるほうが、激辛好きのこちらとしては一番迷惑なんだからァ」

「…………」

律子はなんともいえない表情になった。

まさか、こんなにこちらを威圧しておいて、単にそれを尋ねたかっただけだというのか。

「で、どうなんだ、正直なところ」

「べつに……市販の『激辛』って書かれてるスナックとかなら、一袋食べられるくらいには、平気だけど」

「おお、なかなかじゃねえか。見栄じゃねえな？」

悩みながら答えると、穂村はぱっと顔を輝かせた。

雪雄もまた、「そうそう、そのくらい具体的に言ってもらったほうがいいのよねェ」としたり顔で頷いている。

穂村は再三「嘘じゃねえな？」と律子に確かめてから、くるりと背後のあやかしたちを振り返った。まるで鐘を鳴らすかのように、かーん！　と高らかに、煙管をやぐらの柱に打ち付ける。

「よおし、そうと決まればおまえら！　今夜はスペシャル豚キムチだ！」

「えっ!?」

勝手に決定されてしまった献立に、律子は思わず声を上げた。

「ね……ねえ、なんで豚キムチなの!? どうしていつも、そういうハイカロリーというか、ゴツい料理ばかりなのよ! もっとおしゃれで、女子受けしそうなメニューはないの!?」

「うるせえ、うるせえ。こういう料理こそ、もっともガツンと人の胃袋を摑むんだよ。食欲に真正面から殴りかかる匂い、溢れ出る脂、強い塩気に痺れる辛さ! 一度食えばもうやみつき、理性も捨てて、はあはあ息を荒らげながら皿を舐め回すこと間違いなし。保証するぜえ」

「だから、そういう、人をだめにする料理は求めてないんだってば!」

叫びながら律子は思った。

やはり、相談先を間違えたかもしれない。

「が、学校の友達をもてなしたいのよ! 女子高生に豚キムチなんて、喜ばれるわけないでしょう!? 私は、日向たちに喜んでもらえるメニューがいいのよ!」

必死に言い募ると、穂村たちはぴたりと動きを止めた。

「友達に、喜んでもらいたい……? おいおい、おまえさん、そんな健気な台詞が言えるようになったのか?」

「空回りしてばっかだけど、なんだかにわかに、いじらしいわねェ……」

「穂村さまぁ。こいつは、赤飯炊いて祝うくらいの案件ですよ。おいら、ちょっとくらいは、嬢ちゃんの気持ちを汲んでやりたいや……」

ものすごく失礼な発言をされた気もするが、あやかしたちが一斉に親身な表情を浮かべ、「ううん」と唸り声を上げはじめたので、律子は戸惑った。

「あ……あの、べつに、そこまで悩んでしまうくらいなら――」

「閃いた」

思わず声を掛けると、それを遮るように、ぺしんと穂村が膝を叩く。

「『チーズタッカルビ』だ！」

「はい？」

「今から作るこいつぁ、『豚キムチ』じゃねえ。『チーズタッカルビ』ってことにしよう」

「『ことにしよう』って、なによ……？」

半眼で問うと、穂村は満面の笑みで親指を立てた。

「めちゃくちゃおしゃれじゃねえか。女子はこういう、カタカナまみれの食い物が好きだろ？　もともと『スペシャル豚キムチ』にはチーズをどっさり入れることになってるから、ちょいと味付けを甘めにしときゃ、これはもう文句なしのチーズタッカルビだ」

「いや、そういう問題じゃないでしょ⁉」

相談先を間違えたかもしれない、ではない。明らかに間違えた。

律子は顔を赤くして叫んだが、この場にそれを取り合ってくれる相手などいなかった。

「たしかに、本当のタッカルビは、鶏肉を辛味噌で甘辛く煮込むんだけどォ。まあ、味も似てるっちゃ似てるし、穂村サマが言うなら、もうタッカルビってことでいいじゃない」

「よくない！　タッカルビじゃないものをタッカルビと呼んで出すなんて、相手にもタッカルビにも失礼だわ！」

「嬢ちゃんは真面目だなぁ。料理名を聞かれたら、『チーズタッカル……ビ？』って語尾にハテナを付けときゃいいじゃんか。おいらならそうするね」

「そんなスポーツ新聞みたいなやり口でごまかすなんて！」

「はいはい」

雪雄もこもりも、いたって雑に律子をいなす。

穂村にいたっては、すでにやぐらの前に陣取り、あやかしたちに向かって声を張り上げていた。

「よおし、こもりたち！　餅持ってこい、餅！」

「おっす！」

「鬼火と影法師は網の世話を頼む。阿駒とろくはチーズの用意、甕いっぱいな！」

「承知！」

「ケモノ女子チームは、猫娘の指示に従ってキムチの確保。かまいたち、また豚肉頼むわ。バラ肉の薄切りな！」

「はーい！」

指令を聞くなり、一同がまるで体育祭の練習のようにぱっと周辺に散ってゆく。

取り残された律子は、もうどこから突っ込んでいいのかわからなくなり、途方に暮れた。

「ちょっと待ってよ……」

結局作るのは豚キムチなのか。というかなぜ豚キムチに餅やチーズが必要なのか。そしてなぜそんなに連携が取れているのか。猫や狐の面をかぶった着物姿の少女たちは猫娘だったのか。ケモノ女子などという呼称でまとめてしまっていいのか。

それよりなにより、

「なんでそんな、乗り気なのよ……！」

皆が一様にきらきらと目を輝かせ、いつも以上にやる気を漲らせていることが、律子には不思議で仕方がなかった。

これまでは、穂村の指示のもと、数名のあやかしがそれに協力する、という形だったように思うのに、今日は間違いなく、この場にいるあやかしすべてが動員されている。それもおそらく、自発的に。

人間の、それもずっとあやかしたちのことを祓おうとしてきた律子の頼みなど、けんもほろろに断られてしまうかもしれない——半ばそう覚悟していたというのに、むしろ普段以上に盛り上がっているのは、いったいなぜなのか。

「そりゃァ、そうでしょうよ」

と、いつの間にか律子の背後に腰を落ち着け、転がっていた酒瓶を摘まみ上げた雪雄が、ふふんと笑う。

「え……？」

「願われたら、いそいそ応えたくなる性分だもの、あたしたち」

目を瞬かせた律子に、雪雄は「つまり、超慈愛深いってわけ」と付け足して肩を竦めた。

「慈愛深くて美しくて有能……はあん、こんな完璧な女がいていいのかしらァ……」

「……その割には、お一人だけなにもしてないように見えるんですけど」

胸に手を当て、うっとりと自己陶酔の溜息を漏らす雪雄には、とりあえずそう突っ込んでおく。

「うるっさいわね。あたしはフリージング担当なのよ。チーズタッカルビを凍らされたいの？」

ぎろりと睨み返されたので、律子は無言で視線を逸らした。

チーズタッカルビを認めたわけではないが、凍らされたチーズタッカルビなんて、もっとごめんだ。

「はいはい、ちょっと避けてなあ」

そうこうしている内に、唐傘を差した穂村にぐいと引き寄せられる。

ごうっ！　と凄まじい烈風が吹き渡り、次の瞬間には、巨大な豚塊肉が、薄切り肉の山へと変化していた。

「うむ、見事」

「ああん、穂村サマぁ、あたしのことも庇ってったらァ」

ちなみに雪雄はぷりぷりと怒ってみせたが、白い袖の一振りで、あっさりとかまいたちを避けていた。

一方、境内の一隅では、巨大な網の上で、角切りにされた餅が焼かれはじめている。影法師と呼ばれる、もやもやとした黒い霧が器用に網を持ち上げて、その下から鬼火が餅を直火焼きするという寸法だった。ときどき網の上を小人が駆け回り、俊敏に餅をひっくり返してゆく。

「お餅まで入れるの……？」

「そりゃおまえ、スペシャル豚キムチ……じゃねえや、チーズタッカルビだからだよお」

ぼそっと呟いたが、それに対する穂村の答えは、なんの回答にもなっていなかった。

「さてと。正直出刃包丁の出番はまったくないが、おまえさんにも見せ場を用意してやらなきゃな。喜べ、嬢ちゃんには、このキムチを切る役目を与えよう」

「…………」

赤い瞳で、やけに上手なウインクを決められ、律子は胡乱気な顔つきになった。

快く協力態勢を敷いてくれたのはいいのだが、メニューがまったく気に食わない。いや、たしかにチーズタッカルビと言われると、ちょっと気になる感じはあるのだが、結局自分たちが作ろうとしているのは、豚キムチなのではないのか。それも、餅まで入った。

（だいたいこの調理法って、参考になるのかしら……）

かまいたちで切られた豚バラ肉や、鬼火で焼かれた餅を尻目に、律子は小さく溜息を落とした。

たぶん、あまりならない。だが、まったく参考にならないこともないはずだ。少なくとも料理経験が、ゼロから一にはなるのだから。

（そうだ、つまるところこれが豚キムチなのだとしても、豚キムチ風の鍋、とかだったら、パーティー料理になるかもしれない）

無理矢理自身を納得させて、そしてふと、実際そのとおりだと思った。

『お呼ばれ』とはつまり、ホームパーティーのようなものだ。そして、世の中には『鍋パーティー』という概念が存在する以上、豚キムチ鍋の味付けを覚えることは、きっと無意味ではない。

にわかにやる気が出てきて、律子は両手で包丁を握りなおした。

「おい、なんだよ、その、今にも俺たちを刺し殺しそうな構え！　どんだけ調理慣れしてねえんだ！」

珍しく穂村が慌てたような声を上げたので、慌てて左手を外す。

「べ、べつに、今のは、つい清めの短刀を握る感じで握ってしまっただけよ！」

「食材のこと祓うなよ……？」

懐疑的な穂村の呟きを背に、律子は小鬼たちの導くまま、キムチののせられている板へと近付く。

そこには、四分の一にカットされてなお、熊一頭分はあろうかというほど巨大な白菜が横たわっていた。あやかしたちの扱う食材はどれもこれも拡大されている様子なので、大きさにはさほど驚かないが、真っ赤に染まった白菜のビジュアルに圧倒される。キムチなど、一口大にカットされた姿くらいしか見たことがなかったが、なるほど、これも元は野菜なのだと、そんな当たり前のことを思った。

「こ、これを、切ればいいのね？」

「そうそう、繋がってる根元の部分を落とす感じで、後は大きめの一口サイズに……って、な、なんだよう、その殺意に満ちた手つき!?」

あまりに大きな白菜だから、やはり両手のほうがと握り直すと、即座に小鬼たちにびくつかれる。特に、小柄なこもりは怖がりなのか、角を抱えてぷるぷると震えていた。

ばつの悪さを覚えて片手に持ち替えつつ、恐る恐るてっぺんから刃先を食い込ませると、キムチは手に心地よい感触を伝え、あっさりと切れた。

「あ、意外に簡単……」

「そりゃ、これだけお膳立てして、一番簡単な作業をやらせてるんだから当然でしょォ？」

独白はすぐに雪雄に茶化されてしまったが、ほんのりと達成感を抱きはじめた律子は、その後も快調に切り分け作業を進めていった。

「できた！」

すべてを切り終え、ぱっと顔を上げた先では、すでに穂村は次の作業に移っている。

巨釜にほんのわずか油を引き、薄切りにしたバラ肉を焼きはじめているのだった。

「へっ、どんどん脂が出て、バラ肉め、自分の脂で焼かれてやがる。愛《う》いやつめ」

じゅうじゅうと音を立てる肉を前に、穂村はご機嫌である。

律子が見上げていることに気付くと、「おう、お疲れ」と一度地上に降りてきて、ぐいと腰に手を回すと、再び宙に舞い上がった。

「きゃ……っ」

「ほれ、自分で作るんなら、鍋釜の様子も見てみろよ。今まで見たこと、なかったろ?」

どうやら、巨釜の様子を上から見せてくれるようである。言われてみれば、これまでは地上で足止めをされており、食材が焼かれたり揚げられたりする音を拾うだけだった。

「わ……」

初めて見る巨釜の内側は、よく磨き込まれた鍋肌に提灯や鬼火の光を映し、金色に輝いている。カリッと焼けた豚バラ肉を穂村が取り去ると、鍋底には、きらきらと細かに光る、透明な脂が残っていた。なんだか、美しい。

「まずは、こうして肉に火を通す。それを取り去った後に、キムチと、味噌やら鶏ガラスープやらを加えてタレを作って、そこに肉を戻し入れて、煮込む。作り方はざっと、こんな感じだな」

意外にも、穂村はわかりやすく作り方を教えてくれる。

炎に頬を照らされながら、「わかるか?」と首を傾げてきた相手に、律子は真剣な顔で、こくりと頷いた。

「わかる」

「調味料は、互いの食材との比率で覚えた方が早い。肉の量に対して、味噌がこのくらい、とか、水は肉の表面がはみ出るくらい、とかな。そうすりゃ、作る分量が変わっても対応しやすい。薄けりゃ味を足せばいいし、濃けりゃ水で薄めればいいから、べつにちょっとくらい味をしくじっても、問題ない」

「うん」

穂村たちの調理法は、雑だがそのぶん、大らかだ。

「豚肉がなけりゃ鶏肉で作ってもいいし、気分次第で、チーズでもなんでも入れていい。出来上がるものが、豚キムチになることもありゃ、思いがけず、チーズタッカルビになることもある。ま、呼び方なんざ、なんでもいい」

「……うん」

根が真面目な律子は、あまりに寛容すぎる穂村に少しだけ苦笑したが、最終的には、素直に頷いてみせた。

料理はべつに、科学の実験ではないのだ。砂糖を数グラム入れ過ぎただけで失敗することはないし、料理名の定義だって簡単に踏み越えていい。

「わかった」

「よし。それじゃ、タレ作りだ」

頷くと、穂村は律子を抱きかかえたまま上機嫌に笑い、食材の投入を指示していった。

まずは、ごま油をひとまわし——まだ油を加えるのかと絶句するが——そこに生姜とにんにくを加え、しばし炒める。香りが十分に立ってきたら、先ほど律子が切ったキムチと、大量のすりごまを投げ入れた。

「あーら、ごめんあそばせ、タレが飛んじゃったわァ」

キムチののった板を乱暴に引っ繰り返し、びしゃっ、と巨釜に叩きつけたのは、もちろん、律子にやきもちを焼いた雪雄である。が、結果として穂村がさっと裾で律子をかばったため、ますます「むきィ！」と地団太を踏むことになった。律子としてもそろそろ、一周回って愛らしさを覚える相手である。

キムチとごまを絡めながら、香ばしい匂いがするまで炒めたら、そこに辛味噌と、鶏ガラスープを少々加える。ぐつぐつと籠った音を立てて煮えはじめた鍋に、知らず、律子の喉が鳴った。

（熱そう……）

炒め物、というには、少々汁気が多いように見える。だが、キムチ鍋というには、明らかにスープが少なく、しかも、もっとどろどろとしていた。あえてたとえるなら、麻婆茄子や麻婆豆腐、そのくらいの汁気の量と、とろみである。

それはつまり、そのくらいの濃厚さを思わせる見た目、ということでもあった。

（すごい……赤い。すごい匂い）

立ち込める熱気に語彙力が溶けてしまったのか、そんな感想しか思いつかない。

辺り一面に広がるにんにくの香り。脂をまとって艶々と濡れる、真っ赤なキムチ。食欲を大いにくすぐられたそこに、穂村がさらに声を上げた。

「肉を戻し入れろ！」

別の皿に取ってあった大量のバラ肉が、透明な脂を滴らせながら巨釜に躍り込む。鍋肌に肉が触れた途端、じゅううううっ！　と巨釜が歓喜の悲鳴のような音を立て、律子は思わず、舌の下に湧いた唾を飲み込む羽目になった。

どろりとしたタレを、絡めて。すっかり全体に回った豚の脂が、いくつもの丸い粒を描き、きらきらと光を弾き返す様を見つめる。

（これはたしかに、おいしそう）

負けを認めるような思いで内心呟いたが、しかし、穂村たちの本当の仕上げは、ここからだった。

「よーし、じゃ、お待ちかねの、餅投入だ！」

「え……っ！」

そういえば、網で焼かれていた切り餅の存在を、すっかり忘れていた。

地上に残っていたあやかしたちは「おお！」と一斉に声を上げ、拳を突き上げる。網を掲げていた影法師たちがすぐさま宙に飛び上がり、餅がぐんぐんと近付いてきた。網焼きされたそれは、そのまま食べてもおいしそうなほどに、皮を軽く突き破って膨らんでいる。

「皮はパリッと、中身はもっちり。見事だ」

穂村は一つを「あち」と言いながらひょいと摘まみ上げると、味見を済ませて頷いた。それを合図に、網の上にしがみついていた小人たちが「えい！」と高い声を上げ、網から餅を落としてゆく。

流し込まれた餅は、くぐもった音を立ててキムチの波に紛れていった。

「うぅ……っ」

豚の脂と真っ赤なタレにまみれ、てらりと光を跳ね返す餅。

かき混ぜられる様子がなぜかスローモーションに見え、それを見つめていた律子の喉から、無意識に唸り声が漏れた。

「餅が溶けきっちまうと食いにくいからな。急いでチーズを投入するぞ。ろく、阿駒！」

ろくろ首のろくに甕を持ち上げさせ、阿駒に尻尾で甕底を叩かせると、ミックスチーズが吹雪のように飛び出してきた。

真っ赤な海原に飛び込んだ雪は、緩やかに輪郭を溶かし、やがてもったりと絡み合ってゆく。巨釜の鍋肌に触れたチーズが、じじじ……と端を焦がしてゆくのを見て、律子は「ああ……っ」と呻いた。

ああもう。ああもう。

（なんて、おいしそう……）

この、ガツンとしたにんにくの匂い。濃厚に違いない味。びりりと痺れるような辛さを包み込んでくれるであろう、餅とチーズのふくよかな厚み。

涎をこらえるように唇を引き結んだ律子に、穂村はにいと口の端を引き上げた。周囲のあやかしたちに取り分けを命じると、自らは律子を連れて、地上に降りる。

「穂村さま、お待ちどおです！」

「ありがとよ」

巨釜から投げてよこされた皿を難なく受け取ると、彼はそこに箸を添えて、律子に差し出した。

「チーズタッカルビだ。召し上がれ」

「…………」

満面の笑みで「チーズタッカルビ」と言い切られても、律子はもう、それを突っ込もうとは思わなかった。

料理名はもはや問題ではない。どんなにこじゃれた名前を付けようと、目の前の皿の放つ堂々たる存在感は、とても打ち消せるものではなかった。

(すごい、ボリューム)

はっきり言って、繊細さや上品さとは対極にある一品だ。トッピングをあれこれ欲張りすぎだし、見た目だって思いきり脂ぎっている。

――とは、思うのだけれど。

(堪らなく、おいしそう……っ！)

熱で膨らんでいたチーズが、ふう、と呼吸するように波打つのと同時に、律子は脊髄反射のように、勢いよく箸を取った。

だって、粉唐辛子の濡れたような赤色が、脂をまとい艶々と光る餅が、チーズが、「早く私を食べて！」と訴えているのだから。

「――……ぁっふ！」

そして、大きく頬張った瞬間、その熱さに白い息を漏らした。

熱い。辛い。そして、旨い。

熱と辛さという刺激の奥にあったのは、舌の付け根がじんわりと痺れるほどの濃厚さであった。

香ばしいにんにくの、そしてごまの匂い。キムチの塩気と、豚の脂から滲み出るコク。一瞬、唐辛子の刺すような辛さが口中を覆いそうになるが、すぐさまそれを、味噌の甘みと、餅とチーズの旨みが包み込む。もっちりとした食感が口いっぱいに広がり、幸せだ。

じゅわっ。

それでいて、先端の焦げた部分は餅もチーズもカリッとしていて、楽しい。

噛むほどに、バラ肉と脂とキムチの塩気が、音を立てて逬る。飲み込むと、喉元からむくむくと熱が広がっていった。満たされるという感覚を、これ以上ないほどに抱く。

「うぅ……っ」

気付けば、一口、もう一口。

律子は唸りながら、皿の中身を流し込んでいた。

おいしい。……おいしい。

次の一口を求めて気が急き、咀嚼するのすらもどかしい。

（ああ……っ）

皿に残った赤いタレを、肉や餅を使ってぐいと拭い取り、それでも足りず、いっそ舌を這わせてしまおうかと考えてしまってから、律子は思わず天を見上げた。

（やっぱりこれも、人をだめにする料理……！）

もはや、諦念すら混ざった感想だった。

「いやはや、実に気持ちいい食いっぷりだなぁ」

「本当にねェ、そういうとこだけは可愛げがあるわァ」

穂村たちが、にやにやとこちらを見ている。

しかし、それに反発する気も起きず、律子は神妙な顔で皿を戻すと、口を開いた。

「……この、キムチってどうやって作るの」

「んん？」

「確実に、この味にしたいんだもの。使うキムチも、同じにしなきゃ」

そう。律子はすっかりこの味に、惚れこんでしまったのである。

匂いは強烈だし、脂ぎっているし、到底女子力の高い料理とは言えないが、人の胃袋を摑む威力で言えば、間違いなくトップクラスだ。『お呼ばれ』の流儀に適うかはわからないが、おいしいものを振る舞う、という点に限るなら、十分喜ばれるのではないかと思った。

「漬けたことないんだけど、なにがあればできるの？　白菜と唐辛子と、ほかにはなに？豚肉は、バラ肉っていうのを買って、切ればいいの？　お餅はもち米をつけば、ちゃんとお餅になる？　調味料も、ちゃんと教えて。全部買う」

意気込んで告げると、穂村と雪雄はちらりと視線を交わし、それからぷっと噴き出した。

「おいおい、急に頑張りなさんな。さっき、味付けなんて適当でいいって言ったばっかりだろ？」

「やあねェ！　形から入る初心者の典型！」

特に雪雄は、ひいひいお腹を抱えて笑い転げはじめた。

「あんた、ほんと、そういうところは可愛げあるわよ。やあねェ、べつに、キムチなんて普通にスーパーで買えばいいのよ。バラ肉の薄切りだって、餅だってそう！　そのへんに売ってるのを適当に使えば、それなりの味になるわ」

「だって、絶対この味がいいんだもの。調味料の量にはばらつきが出るから、せめて素材は同じものに……」

「そんなに気に入ってもらって光栄だがよ。工場で作るわけでなし、料理に同じ味もくそもあるかよ。こういうのを、一期一会って言うんだろ？」

食い下がった律子に、穂村も苦笑気味である。

「ほれ。初心者のおまえさんには、餅を入れる前の段階で取り分けておいた、こいつをやろう」

「餅もチーズも添えておくから、後から混ぜればいいわよ。それくらいならできるでしょ？」

そうして、いつものように取り出した重箱に、いったいいつの間に分けられていたのか、完成一歩手前の豚キムチを詰めてくれる。もう一段には、餅やチーズを詰め、しかもチーズが溶けないよう、雪雄が氷の吐息を拭きかけてくれる親切仕様だ。

びっくりして目を見開いた律子に、あやかしたちを代表するように、雪雄がぱちんと片目をつむった。

「素直で一生懸命な子は、嫌いじゃないわ。今このときだけは、あたしだってあんたに優しくしてやってもいい気分」

あやかしというのは、それほど気まぐれな生き物ということなのだろうか。

律子は困惑し、それから、おずおずと口を開いた。

「毎回施しをされるのは、どうなんだろうっていうか……。特に今回は、『お呼ばれ』に備えるんなら、なおさら自分で用意できるようでなきゃ――」

「ああもう、しゃらくさい。小娘の分際で遠慮してんじゃないわよ。だいたい、一足飛びになんでもできるような腕前でもないでしょうに」

だが、雪雄は「はんっ」と鼻息荒くそれを遮り、さっさと手を叩いてしまった。

「さ、あんたたち！　冷めないうちに食べるわよ！」

「冷めないうちにっていうか、いつも冷ましちまうのは姐さんじゃねえか」

「ほおい！」

「あ？　今なんつった？」

小鬼をはじめとするあやかしたちは、元気に返事をしたり、軽口を叩いて首根っこを摑まれたりしながら、それぞれに散ってゆく。

重箱を抱きしめた律子だけが、すっかり取り残されてしまった。

「あの……」

羽織を肩に引っかけ、だらだらと巨釜に向かいはじめた穂村たちを、呼び止める。

「あん？」

なんの気なし、といった感じで振り向いた彼に、律子はどう言葉を続けたものか、わからなくなってしまった。

礼を言うべきなのかもしれない。

教えてくれて、そして土産までくれて、ありがとうと。

（でも……あやかし相手に？）

邪悪なはずの存在。かつて間違いなく、律子を苦しめた存在。けれど少なくとも彼らは、律子を害することはしないし、こうして、人を茶化しながらも、手を差し伸べてくれる。

刃物を握りしめてやって来た相手にさえ、温かな料理を差し出して。

「その……」

もともと、すんなりと言葉が出てくるタイプの人間ではない。

すっかり言いよどんでしまうと、こちらを向いた穂村が、ふと口元をほころばせた。

「邪悪にも、善良にも。……あと少しだ、よく考えてみな」

それはどういう意味なのか。

律子は身を乗り出したが、口を開くよりも早く、穂村たちの姿は掻き消えてしまった。

後を追うようにして、一斉に提灯が、やぐらの火が消えてゆく。

一度瞬きをすれば、そこは、しんと冷え切った、暗い境内。

いつも唐突で一方的な幕切れに、つい溜息が零れる。

あと数秒、『あちら』に留まる時間があったなら、素直な感謝の言葉も告げられたかもしれないのに。

「……次は、言おう」

律子はきゅっと、重箱を抱きしめた。

少しずつ、変わるのだ。できなかったことを、一つずつ、できるようにしていく。

まずは、と、ずしりと重さを感じる箱を見下ろした。

一足飛びに頑張りすぎるなと言われてしまったけれど。

「待ってなさい、巻田さん」

顔つきこそ冷ややかだが、その実、律子は、非常にせっかちな人間なのだ。

ふっと覚悟を決めるような息を吐くと、鳥居の外の世界に向かって、彼女は力強い足取りで歩きはじめた。

翌日の昼、相変わらず賑やかな食堂では、ちょっとした騒動が起こっていた。

現場は、オーブントースターが備え付けられた一角である。

電子レンジと比べれば、やや使用頻度が低いオーブントースター。しかしそこに、長時間仁王立ちして張り付く女子生徒がいた。

(……あと、三分くらいかしら)

ガラスの扉越しに、じっと中身を覗き込んでいるのは、もちろん律子である。

あまりに真剣な眼差しに、隣の電子レンジを使用する生徒たちが何人も、ちらちらと視線をやっていた。

「なにしてんだろ、あの子……」

「わかんねえ。でも、すげえいい匂い」

あちこちで、こそこそと囁かれている。

律子が今注目を集めているのは、長時間トースターを独占しているというだけでなく、辺り一面に漂う、この匂いにも要因がある。

周りの生徒たちは、ひくひくと鼻を動かし、ごくりと唾を呑み込んでいる。彼らが嗅いでいるのは、けっして美少女の華やかな香りなどではなく、食欲をダイレクトに刺激する、にんにくと辛味噌の甘辛い匂いである。

チン、とトースターが健気な音を立てたのを合図に、律子は二つ用意してきたハンカチを両手に構え、中に納まっていたそれを取り出した。

アルミホイルに移してあったとはいえ、中身は熱く煮え立っている。こんがりと焼き目の付いた餅やチーズ、くつくつと泡を膨らませるタレに触れてしまったら、火傷してしまうに違いない。

そろりとした手つきで紙皿にのせ、あらかじめ確保しておいたテーブルまで運ぶ。蓋代わりにもう一枚、引っ繰り返した紙皿をかぶせると、律子はほっと息をついた。

さらに、食堂から借りた箸やスプーン、平皿を配置していると、後ろから声が掛かる。

「律子、お待たせー！」

日向であった。

とある人物を誘ってから食堂に来てほしいと頼んだため、遅れてやって来たのだ。

「なになにー？　なにが始まるの？」

こちらに配慮してだろう、なにが起こるかわかりません、といった様子を取り繕っているが、すでに全身からわくわく感が滲み出ている。視線は、さりげなく、テーブルに置かれた紙皿を捉えていた。

――期待されている。

律子は、むずむずする口元を引き締め、軽く咳払いをした。そして、日向の背後で不機嫌そうに佇む人物を真っすぐ見つめる。

日向に頼んで誘い出した相手とは、巻田さゆりだった。

「突然誘ってごめんなさい」

「べつに。私、食事に誘われたら断ることはしないもの。あなたと違って」

返事には隠しようのない険が滲む。

なんて愛想のない、と顔が引き攣りそうになったが、

(いや、愛想のなさでは私も負けていないわ)

律子はふとそんなことを思い、そこから奇妙な自信を得て、気を引き締めた。

大丈夫。人当たりの悪さで、自分が彼女に負けるはずがない。彼女は日向に比べて、むしろ自分と近い気性の持ち主なのだろうと思えば、なんだか心に余裕さえ生まれた。

顔にでかでかと「いけすかない」という文字を浮かべ、睨むようにしてこちらを見る巻田さゆり。もしかして、短刀を握りしめて神社にやってきた律子を前にしたとき、穂村たちもこんな感想を抱いたのかもしれない。

(大丈夫、怖くない。……というか、むしろ、やりがいを感じる)

自分は、これから料理で彼女を陥落させるのだ。敵意を躱し、無理やり口元まで料理を押し付け、理性を奪ってなし崩しに懐柔する。

穂村たちのやり口を真似すれば、なんということでもない気がした。

「でも、いったい、どんな風の吹きまわし？　あなた、大人数で食事するのは嫌いって、ひなにさんざんごねてたそうじゃない」

「だからさゆりん、それは私が勝手に気を遣っただけで――」

「私は礼儀とか筋の話をしてるのよ、ひなは黙ってて」

日向が仲裁に入るが、さゆりはぴしゃりとそれを封じる。

どうやら彼女の苛烈な性格は、気心知れた幼馴染相手であっても、容赦なく発動するものであるらしい。

「なんだなんだ」

「喧嘩か？」

腕を組んで「ふん」と睨み付けるさゆりと、無表情で見返す律子は、いつの間にか注目を集めてしまったようで、周囲の生徒たちがこそこそと囁き合う。

「おいおい、炎の『つん』と氷の『つん』の対決みたいになってるぞ……」

「間でおろおろしてる、日向って子が可哀想だわねェ」

少し離れた場所で、あやかしたちも鈴なりになって野次馬を決め込んでいたが――食堂だと高確率で雪雄もいる――律子はそのすべてを無視し、切り出した。

「巻田さん。この前、パンのことで手伝ってもらったのに、なかなかお礼もできずにいて、ごめんなさい。同じ越田町の住人として、こちらから早く食事に誘うべきだったんだろうけれど、そういうことに疎くて……それも、悪かったと思ってる」

「誤解してほしくないんだけど、こういう文化が、押しつけがましいことは、私だって理解してるわ。嫌ならべつに、拒否していいと思う。ただ、ずっとひなが誘ってるのに、甘えきることもしない、かといって潔く距離を取るでもないあなたに、ひなの友人として、イラッとしただけ」

さゆりの言葉は、はっきりとしていて、まるで力強い炎のようだ。

「もー！　さゆりんー！　その当人である私が、いいって言ってるのに、なんでそんな切れ味鋭く踏み込んじゃうかなぁ！」

「だって最終的にはひなの自由にすればいいと思うけど、それと同じくらい、私がイラッとするのも、それを伝えるのも、私の自由だもの」

日向が半泣きになりながら訴えるが、それすらもあっさり退ける。

再び律子に向き直ると、「で」と、片方の眉を上げてみせた。

「今日こうやって私たちをお昼に誘ってきたということは、あなたもやっと、態度を決めたってこと？　それとも――」

「巻田さん。一つ、聞きたいことがあるのだけど。とても重要なことよ」

そのままぐいぐいと攻めてくるさゆりを、律子は静かな声で遮った。

その気迫に呑まれたのか、「な、なによ」と身じろぎした相手に、例の問いをぶつける。

「巻田さんは、辛いもの、平気？」

「……は？」

　ぽかん、としたさゆりの顔を見て、律子は、ああそうか、と思った。

　穂村たちは、きっとこういう感覚だったのだ。

「な、なにを聞いてくるかと思えば……！　当たり前でしょ!?　私は香辛料店の娘よ！」

　途端にぱっと顔を赤らめ、まなじりを吊り上げる相手が、なんだか愛らしく見える。

「そう、よかった。見栄じゃないわね？　辛さって足すことはできても、引くことはできないから、嘘をつかれると、困っちゃうのよ」

「だから、見栄なんかじゃないわよ！　私は生粋の激辛好きよ」

「そう」

　視界の端で、にやにやとやり取りに聞き入っているあやかしたちの姿が見える。こちらも、油断するとにやついてしまいそうだ。

　ありていに言ってしまえば、律子は今、すごく――楽しかった。

「じゃあ、これでは物足りないかもしれないけど、食べてくれる？」

　そう告げて、蓋代わりにしていた紙皿を持ち上げる。

　ふわ、と、強烈なにんにくの匂いが立ち込め、それと同時に、さゆりの目が大きく見開かれた。

「これは……!?」

「チーズタッカルビ」

　端的に言い切ってから、やはり良心の呵責を覚え、補足した。

「……風、豚キムチよ」

「いやあ、タッカルビでも豚キムチでもいいんだけど……すごいボリュームだね……！」

深皿タイプの紙皿から溢れんばかりによそわれた一品に、日向も圧倒されている。

「ものすごく意外なセレクトだよ、律子……！」

きっと律子の容貌や態度から連想して、サンドイッチでも出てくると思っていたのだろう。実際、もし律子自身がメニューを考えたなら、そのあたりに落ち着いたことだろうと思う。

だが、今この場に持ってきたのは、このどこまでも豪快で存在感のある、チーズタッカルビ風豚キムチなのだ。

律子は、狂おしいほどのにんにくの匂いを大きく吸い込むと、しっかりと二人を見つめ、口を開いた。

「すごくおいしいから、二人にも食べてほしいと思って持ってきたの。食べてくれる？」

料理に不慣れな自分にとっては、これが最大限の『お呼ばれ』であることや、同時に、この程度で本当に越田町の住人として受け入れてもらえるか、不安に思っていること。話したいことはたくさんあった。

だが、それらの御託をすべてすっ飛ばし、律子はとにかく、二人に食べさせることを選んだ。なぜなら、穂村たちは常にそうしてきたからだ。

さゆりは無言で、日向は嬉々として、それぞれ席に着く。態度は異なれど、二人とも、目の前の料理に釘付けになっていた。

「……いただきます」

「わあ、いただきまーす！」

そうして、用意していた箸を使って、皿の中身を一口頬張った、その瞬間。

「……！」

「んんう！」

二人ともが、そろって目を見開いた。

特にさゆりは、黙り込んだまま——というより、言葉を発する隙もないまま、二口、三口と次々箸を口に運んでゆく。

キムチの辛さと豚の旨みを味わうように口をしっかり閉じ、餅を嚙み、チーズを飲み下すと、彼女はばっと律子を振り向いた。

「おいしいわ……！」

「そう、よかった——」

「すごく、めちゃくちゃ、おいしいじゃないの！」

なんだか叱りつけるような口調である。

語調の鋭さもさることながら、急にぐっと身を乗り出してきたさゆりの、その距離の近さに驚いて、律子はわずかに顎を引いた。

「そ、そう？」

「チーズとお餅の存在感に圧倒されがちだけど、その間からきらりと光る、このキムチのクオリティの高さ。唐辛子も細挽き、中挽き、粗挽きをうまく組み合わせて、辛すぎず甘すぎない完璧な味わいに仕上がっているわ。いえ、単独であればやや酸味と塩味が強すぎたかもしれないところを、くどさ一歩手前の脂と、重厚なチーズとお餅が和らげて、口に運んだ時点で究極のバランスが表現されるよう計算されている。豚肉のおいしさを引き立てながら、むしろキムチの存在の優秀さを感じさせる、これはまさにキムチの名舞台とも言える豚キムチ」

「え、あ……」

急に饒舌になったさゆりに、どうしてよいかわからない。

というか、せっかくおしゃれに『チーズタッカルビ』だと紹介したのに、すっかり『豚キムチ』呼びに落ち着いてしまった。

尻込みして視線をさまよわせる律子の横では、日向が、

「あーあ、始まっちゃった」

と苦笑していた。

「ほらね、さゆりん、悪い子じゃないんだよ。越田町と家業のことが、大好きすぎるの」

なんでもさゆりは、慣れない相手に対してはつんとした態度を取りがちだが、一度気を許した相手に対しては、大層熱血で、おしゃべりな性格を披露するらしい。

「もうちょっと親睦を深めれば、律子とも絶対仲良くなると思ったの。この分なら、もう

大丈夫そうだねえ」

日向は、さりげなく自分の取り皿にチーズと餅を多めに取り分けながら、ご機嫌な様子で告げた。

「ねえ律子、これ、本当においしいよ」

そうして、「特にこのお餅が、タレと絡んで最高。あ、白いごはんほしいなぁ」などと呟き、持参した弁当箱から、白飯だけを取り出しはじめる。

餅をおかずに白飯を食べるという暴挙に、律子としては一言物申したかったが、それよりも早く、さゆりにガッと肩を摑まれた。

「ねえ。このキムチ、どうしたの？　我が家の味付けに似てるけど、売り物にはしてないはずだし。スーパーで買った？　どこかの店で？　それとも、まさかあなたが漬けた？」

「し、知り合いが、漬けた、ような感じで……」

「知り合い？　どこにお住まい？　越田町の住人？　今度、我が家で『お呼ばれ』させてもらってもいいかしら」

「ええと――」

ぐいぐい来るさゆりに圧倒されながらも――ああ、さすがは日向の友人だ――律子は話題を変える意味も込めて、問いかけた。

「その前に……私のこれは、ちゃんと『お呼ばれ』になってる、っていうことでいい？」

もともと律子は、さゆりからの挑戦を受けて立つような思いで、今日この場に豚キムチを持ってきたのである。問いはそのまま、「私を越田町の仲間として受け入れてくれる？」という意味でもあった。

（ややこしいし、面倒な文化だけど……）

律子はさゆりを、そして日向を見つめる。

人を自分の敷地に連れ込んで、あれこれと料理を振る舞う越田町の『お呼ばれ』。お節介だし、人によっては迷惑だろうとも思うのだが、なぜだか今、そんな彼らの仲間になりたいと願う自分がいた。凍えきって身動きも取れなくなっている身には、強引な温かさがきっと必要なのだ。

「家じゃなくて学校だし、一から手作りってわけでもないけど――」

「当たり前でしょ」

もごもごと言い訳をしていたら、きっぱりとさゆりが告げた。

「胃袋をこれ以上ないほど摑まれちゃったんだから、これは間違いなく『お呼ばれ』だわ」

彼女は、そんな言葉までもが潔い。

あっさりとした返答、つまり敗北宣言というか許容宣言に、律子のほうが意表を突かれてしまう。

咄嗟に口ごもってしまった律子の代わりに、

「いよっしゃあ！」

「堕としたぜ！」

　背後に控えていたあやかしたちが、なぜか手を打ち合って喜んでいた。そのまくるりと宙返りしたり、飛び跳ねたりしながら、勢いよくこちらにやってくる。

「俺たちも食おう食おう！」

「餅は俺のもんだぜ」

「豚を食わずにどうすんだよ」

　そうして、テーブルに鎮座する皿に手を伸ばそうとするので、律子は冷や冷やした。

　小声で叱りつけて追い払いたいが、さすがに今はそうもいかない。

「というわけで、今度は私があなたを『お呼ばれ』したいんだけど、いつなら空いてる？というか待って、私も律子って呼んでいい？　私は、さゆりんでも、さゆりでもいいわ」

　一度気を許したさゆりは、律子を拒絶するどころか、日向を彷彿とさせる態度で距離を詰めてくる。

「あ……うん。私も、さゆり、って呼ばせてもらう、ね」

「で、このキムチなんだけど、本当にどうやって手に入れたの？」

　びしっと皿を指した指が、たまたま小鬼の腹を突き刺すような格好になったので、律子は思わず声を上げかけた。

「ひえっ」

　小鬼たちもまた、へそを隠して逃げまどう。

その悲鳴があんまりに情けなくて、思わず噴き出すと、小鬼たちがいっせいに涙目で振り向き、こちらに指を突きつけた。

「今、笑ったな！」

「あんまりな、調子にな、乗るんじゃないぞ！」

「嬢ちゃん、性格悪いぞう！」

これが少し前だったなら、小鬼から恫喝なんてされたら、すぐさま真顔で応戦していただろうが、今では愛嬌があるとしか思えない。

『弱いねえ』

唇の動きだけでからかってみせると、初めてのことに驚いたのか、小鬼たちは目を見開き、互いの顔を見つめ合った。それからゆでだこみたいに全身を真っ赤にして、「ムキィ！」と地団太を踏んだ。

「馬鹿にするんじゃないぞ！」

「そういうな、意地悪を言うやつはな、いつかな、痛い目見るんだからな！」

「そうだぞう！」

湯気を出さんばかりの彼らの抗議には、肩を竦めて受け流す。攻撃なんて大したことがないし、実際のところ、彼らはもう自分を傷付けようなどとは、しないのだろう。

自然にそう信じられる自分が、律子にはなんだかくすぐったく思えた。

その後も、さゆりが皿を持ち上げたり、顔を近付けたりするたびに、期せずして小鬼たちを追い払うような格好になっていたので、律子はその都度、にやけてしまった。

しかも、日向もまた、テーブルから転げ落ちた小鬼とぶつかりそうになると、

「おおっと、またお箸落としかけた」

などと屈み、ごく自然に衝突を回避している。

（なんて……すごい）

それ以外に言葉が出て来なくて、律子は次第に、しみじみしてきてしまった。

（大丈夫なのかもしれない）

ついで、そんな言葉が脳裏をよぎる。

彼女たちなら、大丈夫なのかもしれない。

律子がどんなにあやかしを惹きつけてしまおうと、そのあやかしがどんなに悪さをしようと、彼女たちであれば、難なくそれを躱してしまうのかもしれない。

「ねえ、ちょっと、聞いてるの？」

考えに耽っていると、眉を寄せたさゆりがむっとしたように問うてくる。

我に返った律子は慌てて、「聞いてる、ごめん」と姿勢を正した。

「まあ、いいわ。ひなから聞いてはいたけれど、あなた、ちょっと天然入ってるようだもの」

「えっ⁉」

思いがけぬ評価に面食らったが、続いた言葉にこそ、律子は大きく目を見開いた。

「私がしっかりツッコミするわよ。これからよろしくね、律子」

「よ、よろしく」

咄嗟に応じてしまってから、じわじわと後から感情が追いかけてくる。

(私……友達が増えたんだ)

友達、という単語に、自分自身で照れてしまい、律子は頰を赤らめた。

挙動不審ではないかと思いながら、両手で頰を押さえ、椅子に座り直す。

すると、その姿を見て心配したのか、日向がこそこそと囁きかけてきた。

「律子、大丈夫?」

「だ、大丈夫……」

「あのさ。律子がこうやって『お呼ばれ』をしてくれたのは、本当に本当に嬉しいんだけど……無理、してないよね?」

慎重な声に、思わず目を瞬かせる。

振り向いてみれば、日向は真剣な顔でこちらを見つめていた。

「さゆりんが挑発するような形になっちゃって、私も止められなかったけどさ。本当に私、律子に無理をさせたいわけじゃ、なかったの。売り言葉に買い言葉で、無理やり私たちに合わせてくれたんなら、それはすごく、申し訳ないなぁって」

「それは違うよ」

食べるのに夢中になっているさゆりに気取られないよう、小さな声で告げる日向に、律子はきっぱりと首を振る。

「私が、してみたかったの」

言葉は、自然に口をついた。

「日向のことを大切な友達だと思っているし、もっと知りたいから。……日向たちが、あんまり楽しそうだから、私も真似してみたくなったの」

きっとそれが、事実だ。

さゆりに、もてなされる客でいつづけるか、ともにもてなす側に回るのかと迫られたとき、律子の中で、後者を選ぶのはごく自然なことだった。日向や里江、越田町の住人から惜しみなく厚意を浴びせられるうちに、本当にいつの間にか、厚意を返したいと思うようになっていたのだ。そしてそれは、とても誇らしいことのように、律子には感じられた。

ちら、と目だけを動かして、テーブルから逃亡中の小鬼たちを視界に捉える。

日向『たち』、の中に、彼らあやかしも含まれていることを、律子は自覚していた。

邪悪なはずの存在。けれど、ここ最近では、日向や里江たちと同じく、ひたすら律子の心を温め、満たしてくれる、不思議な存在。

こもり、と呼ばれる一際小さな小鬼が、ふと振り返り、結果目が合った。

黒目しかないその瞳に、なんとなく愛らしさを感じて、小さく微笑む。

睨み付けるよりも、笑って、伝える――。

こもりは、おどけるようにぴょんと跳ねて、すぐさまその場を去ってしまったが、なんとなく、心のやり取りがそこにあったような、そんな感覚を抱いた。

（大丈夫）

里江がよく口にする言葉を、もう一度胸の中で呟いてみる。

この誘鬼の才で、あやかしを引き寄せてしまっても、きっと、もうそれほど、悪い事態にはならない。大丈夫なのだ。

「大切な友達だから、真似したい……」

日向は呆然としたように反芻し、それからなにかを考え込むように、胸の前できゅっと拳を握った。

「日向？」

律子は怪訝に思い、首を傾げる。

なんとなく、彼女の性格なら、「大切な友達」という言葉に反応して、大騒ぎすると思っていたのに。

というより、行きがかり上とはいえ、なかなか気恥ずかしい台詞を吐いてしまった身としては、さらりと流されてしまうと、少々居たたまれなかった。茶化すなり、からかうなりしてくれたほうが、よほど気が楽なのに。

「そうだよね……。律子は、流儀を曲げてまで、私たちのやり方を、真似してみてくれたんだよね。私たちを、理解するために」

「なに？　ちょっとよく聞こえない」

「想像じゃなくて、実際にやってみせた……」

なにかを呟いている様子だが、食堂が騒がしくてまるで聞き取れない。

「日向？」

再度呼びかけると、日向ははっとして、すぐに明るい笑みを浮かべた。

「ごめん、なんでもない！　普通に照れちゃっただけ！　今、『大切な友達』って言った？　言ったよね？　やだもう、超嬉しいんですけど！　照れるー！　もう一回！」

「すごく自然にお代わり要求するよね？」

きゃあきゃあと叫ぶ日向は、いつもの彼女だ。

律子はどことなくほっとしながら、それに応じた。

「ねえ、お代わりと言えば、この豚キムチってまだあったりするの？」

「え!?　もうこんなに食べちゃったの!?」

さゆりもすぐに参戦し、テーブルは和やかに盛り上がりはじめる。

お餅を何個ずつ分けよう、だとか、そっちが多く取りすぎだ、だとか、わいわいやり合いながら、律子は、ごく自然に誰かと食卓を囲んでいる自分に気付き、驚いた。

――大丈夫だよ、律子ちゃん。気が向いたら、叔母さんたちとごはん、食べようね。

ふと、里江の柔らかな声が脳裏に蘇る。

（今なら……）

食いはぐれないよう箸を動かしながら、律子は思った。

今なら、里江たちとも、食卓を囲めるかもしれない。

微かな光の粒のようだった思いつきは、瞬く間に胸の中に広がり、わくわくと律子の心を照らし出した。

里江たちとなら。そして、今の自分なら。巻き込み、傷付けてしまうことを恐れずに、ごく自然に、食事をともにできるかもしれない。

(たとえば、どんな料理を？　私がなにか作ったら、里江さんたちは、喜ぶかな)

そんな想像までもが、頭をよぎる。

きっと里江は喜ぶだろう。日向と同じかそれ以上に、きゃあきゃあと大騒ぎするはずだ。そうだ、里江と日向は性格がよく似ているから、きっと会話も弾むだろう。日向や、可能ならさゆりも招待して、ホームパーティーのようにしたら、楽しいかもしれない。

(ああ、それってまさに、『お呼ばれ』だ)

大人数を自宅に引き入れて、手料理でもてなす。一カ月前には躊躇いのあったその文化が、今や、とても心が躍る、素晴らしいアイディアに思える。

どくどくと胸が高鳴り、体温が上がった気がした。もしかしてそれは、香辛料たっぷりの料理を口にしたからかもしれなかったが。

心が弾む。やりたいことが明るく目の前で輝いて、力いっぱい手を伸ばしたくなる。

律子はたしかにこの日、強く、大丈夫だと思ったのだ。

日々は希望に溢れていて、きっとこれから、楽しいことがどんどん起こるのだと、素直に信じられた。

その翌週、日向が倒れるまでは。

みんなで焼肉、思い出のスープとともに

休み明けの月曜、六限目の授業を終えた律子は、大きく伸びをして体の力を抜いた。

六限目は実技系の選択科目だ。

美術を選択していた律子は、隣クラスと合流して教室に残り、家庭科を選択していた日向は別館の調理室に向かっていたので、この時間は別行動だった。

隣クラスの生徒たちが教室を引き上げていくのを視界の端に捉えながら、律子はぼんやりと壁掛け時計を見上げる。

家庭科選択の生徒たちが戻ってくるのを待ち、帰りのSHRが済めば、放課後である。

律子は部活動をしていないし、日向の所属する吹奏楽部は、この日練習が休みとのことなので、一緒に商店街のあたりを散策しようと話していた。おしゃれなカフェに行くよりも、顔なじみの商店を次々と巡る方が、おいしいものに、それも大量に出会えるからである。

(日向と放課後一緒に帰るのって、そういえばあの日以来だな)

昼食は毎日のようにともにしていたが――しかも先週からは、さゆりも加わりつつある――一緒に帰るのは久しぶりだ。

家も近所だし、なにしろ相手はあの日向なのだから、当然のように「家に寄っていって」と言われることもあるかもしれない。

(その場合には、素直に甘えるのが、正解よね。きっと)

どきどきしながら、そんなシミュレーションをしてみる。浮ついている自分に気付いて、苦笑した。

友達と一緒に帰宅するというだけで、こんなにそわそわしてしまうなど、いったいどれだけ人付き合いに慣れていないのか。

(でも……最近、日向とあんまり話してない気がするし)

内心で言い訳して、それから本当にそうだと思い至る。

日向とさゆり、律子の三人でチーズタッカルビをつついたのは、先週の水曜日のこと。その翌日から、日向は部活の昼練習があるとかで、食堂に来なくなった。代わりのように、さゆりと二人で食べているので、話し相手に不自由はないのだが、木曜から今日のたった三日、食事時に日向が隣にいないというだけで、すっかり物足りなさを覚えている自分に、律子は気付いた。

(なんでだろう)

同じクラスにいる日向とは、べつに昼食をともにとらずとも、休み時間や授業中に言葉を交わすことだってできる。

そんなとき、日向は相変わらず明るい笑みを浮かべて接してくれるので、寂しさなど感じる必要はないのに、なぜだか、言いようのない感覚を抱いてしまうのだ。時間を持て余してしまうような、空疎なような。

そしてそれは、里江たちの家で、一人食事をとっているときも同様だった。

しんと静かで、精神が乱れることのない環境。律子にとってはそれが穏やかで理想的な空間だったはずなのに、最近ではなんだか、味気ない。

冷えた空気や、やけに大きく聞こえる自分の咀嚼音だけが、澱のようにひっそりと降り積もってゆくようだった。

(なんでだろう……)

自分の変化に向き合おうと、律子が虚空に向かって目を細めたそのときだ。

——ガラッ。

「失礼します」

やや乱暴な手つきで教室の扉が開き、隣のクラスであるはずのさゆりが踏み込んできた。彼女も家庭科選択だったようで、調理実習用のエプロンを身に着けたままにしている。

「さゆり?　どうしたの?」

「日向が倒れた」

さゆりはこちらを見ると端的に答え、真っすぐに日向の席に向かうと、教材一式と着替えをざっと通学鞄に放り込んだ。

「え!?」

「実習中に立ち眩み起こして、ガスの火で火傷して、それで気絶しちゃったの。今、保健室で寝てるから、少し休ませたら送ってくわ」

てきぱきと告げられた内容に、理解が追い付かない。

特に、火傷、という言葉に、がんと頭を殴られたような衝撃を覚え、律子は青褪めた。

「火傷……」

まさか。それぱかりが、脳裏を駆け巡る。

汗が滲み、どうしようもなく、胸が騒いだ。

（違う、よね？）

急に、周囲の空気が薄くなったような心地を覚える。

（偶然、よね……？）

顔色を失った律子を見て、さゆりは軽く溜息をついた。

「そんなに心配しなくてもいいわよ。見たところ、大したことないし。気になるなら、律子もお見舞いに――」

行く？　という言葉を聞き終えるよりも早く、律子は走り出していた。

走っているからではなく、呼吸が乱れる。

あの団欒の日、ホットプレートから勢いよく伸び上がった炎の残像が、瞼の裏に今もこびりついていた。

（日向……！）

保健室のある一階まで、一気に階段を駆け下りる。ちょうど別館に繋がる廊下を横切ろうとしたとき、その片隅に群れ集う、あやかしたちの姿を捉えた。

火をまとい、飛び跳ねる、三匹の小鬼たち。

人目を気にする余裕もなく、律子は彼らに問いかけた。

「ねえ、あなたたち、さっき調理室で――」

「――まあ、ともあれだ。これであの嬢ちゃんも、ちったぁ物分かりがよくなるんじゃねえのか。なにせ、親友が火傷したんだぜ？」

「そうかねえ？　俺はさ、むしろさ、逆じゃないかとさ、思うんだよ。だってさ、相手はさ、『氷の巫女』だぞ？」

自分のことを話しているのだと察し、息を呑む。

硬直した律子に気付かず、小鬼たちは大袈裟に溜息を漏らした。ほか二匹に続いて、こもりまでもが、はあっと眉を下げる。

「そうだよう。火傷が自分のせいだなんて知ったら、一気に逆上して、おいらたちを一瞬で祓っちまうなんてことだってありえ――うお！」

と、そこでようやく気配に気付いたらしい。ぎょっとした様子で振り返り、その場にいるのが律子だと理解すると、小鬼たちは「やべえ！」と逃げ出した。

「おっかねえ！」

いつものとおり、きゃらきゃらと笑いながら。

残された律子の全身から血の気が引いていく。

「私の、せいで……？」

小鬼の声が、何度も何度も頭の中に響き渡る。

――ちったぁ物分かりがよくなる。

――火傷が自分のせいだなんて知ったら。

喉奥に氷の塊を押し込まれたような心地を覚えて、律子は咄嗟に口を覆った。

指先がひどく、震えている。

（違う……そんな、だって、もう……大丈夫になったはずで……）

悪戯好きだし、すぐこちらの弱みに付け込んでくるけれど、最近ではいつだって律子に優しかった、あやかしたち。毎度宴に巻き込んでは、温かい料理で腹いっぱいにしてくるものだから、律子もまた、刀を収め、睨み付けるのをやめた。

つい先週、彼らの『お呼ばれ』を真似してさゆりを懐柔してみせたときには、まるで仲間の活躍を喜ぶように、喝采まで送ってみせた、彼ら。それなのに。

（ああ、でも、そうだ……）

――今、笑ったな！

――あんまりな、調子にな、乗るんじゃないぞ！

そこで律子は、思い出してしまう。

情けない姿を笑ってしまったとき、小鬼たちが律子に向かって投げつけた言葉を。

――いつかな、痛い目見るんだからな！

（あれは冗談じゃ、なかったの……？）

彼らは単に、言い返しただけなのだと思っていた。律子にからかわれたから、じゃれ合いの延長で、怒ったふりをしてみせたのだと。

だが――気易く見えたあの空気は、こちらがそう思い込んでいただけなのか。彼らは律子の態度に、本当に腹を立てていたのか。

いいや、気まぐれな彼らのことだ。怒りは深くなかったのだとしても、こんなささやかなやり取りが原因で、友好から敵意へと、あっさりと感情が振り切れてしまうのかもしれない。わずかな風であっけなく翻る、木の葉のように。

「『邪悪にも、善良にも』……」

律子は呆然と、呟いた。

「そういうことなの……?」

この数日、ずっと胸の中にあった「大丈夫」という温かな言葉が掻き消え、代わりに、廊下を吹き渡る冷たい風が、そのまま律子の全身を通り抜けていった。

「ああ、律子ちゃん、おかえり……って、大丈夫?」

青褪めた顔で帰宅した律子のことを、たまたま社務所で事務作業をしていた里江は、驚いた表情で出迎えた。女性神職の資格を持つ彼女は、普段は企業勤めをしているが、ときどきこうして、神社の護持を手伝っているのである。

巫女とは異なり、白衣と紫の袴を身に着けた里江は、心配そうな顔つきになって近寄ってきた。

「なんか、顔色悪くない？」

「いえ……。ちょっと、風邪気味なだけで」

律子はぼそぼそと答える。今は、誰にも――特に、親しみを感じている相手にこそ、会いたくなかった。一人になりたかったのだ。

廊下で小鬼たちの会話を盗み聞きしてしまった後、律子は結局、保健室に立ち寄ることなく、逃げるようにして帰宅した。日向に合わせる顔がないと思ったからだった。

（私の、せい）

自分が呪わしくて、仕方がない。心が乱れ、そのたびにますます、穢れが彼女たちに降りかかってしまいそうで、恐ろしかった。一刻も早く一人きりになるか、そうでなければ、冷たい水にでも飛び込んで、擦り切れるほどに全身を清めてしまいたい。

「今日はもう、お風呂にだけ入って、そのまま寝ます。すみません」

「えっ、そんなにしんどいの？　私、お粥かなにか作るよ」

「いえ」

律子は、押し殺すような声で答えた。

「本当に、いらないんです」

食欲は、実のところ、まったくなかった。

いつになく鋭い拒絶を見せる律子に、里江がほんのわずか、眉を下げる。それでも彼女は、すぐに穏やかな笑みを取り戻して、「そっか」と頷いた。

「じゃあ、無理しないで休んでね。最近、風邪が流行ってるみたいだし。日向ちゃんも、ここ数日、ちょっと具合が悪かったんでしょ？」

「え……？」

思いがけず出てきた日向の名前に、心臓が騒ぐ。

里江はそれには気付かぬ様子で、頬に手を当てた。

「ちょうどさっきまで日向ちゃんのお母さんと電話してたのよ。日向ちゃんも、ここ最近、ずっと風邪気味だって言って、部屋に閉じこもりがちだし、全然ごはんも食べないって。お母さん、心配してらして」

長引く風邪っていやよねぇと、なんの気なしにまとめる里江に、律子は凍り付いた。

（違う）

学校での日向は、一度も風邪気味だなんて言わなかった。顔色だって良好で、調理実習の前には「すごいの作って来るから！」と張り切っていたのに。

だが、そう。たしかに、ここ数日、日向と昼食をともにすることはなかった。避けられているとは感じなかったが、接触する時間は激減したように思う。

もしかして、気遣い上手の日向によって、自分はさりげなく距離を置かれていたのだろうか。そうして日向は、なにかに悩んでいたのだろうか。ちょうど、律子の両親のように。

娘に近付くと、周囲に異変が起きる——それで鬱々としていた、彼らのように。

「律子ちゃん？」

「いえ。……失礼します」

それ以上の気まずい会話が生まれる前に、小さく頭を下げて、素早く事務スペースを通り抜ける。

その先にある、自室としてあてがわれている部屋に逃げ込むと、律子はその場に崩れ落ちるようにして座り込んだ。

「………」

ぐっと、床に敷かれた絨毯に、無意識に爪を立てる。なんとか抑え込んでいた感情が一気に溢れだし、止まらなかった。

——裏切られた。

胸が引き攣れるようなこの想いに、一番近いのはその言葉なのかもしれない。

裏切られた、裏切られた。律子は何度も、その言葉を心の中で繰り返した。

（全部、嘘だったんだ）

小鬼たちに、調子に乗らないよう言い聞かせるという穂村の言葉も。律子を仲間のように遇したあの態度も。温かな料理も、持たされた土産も、気遣いの言葉も、なにもかも。

いや、あるいはそれらは本物で、それでも唐突に態度を変えてしまえる残忍な性質の持ち主、という理解のほうが正しいのかもしれない。なにしろ彼らは、善良にも邪悪にもなれる、気まぐれな存在なのだから。

（なんで、日向を襲ったの）

激しく相手の肩を揺さぶって、問い質したかった。

こもりたちの話から察するに、彼らは律子の物分かりの悪い様子——つまり、いつも生意気な口をきいたり、なにかにつけ祓おうとしたり、さらには弱さを冷やかしまでしたこと——が気に食わなかったのだろう。それで、日向が調理実習で火を扱ったのをいいことに、彼女を火傷させた。これで律子が懲りるだろうとばかりに。

だがなぜ、それなら律子に直接言わなかったのか。なぜ周囲を巻き込むような真似をしたのか。それとも、彼らに意図などなく、単なる思い付きで日向を巻き込んだのだろうか。偶然、そこに居合わせたというだけで、気まぐれに？　あるいは、自分が気が付かなかっただけで、日向はすでに、何度もこうした怪異に悩まされていたのだろうか。

彼らは、あんなに陽気に笑いながら、平気な顔で、律子やその周囲を、傷付けてしまえるのだ。

ぐう、と、腹の底から怒りが膨れ上がる。

いつもきゃらきゃらと笑い、考えなしに禍を撒き散らす、あやかし。

その捉えどころのなさ、そして底知れなさが、厭わしくて仕方がない。

「許さない……」

唸るような声で、呟く。

初めて百鬼の宴に遭遇したあの夜よりも、ずっと強く、そう思った。

許さない。

やがてふらりと立ち上がった律子は、部屋の片隅にしまってあった短刀を取り出し、冷えた指でそれを強く握りしめた。戻しそびれていた、清めの短刀。もうこれを彼らに向けることはないと思いはじめていたが、その認識のほうが、誤りだった。

「清めなきゃ」

冷水で禊をして、真新しい下着に着替えて。

食事を断って、心身ともに清らかな状態で——今度こそ、彼らを祓うと決めた。

部屋を出るなり、古い木造の廊下を冷たい風が吹き渡っていく。

冷えている、とは思ったが、不思議と、寒いとは思わなかった。空腹も感じず、心の揺れる気配もなく、全身がしんと澄み渡った感覚だけがある。

律子は短刀をコートの身頃越しに握りしめると、外に向かって歩き出した。

越田町の商店街は、夕飯時となった今でも、店に出入りする観光客で賑わっている。彼らのもたらす喧騒は、しかし今、なぜかひどく遠くに感じられた。膜で覆われたような、奇妙な静けさの中、律子は黙々と、ある場所を目指して足を動かした。

商店街が途切れた先、不意に闇の広がる小道の外れ。すっかり朱の剝げた鳥居がそびえる、古い神社を目指して。

目当ての場所にたどり着くころには、すっかり陽が落ちていた。

商店街から少し外れたこの辺りは、電灯の光も届かず、闇の色が濃い。

冷気に濡れたような、古びた鳥居を無言で見上げてから、律子は無言でそこを通り抜けた。ここより先は、人ならざる者の領域。

いつも通り、まるで突然世界が変わったように、大量の赤提灯が視界に飛び込んでくる。境内の真ん中にはやぐらが組まれ、そのてっぺんには巨釜が置かれて、無数の鬼火に熱されていた。

さんざめく笑い声、太鼓とお囃子の音。酒や肴の匂いも立ち込めるが、心はまったく躍らない。むしろ、光も音も、匂いまでも、騒がしいばかりのそれらが、神経に障った。

「うるさいわ」

冷ややかな、ひっそりとした声だったはずだが、呟いた途端、まるで突然氷水を差されたとでもいうように、提灯の明かりが身じろぐ。

お囃子の音が、そして喧騒が、ふっと消えていった。

たちまち、しんと静まり返った境内に、律子は今一歩、踏み出した。

「本当に、なんて、うるさい」

視線の先には、あやかしたちに囲まれ、上機嫌で唐傘を振り回している穂村がいた。

いや、振り回していた、と言うべきか。

今、彼は、驚いたように唐傘を下ろし、まじまじと律子を見つめ返している。

「おやまあ」

そう言うと、彼は困ったように顎を撫でた。

「ずいぶん、荒ぶってんなぁ」

口調は軽いし、「どうした？」と首を傾げる様子は普段通りに気さくだが、それに騙されてはいけないと律子は思った。

今日はやけに、境内に強い風が吹いている。鬼火がその尻尾を途切れさせ、小鬼たちが震えるほどの寒風が。もしかしたら次の瞬間にも、穂村はこの風を操り、律子のことを襲ってくるのかもしれない。

だって彼は、鬼だから。人を苦しめて楽しむ、あやかしだから。

「また腹を空かせてやって来たのか？　ちょうどあと一曲で宴も締めるから、まあ待ってろよ。聞いて驚け、今日は絶品焼肉――」

「いらない」

きっぱりと、言い捨て、懐から短刀を取り出す。

鞘から抜くと、冷ややかな光を湛えた刀身が現れた。

「今日は、あなたたちを、祓いに来た」

「おいおい、同じ釜の飯を食った相手に、またそんな物騒な。よっぽど気が立ってんだな？　仕方ねえ、『業炎』は後回しにして、先に肉焼くか」

　やれやれ、といった様子で肩を竦める穂村に、律子は無言で斬りかかった。

　もっとも、短刀の扱いなど知るわけもない。あっさり躱されたばかりか、腕を摑まれてしまったが。

「ちょ、ちょっと落ち着きなさいよ。あんた穂村サマに斬りかかるなんて、正気なの⁉」

「気の荒い嬢ちゃんだなぁ」

「ひぃ」

　溜息を落とす穂村とは裏腹に、周囲を固めるあやかしたちは、いつになく青褪めている。いつも高圧的な態度を取ってくる雪雄や、けらけら笑ってばかりの小鬼たちももちろんその中にいたが、彼らにいつもの陽気さはなく、強張った顔でこちらを見ていた。

「じょ、嬢ちゃん。おっかねえよう。もうちょっと落ち着いて――」

「落ち着いて？」

　小柄な鬼のこもりが、おずおずと口を開くが、律子はそれを睨み付ける。

「どの口がそれを言うの？　私がどれだけ頼んでも、騒ぐのをやめなかったくせに」

　放課後、学校の廊下に、こもりはいた。ほかの小鬼は相変わらず識別できないけれど、一回り小さなこの鬼だけは、もう見分けられる。

　彼も調理室にいたのだろうか。そして、懲りもせずきゃらきゃらと笑って、火遊びをしたのだろうか。日向を傷付けたのだろうか。

悪意に満ちた炎、怯えた眼差し。哄笑《こうしょう》する小鬼たち。

ごうっ、と、再び強く風が吹いた。

「おい、落ち着け」

腕を摑む穂村の手に、力が籠もる。

「放して！　脅しても無駄よ。私を吹き飛ばそうとしても――」

「今、この風を吹かせてるのは、おまえさんだよ」

予想外の言葉に、一瞬思考が停止する。

それと同調するように、ふと風が止むのを見て取って、律子はますます困惑した。

「え……？」

「やれやれ。嬢ちゃんはもう、食い物や芸じゃ鎮められねえほど、荒ぶっちまったんだなぁ」

穂村は「世話の焼ける」とぼやきながら、ぐるりと首を回した。

「おまえら。巨釜を下ろせ」

「ほ……ほい！」

周囲のあやかしたちが慌てたように言に従う。

ろくろ首のろくや阿駒、小人や鬼火が協働して巨釜を下ろすと、やぐらにはごうごうと燃える炎だけが残った。

どうしてやぐらが燃え落ちてしまわないのかが不思議なほど、巨大な朱色の炎だ。

穂村は次いで、小鬼たちに向かって、食材を運び入れるよう指示した。

「ありったけ持ってこい」

「……いい加減にして。料理なんて、食べないわよ」

「だろうなあ。今日はさすがに、メシは作らねえよ」

低い声で牽制した律子を飄々と躱すと、穂村は高らかに告げた。

「神饌を燃やせ」

思わず、目を見開く。

「神饌……？」

それは、神に捧げられる供物のこと。

なぜ、あやかしたちが調理に使う怪しげな食材を、そのような名前で呼ぶのか。

しかし、動揺して眉を寄せる律子をよそに、穂村たちは、次々と食材を、燃え盛る業火に差し入れてゆくのだった。

米、酒、それから水引で飾られた鯛などの魚や、生の野菜。たしかにこれらは、一般的な神饌と言える。

だがさらに、巨大な塊肉、多種多様な調味料、そう、マヨネーズまで。

――私もさ、ちょうど昨日、神棚にマヨネーズを供えておいたんだ。

そのときふと、日向の声が脳裏に蘇った。

――越田町だと皆、だいたい好きなもの供えてるんだけどなあ。

——我が家は、豚塊肉をどかんと供えたこともあれば、こんがり揚げたカツを供えることもザラです！

次々と炎に捧げられてゆく、食材。それは、丸ごとの素材だけでない。まるで食卓に出されるおかずのお裾分けのような、揚げたてのカツや、漬けこまれたキムチまであった。

——そのほうがきっと、神様もテンション上がるでしょ？

「まさか……」

呆然と呟く律子の前で、炎が大きく膨れ上がる。

供物を平らげて満足したように、それは夜空を焦がすほど伸びあがると、ふっ、とまるで鏡のような平べったい円の形になった。

その炎を背に、穂村がゆっくりと振り返る。

それ自体が燃える炎のような、赤い髪。吊り上がった赤い瞳。熱風に吹かれた羽織が、ばさりと音を立てて翻る。

真っすぐに瞳を射貫かれて、律子は知らず、喉を鳴らした。

なんという、威厳だろう。

いつもにやけた笑みしか浮かべていなかった彼が、ほんの少し表情を引き締めただけで、たちまち、音を立てるのもはばかられるほどの凄みを帯びる。

それは、禍々しさとはまた異なる迫力だ。

今律子が感じているのは、あやかしを前にしたときに抱く、無意識の警戒感ではない。

むしろ、巫女として祈りを捧げるとき、圧倒的な存在の前に自然と頭を垂れてしまう、あの感覚――。

「特別だ。先に鎮めてやろう」

穂村が静かに口の端を持ち上げ、告げる。

すでに腕から手は放されていたが、律子は身じろぎ一つできなかった。

いや、正確には、呼吸すらままならなかった。

ただ呆然と、皆が『穂村』と呼ぶ男のことを、食い入るように見つめていた。

だって。まさか、彼は。

「見ろ」

つ、と、穂村が人差し指を持ち上げる。

指し示された先、巨大な炎の鏡に、ゆらりとなにかの像が結びはじめていた。

人の形をした影が、二つ。一人は椅子かなにかに腰掛け、もう一人は、寝台のような場所で上半身だけを起こしている。

目を凝らすうちに、徐々に像の精度が上がり、二人の人物の顔が明らかになった。

腰掛けているのはさゆり、そして、ベッドから身を起こしているのは日向。

どうやら、日向の部屋で、二人が話し込んでいるのだということがわかった。窓の外には夜空が広がっているから、これは、今、日向たちの身に起こっていることなのだろうか。

「日向って子を、友達が見舞いに来ているところだな」

律子の思考をなぞるように、穂村が呟いた。

「二人がなにを話しているか、耳をかっぽじって聞いておけ」

彼の言葉を合図のように、炎の鏡から、妙な反響をまとった声が零れはじめた。

『――……う、……んで、あんたはそう向こう見ずなのよ』

『――……めんってば。……さか、倒れることになるとは思わなかったんだよ』

さゆりがなにかを叱り、日向が謝っている。

どうやら、昼に倒れたことについてのようだ。

日向は亀のように「ひえっ」と首を竦めているが、その声音が思いのほか元気そうで、律子は、いつの間にか胸に当てていた冷たい手が、わずかに緩むのを感じた。

『でも、そうか、律子、そんなに私のこと心配してた？　まいったなぁ……。すごい話しにくいなあ……』

けれど、日向のその独白で、再び冷水を浴びせられたような心地になる。

話しにくい、と思われる感情を、彼女は自分に抱えているのだろうか。

胸を突き破りそうなほどに心臓が高鳴り、必死に唇を噛み締めていると、日向はふと視線を落とした。

『……あのさ。さゆりんにだから、言うんだけど』

『なによ』

『私、最近、律子と一緒にいると、さ』

続きを、聞きたくない。

自分の知らぬ間に、日向もまた怪異現象に悩まされていたのだろうか。恐怖を覚え、律子のことを怪しんでいたのだろうか。

嫌って、いたのだろうか——。

『もう、きゅんきゅん胸が高鳴ってしかたないんだよね……！』

「……ん？」

だが、ぐっと胸の前で拳を握り、予想外の言葉を放った日向に、律子はぽかんとした。

『いやべつに、恋ってわけじゃないんだけど、なんていうのかなぁ、雨の日に段ボール箱で捨てられた子猫を見るような、もうぎゅんぎゅん切ない感じ!?』

『ああ……ひな、そういうの放っておけないもんね、昔から』

『だってさあ、だってさあ、すごく健気なんだよ。もういちいちツボなの、わかる!?』

半眼で頷いたさゆりに、日向は熱弁を振るってみせた。

『たぶん律子って、越田町民みたいなこってりした人間関係には慣れてなくてさ、最初なんてもう警戒心ばりばりだったわけ。表情なんて今以上に冷ややかで、言葉尻も素っ気なくて、話しかけちゃってごめんなさいって、こちらが思うくらいだったのよ』

『それでよく話しかけたわね……』

『でもさ、よく見ると、ちらちらってこっちを窺ってるの。不安そうに。素っ気ない態度を取っちゃうと、その後必ず、「大丈夫かな……」って不安そうに、うるうるこっちを見るの。袖をきゅ……っ、て引かれる感じ。わかる!?』

興奮したように話す日向に、律子は鏡越しに赤面した。

「な……っ、な、な……」

いったいこの友人は、なにを言っているのか。

『でね、一見クールに構えてるんだけど、本当はめちゃくちゃ必死なんだよ。おごりでいいよ、って何度も言っているのに、いつまでも代金忍ばせた封筒握りしめてるし、座る場所なんて全然気にならないよって伝えたつもりなのに、言葉噛みながら、一生懸命、隣に誘おうとしてくるの。律子自身が、そういうの、苦手なはずなのにだよ』

こちらの懊悩を完全に見抜かれていたのだと理解し、律子はゆで上がってしまうのではないかと思うほど恥ずかしかった。

「う……っ」

羞恥で涙目になるほどである。

『律子のペースでいいんだよ、私、お節介だって自覚してるから、律子の負担にならないように、仲良くなりたいんだよって伝えても、律子はぐるぐる考えてさ、こっちのペースに、なんとか合わせようとしてくるの。必死に「お呼ばれ」の準備したりさ、自然に聞こえるように頑張りながら、顔を真っ赤にして誘ってくるの。全然自然じゃないし、いろいろ失敗したりもしてるんだけど、そこがもう、なおさら堪らないっていうか！』

律子は思わず、顔を覆ってその場にしゃがみ込んだ。

「も、もうやめて……」

いっそ一思いに殺してくれ、の心境である。

先ほどとは違った意味で、続きを聞きたくなくて躊っていると、『でも』と、日向が少し改まった声音で告げた。

『この前、さゆりんが初めてお昼ごはんに加わったときにね、思ったんだ。一生懸命こちらに合わせてくれる律子のことを、喜んでいるだけでいいのかなって』

『どういう意味？』

さゆりが怪訝そうに聞き返す。

律子もまた、意味がすぐには飲み込めず、再び鏡を見上げた。

日向は、真剣な顔をしていた。

『律子はね、「大切な友達だから、真似したい」って言ったの。一緒にごはんを食べることも、「お呼ばれ」も、私のことを大切な友達だと思うから、真似したくなったんだって。私、それを聞いて……これまでの自分は傲慢だったんじゃないかなって、そう思った』

思わず、息を呑んだ。

初めて聞く日向の深刻な声は、律子の想像をはるかに超えて、誠意と思いやりに溢れていた。

『私、越田町の「お呼ばれ」の文化が、人と一緒にごはんを食べることが、すごく好きだよ。律子がいつも、青白い顔で冷たいごはんばっか食べてるのを見て、だからこそ、放っておけなかった。でも、律子には律子の理由があって、そうしてきたのかもしれないよね』

『ひな……』

『律子はずっと一人でごはんを食べてきた。静かなところにこそ、落ち着きを感じてきた。私にはそれって不思議に見えるけど、でも、一方的に否定するのはおかしい。だって律子は必死に、こっちに合わせてくれたのに』

真摯に告げられる言葉の一つ一つが、ゆっくりと全身に染み込んでゆく。

なぜだか、胸が引き絞られるような心地を覚えて、律子は「日向……」と呟いた。

いつも朗らかな友人が、こんなにも深く、こちらの立場を洞察し、理解しようと努めていたなど、思いもしなかった。

『だから、その日からね、私も挑戦したくなったんだよ。律子のスタイルに。一人で食べたら、もしかしたら精神統一できるとか、リラックスできるとか、そんなことがあるのかもしれないって。……でもさ』

そこで日向は、ばつが悪そうに首を傾げた。

『やっぱ、私には合わなかったよ。時間を持てあますし、妙に息苦しいし、なにより、ごはんの味が、全然しないの。それでも一週間くらいは、と思って続けてみたんだけど、なんかもう、食欲自体が失せちゃってさあ。おかげで意図せず飢餓状態』

『それで、実習中にふらついて、火傷して今に至る、と』

『急にカレーのハイカロリーな匂い嗅いだもんだから、つい考えなしに、鍋に手ぇ伸ばしちゃったんだよねえ。もう自分にびっくりだよ！』

あはは！　と空笑いする日向だったが、さゆりに『いや、律子のほうがよっぽどびっくりでしょ』と突っ込まれると、意気消沈したようにうなだれた。

『そう、だよねえ』

『少なくとも私、「あなたのこと理解したくて、飢餓状態になってぶっ倒れて火傷したの！」なんて言われたら、ドン引きするわ』

『うぅっ、さゆりん、それ以上言わないで……っ』

怯えたような顔で首を振る日向を見て、律子は思わず身を乗り出した。

(そんなことない)

誰が日向に、呆れたりなんかするだろう。

いったい誰が、こんなに愛情深く、一本気な行動に、引いたりなんかするものか。

先ほどから、胸が、熱く震えて仕方ないというのに。

ぐ、と唇を噛み締めていると、鏡の向こうで、日向はおずおずと口を開いた。

『でもね。おかげで、わかったこともある』

『なによ』

『律子は、寂しいんだよ』

他人について言っているのに、その言葉だけは、きっぱりとしていた。

真実を告げるように、日向は、迷いなくその言葉を口にする。

『すごく、寂しいんだよ』

真っすぐな声に、律子は頬を張られたような衝撃を受けた。

ずっと目を背けていた、けれど心にぽっかりと空いていた、大きな穴。

それを、突きつけられたかのようだった。

日向は、なぜだか自分のほうが傷付いたように、眉尻を下げていた。

『だって、私、寂しかったもん。ひもじくて、心細くて、どうにかなっちゃうかと思った。律子はそうじゃないかもしれないけど、私はそう思った。だから律子が寂しさに気付いてないだけって思うことに決めたんだ。それで、これまで以上に、がんがんごはんを押し付けるんだって心に決めた』

力強い断言に、なぜだか涙が滲む。

さゆりが呆れたように相槌を打つのも、日向がそれに照れたように笑い返すのも、すべてがぼやけて見えた。

鼻先がつんとする感覚を、やり過ごす。

いつの間にか、鏡の拾う音声は途切れ、やぐらの炎がぱちぱちと爆ぜる音だけが、小さく夜空に響いた。

「さて」

穂村が、静かに切り出す。

「ちったあ、落ち着いたか？」

律子は途方に暮れた顔で、相手を見返した。

清めの短刀をいつの間にか奪われていることに気付いたが、もはや、取り返す気力すらなかった。

「どうして……」

声は、まるで道に迷った子どものよう。

瞳を揺らしながら、律子はようやく、小鬼たちに問うた。

敵意を取り除き、素直に。

「じゃあどうして、廊下で、これで私も物分かりがよくなる、なんて話していたの？」

日向自身の話を聞いて、小鬼たちが犯人ではないということが、やっとわかった。日向が倒れたのは、怪異のためではなく、日向自身の決断のためだったのだ。

それでもなお、廊下で聞いてしまった会話が、耳から離れなかった。

「親友が火傷をすれば、私も少しは大人しくなる、みたいなことを言っていたでしょう。それは、私のことが気に食わないから周囲を攻撃してやるって意味では、なかったの？」

小鬼たちは最初、首を傾げた。心当たりがないとでも言うように。

しかしやがて、小柄な鬼――こもりが、「あの」と控えめに、申し出てきた。

「もしかして嬢ちゃんは、勘違いをしているかもしれない」

「勘違い？」

「おいらたちは、これで嬢ちゃんも、少しは俺たちに絆されてくれるって、そう言いたかったんだ」

「絆されて……？」

律子が眉を寄せると、こもりは言葉を選ぶように口を閉じ、それから再び話しはじめた。

「だっておいらたち、もっと嬢ちゃんの笑顔が見たかったんだよう」

「え……？」

「この前、俺たちが逃げ回ってるのを見て、楽しそうに笑ってたじゃないか。あのときの嬢ちゃん、すごく可愛かった。あれって、おいらたちに、気を許してきたからだろう？　そんでそれは、日向って子に、心を解してもらったからだろう？　嬢ちゃん、基本的にはおいらたちの前じゃ、笑わねえからよう」

こもりは、黒目ばかりの瞳を瞬かせる。気のせいか、寂しそうにも、拗ねたようにも見える表情だった。

「だから、おいらたち、嬢ちゃんがもっと、いろんな相手からの厚意を、わかるようになればいいのにって、そういう話をしてた。親友が火傷を負ってまで、嬢ちゃんのことを理解したいって頑張ったんならさ。『氷の巫女』でも、情ってもんを信じられて、氷の心も溶けるんじゃねえか、そうなったら俺たちも嬉しいって」

思いがけない言葉の数々に、律子はただ目を見開いた。

（『物分かりがよくなる』って……そういうことなの……？）

それでは、自分が思い込んでいたのと、ほとんど真逆ではないか。

この小鬼たちは――律子の境遇に心を砕いていたというのか。

「どうして……あやかしが、人間を心配するのよ」

「はァ？　あやかしですって？」

無意識に漏れた呟きは、雪雄によって拾われる。

いつだって高慢な笑みを湛えているはずの雪雄は、なぜだか今、心底驚いたような、というか、苦虫を噛みつぶしたような表情を浮かべていた。

「なァにそれ。あやかしって、妖怪とか化け物って意味でしょ？　あんた、あたしたちのことをなんだと思ってんのよ」

「え」

まさにその、妖怪だとか化け物だと思っていたのだが、なぜそれで怒られなくてはならないのだろうか。

怪訝な顔になった律子の隣では、穂村が「まあなあ」と顎を撫でていた。

「俺はべつに、あやかしと呼ばれようが気にならねえが、まあ、こいつらも一応、神だからなあ」

「は!?」

「は？　ってなによ、こちとら、付喪神様でいらっしゃるわよ！」

ぎょっとした律子に、すかさず雪雄が声を荒らげる。

穂村はそれを宥めつつ、「なんか誤解されてるなあとは思っていたが……」と苦笑した。

「一応言っておくが、雪雄は、おまえさんの通っている学校の、食堂にある冷蔵ショーケースの付喪神だぞ。ほかにも、阿駒は神社の狛犬だし、こもりは灯籠の――灯を籠もらせるから、こもりだ」

律子は驚いて聞いていたが、なんとかしてその衝撃をやり過ごした。

（そ……そうか。『あやかし』の中には、付喪神だって含まれるものね）

もともと『あやかし』の言葉の定義が広すぎる――というより、妖怪と付喪神の境が曖昧なのだ。長らく愛着を持たれてきた物に、魂が宿る。それは、妖怪と呼ぶほどには禍々しさがなく、かといって、神話時代から連なる神ほどには神聖視されない、あわいの存在だった。

「そ、そうなの。あなたたちは、付喪神だったのね……へえ」

「ちょっとォ！　あんた、『正直、付喪神も妖怪も一緒でしょう』とでも思ってるでしょ。言っとくけどね、そうだとしても、穂村サマは別格だからね！」

ふん、と鼻息荒く、雪雄は背後の穂村を振り返る。

つられて穂村のことを見てしまった律子は、今更ながら、顔を強張らせた。

すっかり、日向の衝撃的な告白に意識を持っていかれてしまったが、穂村は、まさか――。

「ご覧なさい、この炎そのもののような、麗しい赤い髪。暴悪を治罰せんとの慈悲極まり、きりりと吊り上がった赤い瞳。なにより、人間どもをはるかに超越した、いつも泰然としたこの佇まい！」

穂村は先ほど、持ち込まれた食材のことを「神饌」と呼んだ。そして彼に捧げられた食材とは、ことごとく、日向やさゆりをはじめとする、越田町の住人が神棚に供えてきたものと同じであった。

八幡様と並び、台所の守護神を厚く信仰する越田町の人々。

指の一振りで炎を操る、穂村の力。

会うたびに人の腹を満たしにかかり、懊悩にいつも手を差し伸べてくる彼は、鬼なんかではなく——。

「このお方こそ、かくも偉大な炎の守護者。越田町一帯の竈を守る、竈神様なんだから！」

「……！」

ばーん！　と効果音が付きそうな勢いで真実を叫ばれ、律子はその場に崩れ落ちそうになった。まさかとは思っていたが、衝撃が大きすぎる。

当の本人はといえば、得意満面に胸を張る雪雄相手に、「よせやい」と顎を引いている。

だが、律子が呆然とこちらを見上げているのに気付くと、くるりと唐傘を回し、役者のように見得を切ってみせた。

「あるときは荒ぶる神、またあるときは仏の守護鬼神、それでいてちゃっかり、三宝荒神として神社にも祀られている竈神とは、ア、俺のこォとォ――な～んちゃって」

「三宝荒神……」

それは、里江たちの護持する八幡神社の、摂社に祀られている神の名だ。炎を守護する神様で、『こうじん様』などとも呼ばれる。こうじんとは、つまり荒神である。

（たしか、こうじん様は、もともとは災厄をもたらす神様で、でも祀られたことで、仏宝を守る鬼神になって……それが、火の力で不浄を取り除く竈神として、神道に習合された、のよね）

律子自身、神社から離れて久しく、越田八幡神社へと身を寄せてからもまだひと月しか経っていない。特に、摂社で祀る神については、軽くしか学んでいなかった。

（つまり、『穂村』というのは『焔《ほむら》』のことで……。神様というわりに、極楽なんて言葉を使うのも、元は仏教の存在だからで……）

今さらながら、諸々のヒントが繋がってきて、なんだか泣きそうになってくる。

なんだって自分は、今の今まで、彼の正体に気付かなかったのだろう。

「じゃあ、毎夜のように開いているこの宴は、百鬼の宴なんかじゃなくて……」

「まあ、あえて言うなら、神々の集い？　俺としては、鎮めの祭りのつもりなんだが」

あっけらかんと答えてから、穂村は意味深に笑った。

「この国じゃあ、荒ぶる相手のことは、食い物か芸で慰めるのが基本だからよ」

何度か穂村から言われたことのある言葉だ。

そうして、ようやく頭の中で、うっすらと理解する。

日本の神々は、常に正しく輝かしい全知全能の存在なのではなく、荒魂《あらたま》と和魂《にぎたま》——荒ぶりもすれば慈愛深くもなる、二面性を持ち合わせた存在だ。そしてその荒ぶる魂を鎮めるのが、祀りであり、祭りである。

つまり穂村は、連日の、あのライブやら、人をだめにする料理やらで、荒ぶる魂を鎮めてきたというわけだ。

食堂の冷蔵ショーケースだという雪雄に、神社の狛犬だという阿駒。

不具合が見つかり、けれどすぐに直った冷蔵ショーケース。いつの間にかきれいになっていた阿形の狛犬。

それらのピースすべてが、一つの絵に収まり、律子はかすれた声を漏らした。

「そんなことって……。だって、どうして神様の側が、目下の者を鎮めてあげるのよ」

「そりゃあ……俺も昔はやんちゃしてたけどよ、人間たちにさんざん旨いもん食わされて、楽しい思いさせてもらって、ちっとは丸くなったからなあ。恩返しっつーか」

穂村はふと目を細めて、鳥居のほうを振り返る。

鳥居の向こうに広がっている、越田町を。

「まあ、受け継がれる文化、みたいな？」

ふっと小さく笑みをこぼした瞬間、やぐらで燃えていた炎が、一斉に揺らいだ。輪郭を淡くし、夜空に溶けていく炎の粒の一つ一つに、ほんの一瞬、人々の顔が映り込む。

現代の恰好をしている者もあれば、着物を着ている者も、髷《まげ》を結っている者まであり、しかし誰もかれもが、にこにこしながら、こちらになにかを差し出していた。

いや、なにかというよりは、食べ物だ。

米や魚、野菜に酒、ああ、湯気を立てる煮物や、汁物まで。

彼らの顔は、日向や里江にどこか似ている。

相手を、もてなそうとする顔だ。温めて、満たそうとする、そんな顔。

「俺だって、昔はもっと、気ィ張って神様やってたわけよ。荒ぶる神にふさわしく、それなりに恐れられてきた。だがまあ、越田町の連中ときたら、まあ、どいつもこいつもお人よしだわ、やたら食い意地張ってるわ、お節介だわ……なんかこう、調子が狂っちまってよお」

人の顔を映し込んだ炎は、次々にやぐらから離れては、夜空にすうと溶けてゆく。

穂村は煙管を取り出し、目を細めてそれを眺めていた。

「こんなん、帯も緩むし、気も緩んじまう。気付けば、神の側もすっかり、宴好きの食道楽になっちまってた、ってわけ」

その横顔は、ひどく優しい。

彼が操るどんな力よりも、その表情こそが、穂村が神であることを雄弁に物語っていた。

（人々から祀られて、災厄の存在から守護鬼神に転じた……竈神）

もしかしたら、その「人々」というのは、越田町の住人であったのかもしれない。

「神も人間もよ、大切にされねえと、すぐに煤けちまう。ひもじくなれば邪悪にもなるし、でも満腹になりゃあ、穏やかにもなれるもんだ。邪悪にも善良にも、な。そいつは、おまえさんが一番、よくわかるだろ？」

炎の粒は徐々に散って、消えてゆく。それを見守っていた穂村が、煙を吐き出しながら、なあ、と視線を向けてきたので、律子は押し黙った。

自分のほうが、彼らの祭りによって慰められていたのだということ——自分こそが、荒ぶる魂だったのだと認めるのは、律子にとって、恐ろしいことだった。

「……私が、いけなかったの？　私が弱みを見せるから禍《あやかし》がやって来たのではなくて、あやかしは、神様で……。私自身が火を付けたり、親に火傷を負わせたっていうこと？」

やがて絞り出した声は、みっともなく震えてしまった。

「私が、周りを傷付けていたの？」

「そいつは違う」

穂村は、それをきっぱりと否定する。

だが、続く言葉は、なんとも煮え切らなかった。

「それは、単なる偶然というか、不幸というか……まあ、まったく故意でないかと言われると、ちょっとアレなんだが……」

「穂村さま。おいらが話します」

すると、それまで穂村の足元で項垂れていたこもりが、ぴょんと飛び跳ねて、彼の肩に飛び乗った。緊張しているのか、周りの炎がぴりぴりと小さく揺れている。

こもりは、その黒々とした目で、真っすぐに律子のことを見た。

「嬢ちゃん。おいらの正体は、灯籠だ」

「さっき、聞いたわ」

「正確に言うと、嬢ちゃんが小さい頃住んでた神社の、一番小さい灯籠だ」

律子は目を瞬かせた。

こもりの、小柄で、けれどがっちりした体が、幼少時を過ごした境内の、あの小ぶりな灯籠に重なる。

――ちびちゃん。今日も寒いねえ。

何度となく葉を掻き出し、磨き、ときに話しかけた灯籠のことを思い出し、奇妙に鼓動が高鳴った。

急にこもりが、親しんできた友人のように感じられ、戸惑ったのだ。

ちびちゃん。律子が勝手に名付けた、小さな灯籠。

瞠目する律子のことを、こもりだけでなく、それよりも少しだけ大きな二匹も、じっと見上げていた。

どことなくヤンキーのように目つきが鋭い小鬼と、ほんのわずかに細い小鬼。

とんがりと、がりがり。

「おいらは、嬢ちゃんのことが好きだよ。だって嬢ちゃんは、あの神社の中で唯一、おいらたちのことを、心を込めて手入れしてくれたから。小さい手で撫でてきて、にこにこして、それはもう可愛らしかった。おいらたち火の眷属だけじゃない。ほかのやつらだって、みんな、嬢ちゃんのことを気に入ってた」

好き、と臆面もなく告げられて、律子はびっくりした。

「そ、そうなの……？」

「そうだよ。なんか嬢ちゃんを見てると、むずむずする。放っておけないんだ。嬢ちゃんが笑うとこっちまで嬉しくなっちまうし、からかいたくなるし、しょんぼりしてると、急いで駆けつけて、盛り上げてやんなきゃ、って気になる。ときどきそういう体質の人間っているらしいんだよ。ええと、なんとかの才、ってやつ」

誘鬼の才だ、と、すぐに思い至る。

そして同時に、困惑した。

この異能に惹きつけられるあやかしは、人間を苦しめるためにやって来るのだと思っていたのに、まさか、こちらを慰めようとしていただなんて。

「心が弱ったところに、付け込もうとしていたんじゃなかったの……？」

「違《ちげ》えよ！　一人じゃ心細いだろうから、皆で盛り上げようとしてたんじゃねえか！」

心外そうに叫ばれたが、暗闇からうぞうぞとやって来られては、誤解しても仕方ないという気もする。

しかも記憶を辿るに、慰めるというよりは、単に周囲で大騒ぎしたり、むしろ、尻を叩いて「やーい」などと挑発したり、悪戯を仕掛けたりする者も多かったように思うのだが。あとは、無言でじっとこちらを見つめてきたりだとか。

「いやあ、こいつら、お調子者だし、口下手なやつも多いからよ」

猜疑心がぬぐえぬまま、こもりを見つめていると、穂村が歯切れ悪く擁護する。小鬼たちが律子に善意から近付いているのは事実なのだが、楽しげな雰囲気を出そうと努力するうちに本当に遊びに没頭してしまったり、口が悪かったり、悪戯好きだったりするのも、また事実らしい。かつ、炎の眷属である小鬼たちが没頭すると、うっかり、火種のないところで火がついたり、周囲の人間が火傷をしたりということも、ままあるそうだ。

「だがそれも、好意ゆえではあるんだぜ。まあ、人間でいうなら好きな子に意地悪して泣かせちまう、みたいなのに、近いといえば近いのかなぁ」

「……でも、あの日、やめてって言っても、やめてくれなかったじゃない」

律子はどうしてもそれが気になり、低く呟く。

初めて両親と、ホットプレートを囲んだあの日。天井に届かんばかりに伸びる炎は、とても悪戯という言葉に収まらぬほどに悪意に満ちていた。笑う小鬼は、律子がどれだけ青褪め、やめてと叫んでも、けっして火を消してはくれなかった。

「それでも、悪戯だと言い張るの?」

硬い声で、律子は問うた。

目の前で、息を詰めてこちらを見つめるこもりに、だ。

「今こうして切り出したということは……あの日、ホットプレートに火をつけたのは、あなたなんでしょう、こもり？」

小鬼は逡巡したように口ごもる。

それから、小さな声で「うん」と頷いた。

「おいらがやった。だって、頭に来たからだ」

「……私がなにをしたって言うの？」

「違う！　嬢ちゃんの両親にだよ！」

突然声を荒らげたこもりに、律子はわずかに瞠目した。

「両親？」

「そうだよ！　嬢ちゃんが一生懸命作った料理を、あいつら、残しやがって！」

こもりの黒々とした目は、濡れたように光っていた。

「せっかく嬢ちゃんが用意したスープに、にこりとするでもない、手すら付けねえでよ。目の前の肉をさっさと焼けば解放される、とばかりに、黙って肉焼きやがって。挙げ句、よく焼けてもいない肉を皿に放り込もうとする。ちょっと待てよ、せめてよく焼けよって、そりゃあ火柱の一本も立てたくなるだろ？」

憤慨したように言われて、律子は困惑に顔を引き攣らせた。

「……つまり、食べ方が気に食わなくて、火をつけたってこと？」

それではまるで、行き過ぎた鍋奉行のようだ。

だが、こもりは「違えよ！」と首を振り、叫んだ。

「嬢ちゃんが、泣きそうな顔してたんだよ！」

その言葉で、頭が真っ白になるかと思った。

「……え？」

「気付いてなかったのかよ。嬢ちゃん、あいつらがいつまでもスープに手を付けないもんで、すっげえ、悲しい顔してたぜ。最初はどきどき、にこにこしてたのが、だんだん、ぎこちない笑顔になって、それもなくなっていって……もう、見てらんなかったよ……」

やりきれなそうに呟くと、こもりはがりがりと角のあたりを掻き、「おいらはさ」と溜息を落とした。

「おいらは、灯籠の化身だ。籠る灯の付喪神だから、提灯だって、電灯だって、なにかに覆われた灯は全部おいらの仲間だ。おいらはそういう灯に溶け込みながら、いつだって嬢ちゃんのことを、よく見てたよ」

再びこちらを見つめた瞳は、なぜだか彼のほうが泣き出しそうに、濡れていた。

「一人っきりでメシを食ってたところも、テレビで家族団欒が映るたびに目で追いかけてたところも。焼肉のシーンで釘付けになってたところも、小遣い握りしめて本屋に走ったところも、全部見てた」

「……っ」

「火加減に四苦八苦しながら、スープを作って……火傷しそうになったろ？　でも、必死で、嬢ちゃんは、両親に喜んでもらいたい一心で……。どきどきしながら皿を並べて、両親を呼んで、初めて使うホットプレートに興奮して、顔を真っ赤にしながら、『お父さん、お母さん』って話しかけたりして。あのスープは、ただのスープなんかじゃない。嬢ちゃんの、そういう思いが詰まった、いじらしい心そのものじゃねえか」

なのに、と、こもりは口をへの字にした。

「あいつら、それを残しやがった。いいや、手を付けすらしなかった。そんなの、あんまりじゃねえか。嬢ちゃんは、ずっと笑顔を貼り付けて、でもずっと、泣きそうだった。だからおいらたち、どんどん集まっちまったんだよ。だって、いつまでたっても怒らない嬢ちゃんの代わりに、怒るやつがいるじゃねえか！」

それはきっと、とても身勝手な理屈だ。

短絡的で、幼稚な。まさにあやかしと言いたくなるほど、人の道理から逸れた。

「……っ」

けれど、なぜだろう。

律子は今、目に涙が滲むのを、堪えられなかった。

「どうして……っ」

喉元まで、熱い塊が込み上げる。

それを必死に飲み下して、律子は問うた。

「どうしてそれを、教えてくれなかったの……っ。そうしたら」

そうしたら、律子だって。

いたずらに小鬼を、憎みはしなかった。

人ならざる存在を邪悪と決めつけ、片端から祓おうだなんて、きっと思わなかった。

もっと穏やかに、彼らに接することができたはずなのに。

「だってよう」

こもりはそこで、一層困ったように口を尖らせた。

「それって、嬢ちゃんは親から手を掛けられてませんよって、突きつけるようなもんじゃねえか。そしたら嬢ちゃん、……泣いちまうかもしれねえだろ？」

その言葉を聞いたときこそ、いよいよ、涙が堰を切って溢れだした。

ずっと孤食を貫いてきたときも、両親を失ったときすら、泣いたことはなかったというのに、今この瞬間、頬を伝う涙を止めることができなかった。

「お、おい！　泣くなよ！　っていうかなんで今泣くんだよ!?」

「あーあ、こもり、泣かせちまって」

「悪い男ねェ」

ぎょっとするこもりに、穂村や雪雄が意地悪く声を掛ける。

しかしそんな彼らもまた、律子に向かっていたわしげな視線を向けるのだった。

阿駒がそわそわと尻尾を逆立てている。ろくろ首が無意味に首を回し、影法師がうごめき、小人や小鬼たちが飛び跳ね、鬼火は揺れた。

これまで、心を揺らす律子に付け込もうとしているとしか見えなかった姿。けれど、今、彼らが、心を弱らせた律子を前に、途方に暮れているだけなのだということが、はっきりとわかった。

(ああ、そうか)

ひく、ひくと嗚咽を漏らしながら、律子は理解した。

(私は、手を、差し伸べられてるんだ)

日向のように。里江のように。そして、目の前の彼らのように。

自分の知らないところで、気を揉み、助けようと身を乗り出そうとしてくれている、そんな存在に、自分はとっくに恵まれていたのだ。

——律子は、寂しいんだよ。

きっぱりとした日向の声が、耳元で蘇る。

——すごく、寂しいんだよ。

声は全身に染み込んでいって、すんなりと腹に落ちた。

そうだね、と、律子は、ここにいない友人に向かって頷いた。

(私、寂しかったんだ)

ずっと、凍えていた。寒かった。一人きりで済ませる食事は、とても静かで穏やかで、けれどとても、虚しかった。自分が寂しがっていることを忘れてしまうくらい、律子は、ずっとずっと、寂しかったのだ。

荒ぶる、というのは、もしかしたら、怒りの炎を燃やすことというよりも、心に穴を抱えてしまうことに近いのかもしれない。

ごうごうと吹きすさぶ、身を切るほどに冷たい風。律子を掻き乱し、やがて通り抜けて、周囲にまで襲い掛かっていた風は、今、差し伸べられた手と料理で穴を塞がれて、ようやく止まった。

温かな手、熱の塊のような料理。

体が温もりを取り戻してようやく、律子は、自分が冷え切っていたことに気付いた。

「……ぅ」

そうしてそれは、涙を溶かし、心の戒めを緩めて、あらゆる感情を揺さぶりだした。

「うぅ……っ」

寂しい。悲しい。嬉しい。愛しい。

親に愛されはしなかった。けれど、周囲にたしかに愛されていたし、愛されている。

彼らはずっと遠い人だった。いいや、今ようやく、彼らがもういないのだと理解できた。

自分は寂しかった。けれどどこんなにも守られている。心細くて、頼もしい。温かい。

手を、差し伸べられている。

「うあぁ……っ」

めちゃくちゃに入り乱れる感情のまま、律子は泣いた。

涙は後から後から溢れ、止まらなかった。

「おい。おういったら、泣くなよう……」

こもりが弱り切った様子で飛び跳ねている。

穂村は苦笑し、雪雄も困り顔で袖を口に当てている。

けれどどうしようもなく、律子はそのまま、涙が涸れるまで泣き続けた。


そして、どのくらいの時間が経っただろうか。

「――お腹、空いた」

すっかり腫れぼったくなった瞼をさすりながら、律子はぽつりと呟いた。

半分は、身も世もなく泣いてしまったことをごまかすための発言である。とはいえ、実際にかなり腹の減る感覚があった。

神社にやって来るまでは、まったく空腹など感じなかったのに、不思議なことである。

眉を下げて腹を押さえる律子に、周りを囲む穂村たちは一斉に噴き出した。

「おいおい、現金な嬢ちゃんだなあ」

「泣くか食べるかって、赤子じゃあるまいし、ねェ？」

「むしろ、こっちのほうが腹減ったってんだよう！」

おどけた口調で告げるのは、こもりだ。

言われてみれば、すっかり月も空高く昇り、本当なら彼らもとっくに宴のシメを堪能している頃合いであった。

「あ……焼肉」

　そのときになって、彼らは自分のために、食材を——神饌をすべて燃やしてしまったことに思い至る。

「あの、食材は……もう、ないのよね？」

　おずおずと穂村に尋ねると、彼は調理をねだられたとでも思ったのか、困ったように顎を撫でた。

「あー、わり。全部使っちまったわ。一口ぶんくらい残しておきゃよかったなあ」

「いえ、そうじゃなくて」

　律子は遮り、それから、覚悟を決めるように一度、ぐっと唇を噛み締めた。

「ごめんなさい」

「あん？」

「その……あなたたちの食事を、燃やさせてしまって」

　穂村の驚き顔に心を挫かれてしまう前に、律子はさっと頭を下げた。

　そうしてしまえば、謝罪の言葉は、意外にもすんなりと口をついた。

「この宴は、誰かの魂を慰め、鎮めるためのもの。きっとシメの料理は、とても大切なものだったのよね。それを、私のために燃やさせてしまって、ごめんなさい」

「いやまあ、正直、この場のどの付喪神より、おまえさんのほうがよほど荒ぶってたから、べつにこれでいいんだけどよ。むしろ正しい形で本懐を遂げたっつーか」

「……それに、これまでの、数々の非礼も」

鷹揚に肩を竦める穂村に、かえって罪悪感が強まる。

律子は、無意識に握っていた拳に、力を込めた。

「あやかしじゃなくて神様だったからって、態度を変えるわけでは、ないんだけど。私、あなたたちがこんなに……優しさを向けてくれていたってことに、気付けなかった」

必死に、言葉を選ぶ。

「追い払わなければって、思っていたの。そうしなきゃ、傷付けられてしまうって。だからいつも……。あなたたちは、何度も、温かい料理でもてなしてくれたのに、睨み付けて、刃を向けて……祓おうとして、ごめんなさい」

つかえながら、すべてを言い切った。

最後のほうは、視線を合わせるのが怖くて目を逸らしてしまったが、すると、こもりが視界に乗り込んでくるように、ひょいと飛び跳ねたので、律子は小さく声を上げた。

「きゃっ」

「いいってことよ」

こもりはご機嫌そうだ。体にまとわせた赤い炎が、満腹そうに丸く膨らんでいる。

「素直な嬢ちゃんがそりゃあ一番可愛いが、『絶対馴れ合わないんだから!』って強がっておきながら、お目々うるうるさせて、結局毎度陥落しちまう嬢ちゃんも、それはそれで可愛かったしよう」

「なにそれ!?」

　律子は思わず顔を引き攣らせたが、穂村や雪雄たちまでもが一斉に「あー」と同意の頷きを返したので、ぎょっとした。

「わかるわァ。目ェ潤ませながらむぐむぐしてるのを見ると、それはもう、嗜虐心が刺激されちゃうのよねェ」

「だなあ。強気な嬢ちゃんが、結局は指しゃぶりそうな勢いで、従順に熱いヤツを求めてくるってのが、もう堪らねえよなあ」

「あ、あなたはどうしてそう、言い方がいちいちいやらしいのよ!?」

　こうなってしまえば、もはや先ほどまでの湿っぽい空気など欠片もない。

　律子は顔を真っ赤にして叫んだが、穂村はにやにやするばかりだった。

「だって事実だろ？　そのイヤラシイ体は、今も焼肉を食いたくて食いたくてビクンビクンしてんだろ？」

「してないわよ！」

　条件反射で言い捨てる。

　だがそれから少し考えて、付け足した。

「……べつに、食べたくないってことは、ないんだけど」

「お？　ずいぶん素直じゃねえか。よし、今からでも神饌集めなおして、肉焼くか？」

「それはしないで」

律子はきっぱりと首を振った。

「遠慮すんなよ」

「いえ、遠慮じゃなくて」

首を傾げる穂村を、真っすぐに見つめる。

着崩した着物に、引っかけただけの羽織。派手派手しい赤い髪。

まるで女遊びの激しい若旦那崩れのような、だらけた空気をまとう彼。

けれど、その気取らない温かさに、意外なまでの面倒見のよさに、いったいどれだけ救われたことか。

（『お呼ばれ』をされたなら、『お呼ばれ』を）

客から、仲間へ。もてなされる側から、もてなす側へ。この越田町で、これからも過ごしてゆくというならば。

「一つ、提案があるの」

ありったけの勇気を掻き集めて、律子は切り出した。

ボウルに菜箸、台拭きに調理ばさみ、数枚のまな板。もちろん包丁と、あと意外に場所を取るのが、鍋から取り外した蓋の類。

広々としているはずの台所は、すでに、多種多様な調理器具で埋め尽くされていた。

（ええと、味を付けたら、卵を溶いて……あ、違う、先に片栗粉を入れるんだ）

すっかり古びた料理本を広げて、律子はあたふたと動き回る。

流しの最下段の引き出しから片栗粉を発見し、そのまま鍋に振りかけようとしたが、『大さじ一を少量の水で溶き』の記述を見つけ、慌てて軽量スプーンとカップを探した。

先ほどからずっとこのような感じで、冬の、それも夕方の台所は冷え切っているというのに、額には汗まで滲みはじめている。

（片栗粉でとろみをつけてから、溶き卵を菜箸に添わせながら、注ぐ……あっ、できた）

ふわ、と、薄黄色の卵が羽衣のように広がるのを見てとり、律子は瞳を輝かせた。かきたまスープだ。

火を使った調理をするのは、五年ぶりだった。水道から汲んだ水、瓶に収まった調味料、買ってきた食材、そうしたものが徐々に形を変え、着実に、自分の知っている『料理』の形に近付いていくのが、嬉しかった。

「ちょっとォ、火強すぎない？　このままじゃぼっこぼこに沸騰して、せっかくのかきたまが、モソモソしちゃうわよ」

「えっ、あ！」

「火、弱く。このくらい。あと、蓋」

「あ……、ああ、ありがとう」

四苦八苦しながらガスの前に立つ律子に、方々からあやかし——もとい、付喪神たちの指摘が入る。

雪雄は辛口ながら、先を見据えた段取りを教えてくれるのでありがたく、また、小人や、面だけを付けた黒い影なども、こまごまと動いては物を取って来てくれたりするので、大変助かっている。そういえば、影法師が話すのを初めて聞いた。

「ていうかよお、なんでさっきからおまえたちまで、せっせと一緒にメシ作ってんだよ。嬢ちゃんに任せりゃいいだろ？」

と、台所のすぐ後ろに置かれた、調理台を兼ねたサブテーブルから、丸椅子にどっかりと腰を下ろした穂村が声を掛けてくる。

彼は、だらしなく頬杖をつき、もう片方の手では、大量に持ち込んだ酒杯を早くも傾けていた。

「俺たちは『お呼ばれ』に招かれた側なんだから。どーんと座ってメシを待つのも、客の品格ってもんだぜ。なあ？」

「いやあ、仰る通りですよ、穂村さま！　でもおいら、嬢ちゃんだけに任せるのは心配っていう、みんなの気持ちもわかるっていうか」

「そうですよ。だってね、俺たちね、焼肉はね、先週からお預け食らってる状態なんすよ？　やはりね、ここでね、失敗だけはね、絶対避けたいですよね！」

「こんなどきどきする『お呼ばれ』は初めてっすよ」

穂村が杯を突き出しながら問えば、こもりをはじめとする小鬼たちはせっせと酌をしつつ、しかし口々に反論する。内容を耳にした律子は「失礼ね」と呟いたが、すぐに気を引き締めて、調理に関心を戻した。

そう。今日は、律子が初めて『お呼ばれ』をする夜なのである。

——一つ、提案があるの。私が、あなたたちに料理を振る舞ってもいい？

先週の夜、律子はそう問いかけた。

——タッカルビのときみたいに、一緒に作るのではなくて。今夜作れなくしてしまった焼肉を、私が、あなたたちに用意してもいい？

問いかけてから、こういう場面にぴったりの誘い文句に思い至った。

——私の『お呼ばれ』に、来てほしいの。

日向を真似るようにきっぱりと、衒《てら》いなく。

その誘いを聞いた穂村たちは、揃って顔を見合わせた後、意外な行動を見せた。え、え、と口々に呟いて、それぞれ口元を片手で覆ったり、視線を泳がせてみたり、かと思えばちらちらとこちらを見てみたり。要は、ものすごく、照れはじめたのである。

——お、おう、なんだよ、調子狂うな。『お呼ばれ』に？　俺たちを？

——人間に直接もてなされるだなんて、どれくらいぶりかしらねェ。

——『お呼ばれ』？　神棚に神饌だけ供えられるんじゃなくて、『お呼ばれ』？

なんでも、神饌を供えられるのと、食卓に招かれるのは、まったく異なるものらしい。

そして、竈神や付喪神と呼ばれる彼らであっても、招待され、もてなされるというのは、大層嬉しいことのようだった。もしかしてそれも、彼らが越田町に染まっているからなのかもしれないが。

とにもかくにも、彼らは二つ返事で、律子の『お呼ばれ』に参加することを決めた。

これは大量の食材を用意しなくては、と覚悟したが、穂村いわく、彼らに捧げられるのは食材の魂のようなものだから、実際に食材を大量に並べる必要はないという。

では、自分が食した堕落メシや、土産に持たされた弁当はなんだったのだろう、と首をひねった律子だが、ひとまず、疑問を飲み込むことにした。祭事を終えた後、神饌を下げて一同で頂く『直会《なおらい》』という慣習自体は知っているので、神々は物理的に食材を食すわけではない、というのは理解できる。

「ええと、スープは用意できたから、あとは、野菜をカットして。お肉……あ、ハラミ肉、もう漬かったかな」

焼肉といえば、切った野菜と肉をホットプレートに並べるだけ。そんなことを思っていたのに、穂村たちの監修が入ったせいで、律子の思った以上に手の込んだ調理が求められることになった。

まず、前日の内に商店街で大量のハラミを購入し、切り込みを入れてビニール袋で漬け込む。一袋はにんにくとごま油がベースの塩だれで、もう一袋は、すりおろしたりんごと醬油、みりんに酒、味噌まで加えた濃厚な甘辛だれだ。

サイドメニューは、律子が作るのはスープのみ。

ただし、肉の食べ方には大いにこだわる。

塩とレモンでさっぱりと、辛味噌とサンチュでがつんと、いやいや、タレをたっぷり絡めて白飯と——といった具合に。おかげで、台所の向こう、直会用の大きな座卓にはすでに、多種多様なタレを収めた小皿が大量に広がっている。

「ほら、ホットプレート、そろそろ温めはじめなきゃでしょ。こもり、あんたたち火加減調節くらいしか能がないんだから、酒飲んでないで手伝いなさいよ」

「ほいほい。あ、嬢ちゃん、くしゃっと丸めたアルミホイル、プレートに敷いておいたほうがいいんじゃねえか。脂がよく落ちてカリッとなるぜ」

「野菜は、事前に、加熱。生焼け、防ぐ」

「なあ、嬢ちゃんよ。竈神から重要なアドバイスだ、肉は今から常温に戻しといたほうがいいぜ」

「ああもう！　いっぺんに言わないでよ！」

アルミホイルの箱とハラミの入ったビニール袋、菜箸を一度に握った律子は、とうとう叫んだ。やることが多すぎて、半ばパニック状態である。

「料理本に書いてある通りに、順番にやるの！　サイドメニューの準備が一段落したら、次は野菜のカットなのよ。ええと、かぼちゃと、にんじんと、じゃがいも、ピーマン……」

「うええ。おいら、ピーマン嫌い」

「おい、嬢ちゃん、かぼちゃは出刃で突き刺すんじゃねえぞ。ラップして、チンしてから切りゃいいだろうが。くそ、たしかに見てらんねえな、かまいたち呼ぶか？」

「屋内でかまいたちを発動させないで！」

すぐに首を突っ込んでくる穂村たちを、素早く牽制する。

話しかけるなとばかり、料理本に顔を突っ込み、熟読しはじめた律子に、雪雄たちは呆れたように肩を竦めた。

「なんでもかんでも教本のとおりにしなくたっていいでしょぉ？　というか、焼肉ごときの段取りまで事細かに記すだなんて、お節介な教本もあったものだわね」

「……小学生向けの料理本なんだもの」

律子は半ば、拗ねながら答える。

たった一冊しか持ち合わせていない料理本は、かつて団欒を望んだ幼い律子が、小遣いを握りしめて買い求めたものだった。『お呼ばれ』を思い立った翌日、以前暮らしていたマンションに、改めて取りに行ったのだ。不思議なことに、先日遺品整理に行ったときよりも持ち帰りたいと思うものが多く見つかって、両手いっぱいに荷物を抱えた律子は、またしても里江に迎えに来てもらうことになったのである。なぜだが、里江はとても嬉しそうに微笑んでいた。

（こんなに、カラフルな本だったのね）

料理本を指先でなぞりながら、そんなことを思う。

失敗に終わった団欒の夜を思い返すと必ず、冷え切った空気がともに蘇るからなのか、律子の記憶の中で、この料理本はすっかりセピア色をしていた。届かなかった思い、報われなかった料理、そんなものを思い起こさせる色だ。

けれど五年の歳月を経て、改めて手に取ってみれば、料理本はピンクや黄色といったポップな色で溢れていた。細かな手順を収めた写真や、段取りを示すチャートまでのっていて、幼い律子がこれを見て心を弾ませた感覚が、ありありと蘇ってくる。

そしてそれは、今現在の律子の思いでもあった。

(楽しい)

台所はこんなに冷えていて、窓の向こうの空は、すでに暗く闇に沈んでいるというのに。かきたまスープも、焼肉も、かつて両親から退けられた象徴のような料理だというのに。

ガスの火が熱を持っているからなのか、それとも、台所に穂村たち神々がひしめき合っているからなのか、律子は、ちっとも寒くなかった。

「律子ちゃーん！　どう、順調？」

とそのとき、廊下から伝わる軽やかな足音とともに、台所に朗らかな声が響く。

にこにことやって来たのは、里江であった。

「大人数ぶん用意するの、大変でしょ。なにか手伝うよ」

返事を聞く前から、彼女はすでにエプロンを身に着けはじめている。

大人数、というのは、律子がこの『お呼ばれ』に、里江やその夫の雄介《ゆうすけ》、さらには、日向やさゆりをも招いているからだった。穂村たち相手に焼肉を振る舞うと決めたとき、当の穂村たちが、大人数のほうが絶対楽しい、と主張したためだ。

もちろん律子としても、いつかは里江たちに料理を振る舞いたいと考えていたため、否やはない。

実際に提案してみたところ、里江も日向も大喜びしてくれて、ますますやる気に満ち溢れることになったのだった。たかだかホットプレートを用意して肉と野菜を焼くだけだというのに、かれこれ三日以上、念入りにシミュレーションをしているほどである。

「おー、スープはもう作ったんだね？　おいしそう。あ、じゃあ私、野菜切ろうか」

「いいえ、大丈夫です」

「そんなそんな、遠慮しないでよ。切るのって、結構力がいるでしょう。玉ねぎなんて、涙出ちゃうし」

おそらくだが、里江も律子の調理技術レベルを鋭く見抜いている。

ものすごく心配されているな、と感じながら、律子はきっぱりと首を振った。

「いいえ、遠慮じゃなくて。手伝わないでほしいんです」

それからすぐに、語調がきつすぎたと気付き、慌てて付け足す。

「あの！　いやだっていうわけじゃなくて、その、自分一人の力で頑張りたくて」

「あ、うん、そっか。律子ちゃんの性格ならそうだよね。ごめんごめん」

必死な様子の律子に、里江は小さく笑った。

「律子ちゃん、大丈夫。こんなことで、誤解なんてしないよ」

相変わらず、穏やかで、ゆったりとした態度。

律子は一瞬、そのまま彼女の言葉に甘えてしまおうかと思ったが、数秒考えて、あと少しだけ、想いを伝えてみようと決めた。

「……あの。自分一人の力で頑張りたいというのは、自立心とかいうことではなくて。そうじゃなくて、里江さんを、もてなしたいからです」

「え？」

「いつも、本当に、よくしてもらっているから。嬉しいから、私も、それを返したいんです。里江さんがしてくれているみたいに、自分から相手に、なにかを差し出したいから」

言っているうちに、案の定恥ずかしくなってくる。

なんだか、Ｊポップの歌詞のようなことを口走ってしまった。

（ああ、もう！）

やはり、感情を正直に、かつさりげなく告げるなんて、至難の業だ。

こっそり聞き耳を立てている穂村たちも、一斉ににやつきながら、

「素直じゃねえか」

「デレたわね」

「デレたっすね」

などと囁き合っている。

凄まじい羞恥が込み上げ、耳の先まで熱くなるのがわかった。

「え……や、やだ、どうしよう」

里江もまた、真っ赤になって震え出した律子を前に、照れた様子で両手を頬に当てている。

「すっごく嬉しいんですけど！」

きゃーっ、と若やいだ様子で肩をばしばし叩いてから、彼女は「あっ、でも」と顔を上げた。

「そこまで言ってもらえるなら、手出しはしないんだけれど、白いごはんを用意するくらいは、いいのよね？」

「え？　はい」

なぜか少しばつが悪そうに確認されて、律子は目を瞬かせる。

そもそもこの『お呼ばれ』を計画した時点で、米だけは里江が炊くということで合意していた。神社には神饌として大量の精米が供えられることがあるので、それを下げるタイミングを、律子では測りかねるためだ。

「あれ？　でも、そういえば、炊飯器……」

そこでふと、台所に据えてある五合炊きの炊飯器が使われていないことに思い至り、律子は焦った。

「あっ、もしかして、炊き忘れちゃいました？」

「ううん。そんなことはないの。そうじゃなくてむしろ、炊きすぎちゃったっていうか」

えへへ、と里江が小首を傾げる背後から、「おーい」と、彼女の夫である雄介ののんびりした声が掛かった。

「炊けた飯は、そのまま広間に持っていっていいのかー？」

どうやら、別の場所で炊いてくれていたようである。

いや、それはいいのだが、

「ゆ、雄介さん、それ、なんですか……？」

「え？　白飯」

問題は、雄介の持つ櫃が、一抱え分ほどもある大きさだということだった。

「律子ちゃんの『お呼ばれ』だっていうから、私たち舞い上がっちゃって、久々に裏で釜を出してきて炊いたのよ。おいしいわよ、釜めし」

「か、釜!?　土鍋ですらなく、釜!?」

「ちなみに、一升あるから安心してくれ」

「一升!?」

さすがに舞い上がりすぎである。愕然としていると、雄介はさっさと櫃を抱え、台所の先にある広間の座卓にセットしてしまった。

「二升のほうがよかったか……」

「そうかも……」

「炊き出しでもするつもりですか!?」

真顔で会話する里江夫婦に、ぎょっとする。

自分もだいぶこの町になじんできたと思っていたが、越田町の『お呼ばれ』にかける情熱を体得するには、まだまだ掛かりそうだった。

「いいじゃねえか。飯は多いほうがよ」

「そうよ、そうよォ。そのほうが、あたしたちも心置きなくありつけるってもんだし」

「あ、ほかのおかずも到着したみたいだ！」

台所のテーブルから、ぞろぞろと広間に移動しはじめた穂村たちは好き勝手を言い、こもりはぱっと飛び上がって玄関へ駆けてゆく。

「こんばんは！　猪狩です、お邪魔しまーす」

「巻田です。お邪魔します」

はたして、やって来たのは、日向とさゆりであった。

「見て見てー！　超張り切って、『揚げ物いがり・冬のメンチスペシャルセット』を持ってきたから！　私が揚げたんだよ」

「うちからは、キムチと各種スパイスを持ってきたわ。悪いけど、後でプレートを使わせてもらえる？　豚キムチを作れるように、豚肉も買い足してきたから」

二人とも客だと言うのに、まるで主催者のように、大量の料理を運び入れている。

「あ、途中で健吾と宗ちゃんに会ったから、誘っちゃった！　大丈夫だった？」

「健吾は野菜、宗太郎は和菓子を持ってくると思うから、たぶん食材が足りなくなるってことはないと思うけど。私も豚肉買ったし」

靴を揃えながら、日向とさゆりが、あっけらかんと増員を告げる。

律子は目を白黒させたが、後ろの里江が「もちろんよ。賑やかでいいわねえ」と大喜びしているので、きっとこれでいいのだろう。

（お肉、足りるかな）

慌てて冷蔵庫からハラミを引っ張り出して確認するが、そこでふと、ビニール袋の中身が、ずいぶんと重くなっていることに気付いた。

昨夜漬けたときには、たしかタレが余りすぎてしまっていたはずだが、今は、肉が倍ほどに増え、丁度よい塩梅になっている。

（まさか……）

ちら、と穂村たちを見やれば、彼らはわざとらしく、口笛を吹いたり、明後日の方向を見上げたりしていた。

（もう、お節介め）

苦笑しながらも、小さく「ありがとう」と呟く。

それに応えるように、こもりたちのまとう炎が、ちろりと揺れた。

「ええっと、じゃあ、早速、焼きはじめます！」

食材に憂いなし、と認めた律子は、くるりと振り返り、宣言した。

余熱していたホットプレートの温度を上げ、時間の掛かる野菜から並べはじめる。

手を洗い、持参した料理を並べた日向やさゆりも着席したので、肉も焼きはじめた。

「ええと、取り皿は……」

「この小皿って、全部の種類使っていいのかな？」

「あ、日向ちゃん、ジュースより水がいいの？」

ぎこちなく菜箸を動かす律子の隣に、里江や雄介も加わり、広間はどんどん賑わいを増してゆく。

「いただきます！」

じゅう、と肉の焼ける音の合間を縫うように、慌ただしく乾杯がなされ、料理が取り分けられる。笑顔がはじけた。

「わあ！　このハラミ、めっちゃおいしい！　柔らかい！　釜で炊いたごはんも美味しい」

「ん、胡椒がしっかり利いてるわね」

「スープもいい匂い」

なんということのない言葉があちこちから生まれ、会話が途切れない。

律子自身も、全員に肉が回ったのを確認した後、ようやくハラミを口にしてみて、その甘辛い、濃いめの味付けと、純粋な熱さに、はふっと息を漏らした。

（おいしい）

穂村たちのレシピに従って漬けたハラミ肉は、彼ら好みの、食欲のど真ん中をくすぐる味だ。噛めば汁気が迸り、脂の旨みを閉じ込めた熱が、むくむくと全身に広がってゆく。

「うめえなあ」

「この、焦げる寸前のカリッとした感じが堪らないのよねェ、ハラミってのは」

「こっちのスープもうまいぞ！」

ちらり、と視線を向ければ、穂村たちもめいめい、焼肉を楽しんでいるようだった。

見たところ、プレート上の肉や野菜が、忽然と消え失せるようなことはない。

けれど、大量の小皿が卓いっぱいに広がっているので、たとえばそのうちのどれかがなくなってしまっても、きっと誰も気付かないのではないかと思った。大皿に並べた肉だって、揚げ物だって、キムチだって、数えるのが馬鹿らしくなるほど、たくさんある。

（だから、たくさん召し上がれ）

声には出さず、胸の中だけで唱えたのだったが、その瞬間、穂村がふと顔を上げ、赤い瞳を、にいと細めた。

「いよーし、食うぞ食うぞ！　おまえら、この皿全部焼いたら、今日こそは『業炎ボンバー』やるからな。準備しとけよ」

「おっす！」

「ええ？　あの曲やるのォ？　あたし、ただでさえ日頃、ぶんぶんうるさいモーター音に悩まされてんのよ。宴のときくらいは、雅で静かな演奏を聞かせて頂戴よォ」

すでに酒も回りはじめているらしい彼らは、肉を頬張りつつ、いつものように宴の段取りを練る。

ここでもライブはやるのか、と嘆息した律子は、ふと、隣の里江がいつまでもスープに手を付けていないことに気付いた。

料理を口にする順番なんて、その人の好きにするべきだと思うのに、どうしても、冷えてゆくスープを見るだけで、わずかに心が軋む。

(……ううん。こちらから踏み込むって、決めたんだった)

だが、律子はこっそりと息を吸い込んで、顔を上げた。

もう、五年前の自分ではないのだ。

「あの、里江さん。スープ、どうですか？」

え、と振り向いた里江に、覚悟を決めて問いを重ねた。

「おいしくできてるかなと、実は気になってて」

「そうよね！　そうよね、ごめん！　私もすっごく、じりじりしてる」

返ってきた言葉が、予想とは少々異なるもので、首を傾げる。

(じりじりしてる？)

里江はばつが悪そうに、こう続けた。

「私、猫舌でさ。すぐ舌を火傷しちゃうのよ。あ、姉さん、というか、律子ちゃんのお母さんもそうだったと思うけど」

「え……？」

「すぐにでも、なんなら一番に口を付けたかったんだけど、それで火傷して大騒ぎして、かえって迷惑を掛けるというパターンも、かなり経験していてさ。せっかく律子ちゃんが作ってくれたスープだから、おいしく、ゆっくり味わいたくて」

アホらしい理由でごめんね、と里江は眉を下げていたが、律子は気の利いたフォローの言葉を掛けられずにいた。

（猫舌……）

里江の隣にいる雄介が慣れた様子で、「氷入れるか？」などと聞いているのだから、間違いなく事実なのだろう。

ずっと食事をともにしていなかったから、里江のこんな癖も知らなかった。

そしてなにより、

（お母さんも、同じ？）

さりげなく加えられた情報が、律子の心に深く突き刺さった。

初めて作ったスープ。母がけっして手を伸ばさなかったそれ。

けれど、もし、そこに理由があったなら。

「わあ！　ごめん、零しちゃった！」

ちょうどそのとき、ばしゃっという軽い音とともに、日向の悲鳴が響いた。

どうやら、水の入ったコップを倒してしまったらしい。いや、よく見れば、コップの周りで「しまった」と小人たちが大騒ぎしているから、それは日向のせいではないのかもしれなかった。

「タ、タオル！　どこ入れたっけな、ごめーん、ちょっと待ってね」

「ううん、いいよ。台拭きを持ってくるから、待ってて」

ごそごそとバッグを漁りはじめた日向を制し、急いで立ち上がる。

台所に向かい、台拭きを絞りながら、律子は考えた。

（お母さんは、猫舌だっただけなのかもしれない）

けれど、それが意味するものとはなんだろう。

本当は彼女もスープを飲もうとしていた？　本当は娘と向き合い、受け入れようとしていた？　だが、ただそのことだけをもって、両親へのわだかまりをすべて解消することは、難しく思えた。

それとも、そんな自分が狭量なのだろうか。親の愛に気付かぬまま勝手に傷付いている、傲慢な人間ということなのだろうか。

（私がいけなかったの？　本当は、優しい人たちだったのに、私のほうが、誤解していた？）

だとしたら、彼らの仕打ちに傷付くことなど、許されないのではないか。

胸が苦しい。

まるで、ここ数年の自分のすべてを、否定されてしまったかのよう――。

「まぁたなんか、考え込んでるだろ」

とそのとき、背後から声が掛かり、律子はぱっと振り返った。

我が物顔で台所に踏み入ってきたのは、穂村だった。

片隅に置いてある、雄介の晩酌用の酒を遠慮なしに傾けている。

ただしあまり好みではなかったらしく、「ん、甘《あめ》ぇ」と顔を顰めると、さっさと瓶を放し、こちらに近付いてきた。

「まったく。嬢ちゃんは目を離すと、すぐ自分を冷やすことばっかかしやがる」

冷水で台拭きを絞っていた律子を見ると、呆れたように嘆息する。

「ほれ」

そうして彼が片方の眉を上げた途端、手にしていた台拭きがほかほかと湯気を立てはじめたので、律子は小さく声を上げた。

「なにするの！」

しかも、白いタオル地だったはずのものが、いつの間にか、彼の好みらしい、赤がベースの派手派手しい手拭いに変わっていた。

「そろそろ『業炎』始めんぞ。嬢ちゃんもスタンバイだ」

「いや、この状況でできるわけないでしょ。なんでそうまでしてライブを強行するのよ」

半眼で突っ込むが、穂村は気にする素振りも見せない。

それどころか、両手を広げて、いかにライブが重要なものかを訴える始末である。

「嬢ちゃん、繰り返すがなぁ。人も神も、荒ぶることなんて簡単にできちまうのよ。だからこそ、こまめな『祭り』が重要なんだろ？　うまい芸とうまいメシを絶えず補給して、メンタル維持していかねえと」

そこで彼はふと、薄く笑みを浮かべた。

「……完全に邪悪な魂も、完全に善良な魂も、ありはしねえよ」

顔を上げた律子を、穂村は正面から見つめた。

軽薄な装いはそのままなのに、穏やかさと、重みを感じさせる声だった。

「おまえさんの親が、完全な悪人だったということは、あるまいよ。けどべつに、完全な善人だったかと言えば、それも違うだろ。優しいところを見つけたからといって、恨みをすべて投げ出して、慕わなきゃいけねえかと言ったら、べつにそんなこともねえ」

「………………」

すべてを、見通されている。

まるで拝殿に座したときのような気持ちが沸き起こり、律子は知らず、息を呑んだ。

「寂しい思いをさせられたぶんは恨んでいい。嬉しい思いをさせられたぶんは感謝していい。その両方が同時にあったって、なんらおかしなことじゃねえよ。思いなんてまだらでいいのさ。魂自体がそうなんだから」

ゆったりとした、低い声が、まるで全身に染み込んでいくようだった。

着崩した着物に、ざんばらの赤い髪、いい加減な口調。まるで神様らしくない、穂村。けれど、やはり彼は、竈の火を守り、温める神様なのだと、今更ながら、強く感じた。

「まだらで、いい……」

呟きながら、母のことを思う。

記憶の中の彼女は、いつも顔を強張らせていた。姿を思い出そうとすると、怪異をまとう娘に悩まされ、苛立った声を上げる彼女ばかりが蘇る。

けれど、それでもあの日、母は席に着いてくれたのだ。ぎこちなくだが、会話をしようとしていた。スープだって、冷ましたうえで飲もうとしていたのかもしれない。

それでも、一度認識してしまった寂しさが完全に癒えることなどないが——それでいいと、律子は思えた。

母は、冷たくて、厳しくて、もしかしたら不器用なのかもしれない人だった。

自分はそんな彼女のことを、恨んでいて、信じたがっていて、けれどきっと信じきれないでいる。そして、それでいいのだ。

「穂村さまー！　歌はまだですかー!?」

「おっと、時間だ」

広間のほうから、焦れたようなこもりたちの声が掛かり、穂村が踵を返す。

じきに、日向や里江たちの笑い声と並んで、爆音のような歌声と、「業！　業！　炎！　炎！」という掛け声が響き出したのを聞いて、律子は頭を抱えた。

「本当にやるのね……」

だが、台所から覗く広間の光景は、それは楽しそうだった。

ほかほかと湯気を立てるごはん茶碗を片手に、肉を頬張り。しきりに冗談を交わし、笑い合う友人たち。

付喪神たちもまた、のんびりと座卓につき、あるいは宙に浮き、めいめいに宴を堪能している。ある者は肉を引っ張り合って競争し、またある者は穂村の歌で拳を突き上げ、といった具合だ。

「それじゃあラストの！　業・炎――」

ボンバー、のタイミングで、思わず律子は、握っていた手拭いをくるりと振り回してしまい、そんな自分に赤面したのだった。

幸せのディープフライドバター

「信っじられない……」

風がほんのりと温かさを帯びはじめた、春の夜のことである。

相変わらずさびれた神社、その境内に、ふるふると語尾を震わせた声が響いた。

「揚げドーナツっていう時点ですでにハイカロリーなのに、どうしてさらに、生地でバターの塊を包もうとしてるのよ！」

「安心しろよ、揚げたらこいつは塊じゃなくなるからよお」

「そうだぞ、じょわああって溶けだす、ヤバいうまさの甘じょっぱい液体になるんだぞ！」

「それがだめだって言ってるんでしょ!?」

声を嗄らして叫んでいるのは、もちろん律子、そしてそれに対してにやにやと答えるのは、穂村とこもりである。

彼らは今、相も変わらず夜の境内に集っては、酒宴に興じているのであった。

四季を愛でる心もそれなりにあるのか、朱色一辺倒だった提灯は、ところどころ桜色のそれに差し替えられ、酒杯には、誰かが持ち込んだ桜の花びらが浮かんでいる。

だが、恒例のシメには、そんな雅さなどかけらもなく、やはり、食欲に全力で襲いかかるような、ゴツいメニューが用意されているのであった。

「ほらほら、文句言う暇があったら、さっさと生地を丸めなさいよね。一番楽な仕事よォ。ごらんなさい、可哀想に、ろくなんて、硬いバターをさんざん混ぜさせられて、首を寝違えそうになってるわよ」

「僕に混ぜろと命じたのは、姐さんじゃないすか……」

　雪雄が、練ったバターを指先で固めながら指令を飛ばせば、その背後ではろくろ首のろくが、恨めしげに首を押さえて呟く。こうした気易いやり取りを目の当たりにするのも、すっかり日常的になっていた。

「ふふん、まあ、安心なさいよ、律子。ディープフライドバターと言えば、本家アメリカでは、箱から取り出しただけの巨大なバターに、ホットケーキミックスをまぶして揚げる、なんて大胆不敵な作り方をするみたいだけど、このあたしの監修が入る以上、そんな野暮は許さないから」

　この女装の雪男は、穂村が作りがちな肉料理よりも、スイーツのほうが好きらしく、久々に巡ってきた甘いシメに、上機嫌であった。

「バターには、たっぷりと砂糖を加えるほか、クリームチーズも混ぜることで奥深い風味をプラス。ドーナツの生地はあえて小ぶりに丸めて、しかも甘みを抑えることで、中のバター液の味わいがかえって引き立ち、結果として、いくつでも摘まめちゃう、罪深い揚げドーナツになるってわけ。賭けてもいい、あんたは十五分後、はあはあと息を荒らげてドーナツを貪っているわ」

「全っ然、安心できる要素がないんですけど……」

　この時点で堕落的な仕上がりになることが予想できてしまった律子は、低い声で呻く。

けれど、そうしながらも、巨大なへらで、こもりたちと一緒に生地を切り分けてしまう程度には、彼女もすっかりこの場に順応しているのだった。

今日のシメは、先ほど雪雄が述べたとおり、ディープフライドバターから着想を得た揚げドーナツだ。真ん丸のドーナツの中に、とろけるバター液が入っているという、とんでもない代物である。もちろん、外側には外側で、ざらりとした砂糖をまぶす。

「まずいって……こんなのもう、絶対だめだってば……」

ぶつぶつと文句を言いながらも、生地を丸める手は止まらない。

この宴にやってくるたびに、人間サイズのボウルだの、包丁だの、持ち込む物が増えていき、今日なんて、エプロンまでして臨んでいる律子である。

覚束なかった手つきも、今ではすっかり力強いものになり、雪雄の「包んでよーし！」の号令を合図に、サイコロ状に切られたバターの塊を、せっせと生地で包みだす。

根が真面目な律子のドーナツは、ほかのどの付喪神の丸めたそれよりも、整然として美しかった。

「いよーし、じゃんじゃん揚げろお！」

穂村が叫ぶや、熱された巨釜の油に、生地は次々と放り込まれていく。

じゅわわわ……っ！

待つこと、数分。二度ほど引っ繰り返し、やがてドーナツがこんがりときつね色になったところで取り出した。忙しく油を切り、粗熱を取ったところに、今度は花吹雪を撒くようにして、砂糖をまぶしてゆく。

「へい、お待ち！」

まだほんのりと湯気を残すドーナツ。律子用に、小さく作らせてもらったものでも、野球ボールほどの大きさがあるそれ。

律子は皿を受け取りながら、がくりと頭を垂れた。

「ああ、また大きく作りすぎた……。あなたたちと作ってると、遠近感が狂うのよ」

「またまた。本当はわざと、大きく作ったくせによお。おまえ、粉物と揚げ物が大好きだもんなあ、律子？」

「そ、そんなことないわよ！」

煙管を咥え、すぐにそうからかってくる穂村には、きっと言い返す。

「これは本当に、作り間違えちゃっただけだから！」

「へいへい、冷める前に食おうぜ。なんてったって、中のバターがとろとろに溶けてる間がうめえんだから」

毅然とした抗議は、竈神によって雑に受け流されてしまう。

律子は口をへの字にしたものの、

「……そうね。溶けているうちに食べなきゃいけないもの。早く食べなきゃね」

やがて不承不承、いや、それにしてはいそいそと見える手つきで、ドーナツを頬張った。

「んん……！」

そうしてしばし、恍惚とする。

ざらりと舌を擦る粒の粗い砂糖に、ざくざくとした食感のドーナツ生地。そこを歯で突き破った途端、火傷しそうなバター液が、じゅわっと染み出すのが、堪らなかった。

「ああ……本当においしい。甘ったるいだけじゃないのね。ちょっと塩味もあるし、……でも、クリームチーズなのかな、爽やかさみたいなのもあって……うん、もう……うん」

下手に感想など述べていると、熱々のバターが口から溢れそうになってしまう。

ドーナツの生地が思いのほか薄く仕上がっていたこともあり、あっという間に一個目を平らげていた。

「ん……」

ごく無意識に、食べ終えてしまったことを惜しむ声を上げつつ、指先をぺろりと舐めてしまう。

「素直だなあ、おい」

「うまそうだなあ、嬢ちゃん」

「もう夢中だわねェ」

穂村にこもり、雪雄が、生温かい視線を向けているのに気付き、律子ははっとした。

「べ、べつに、夢中になんか、なってないったら！」

「ふうん？　じゃあおかわり、いらないのね？」

「………」

咄嗟に虚勢を張った律子だったが、雪雄に意地悪く目を細められると、ぐっと言葉に詰まる。やがて、さして長くもない逡巡の後に、彼女は耳まで赤くしたまま、小さな声で切り出した。

「も……もう一個、ください……」

「くっ」

その場にいた神たちが、一斉に噴き出す。

ひとしきり笑った後、穂村が口の端に笑みの余韻を残したまま続けた。

「食欲があって、いいこった。ま、部活なんて始めりゃ、腹が減るもんな。土産に持たせてやるから、新しくできた友達とやらと、仲良く食えよ。会話の糸口にはなるだろ」

「うん……」

そのさりげない優しさに、つい口ごもる。

そう、今日律子がこの場にやって来たのは、新学期から始めた部活に、なかなか溶け込めずにいることを悩んだからであった。

日向やさゆりといった越田町の住人とは仲よくしているものの、いつまでも彼女たちとばかりべったりしていてもいけない。もともと体を動かすことは嫌いではないし、と、健吾も所属している陸上部への入部を決めたのだった。

ただ、二年生に上がってから入部した律子には、健吾を除き、いまだ気安く話しかけられる相手がいない。どうして自分は、こうも人付き合いが下手なのか、と落ち込み、こうして夜の神社にやってきたわけである。

穂村たちと出会って早三カ月。律子は、落ち込んだり、悩んだりするたびに、こうして酒宴の場にやって来るのが習慣になりつつあった。駆け込み寺というか、駆け込み神社だ。

夜の宴には、相変わらず様々な付喪神が集い、好き勝手に過ごしている。穂村はいつだって陽気だし、雪雄は傲慢で、こもりたちは悪戯だ。思う様歌い、飲み、最後にはたいてい、こってりとした料理を作って、盛り上がる。その空気に身を浸すと、なぜだか必ず、翌日にはすっかり、身も心も元気になっているのだった。

「いやー。まさかおまえさんが、こんなにもここに入り浸るようになるとはなあ」

雪雄からおかわりを受け取る律子を眺め、穂村が愉快そうに呟く。

「ここは神々が祭りを行う場なのに、すっかり甘えちゃって、ごめんなさい」

律子はばつの悪さを覚えて、皿に視線を落としたが、穂村は「いやいや」と朗らかに笑うだけだった。

「いいってことよ。祭りは大人数であればあるほど賑やかでいいし、おまえさんみたいな別嬪なら、なおさら大歓迎だ。なあ?」

穂村が流し目をくれるのと同時に、こもりは「おう!」と飛び跳ね、雪雄は「はあぁん? 穂村サマァ? あたしはァあぁ?」と凄みだす。

この手の賛辞に慣れない律子はといえば、口を奇妙な形で引き結び、真っ赤になっていた。

「そ、そういうこと言うの、やめてよ。前は、貧相なガキだの、おっかない女だの、貶してばっかりだったくせに」

「だからこそ今は別嬪だっつってんじゃねえか。うん、本当に、いい顔をするようになったなあ」

両手で皿を持ち硬直する律子のことを、穂村はまじまじと覗き込む。

「血色もいいしよお、目もきらきらしてる。雰囲気も柔らかくなったな。ちゃんと食って、満ち足りてる証拠だ」

「…………」

どぎまぎしつつも、たしかに律子としても、食事の効能には頷かざるを得なかった。

温かいものを、楽しく食べること。それだけで本当に、全身に力が行き渡り、心がふんわりと、緩むような気がするのだから。

たとえば、微笑むこと。たとえば、衒いもなく感謝の言葉を告げたり、素直な気持ちを表現したりすること。

以前は無理難題に思えたそれらのことも、最近では、ほんの少しずつ、できるようになってきた。

「あの……。改めて言うのも照れるけど、もし私の顔色がよくなってるなら、それは、このみんなのおかげだから――」

「あ、でもおまえ、腹回りとか結構肥えたんじゃねえか」

だが、ありがとうの言葉にたどり着くよりも早く、顎をしゃくった穂村によって、特大の爆弾が落とされた。

「顔はまだ全然だし、俺としてはもっとふっくらしててもいいけどよお。どうせつくなら、胸につきゃいいのに。なあ？」

「……っ」

はにかんでいたはずの律子の顔が、みるみる般若のそれになる。

こもりはあわあわと口に手を突っ込み、さしもの雪雄でさえ「穂村サマ、それは……」と、顔を引き攣らせた。

「……そこに直れ……」

どすの利いた声で呟き、皿を脇に避ける。

ゆらり、と立ち上がると、律子は音がしそうな鋭さで穂村のことを睨み付けた。

「やっぱり祓う！　神様だろうがなんだろうが、今すぐに祓ってやる！」

「おいよせって」

あまりの気迫に、穂村もぎょっと腰を浮かせる。

「だって実際肥えてきたんだから仕方ねえじゃねえか。これぞ、越田の名に恥じぬ肥えっぷり……おい待て、そう荒ぶんなよ、清めの短刀だって、もう八幡んとこに置いてきたんだろ——」

「出刃包丁ならある！」

「おっかねぇなあおい！」

とうとう胸倉を摑もうとしてきた律子のことを、穂村は「おわっ！」と声を上げながら躱した。彼の動揺と同調するように、やぐらの炎がごうっと身じろぎをする。

一瞬律子が炎に目を奪われた隙を突き、穂村は裾をからげ、素早くその場を逃げ出した。

「待ちなさい！」

「待つもんかよ」

追いかける律子に、舌を出して飛び回る穂村。

やぐらの周りをぐるぐると走り回る二人のことを、付喪神たちは呆れたように見守り、やがて一つ笑いを漏らすと、再びそれぞれの皿に向き直るのだった。

本書は書き下ろしです。

堕落《だらく》メシ!?
あやかし神社《じんじゃ》でグルメな誘惑《ゆうわく》
中村颯希《なかむらさつき》

2021年5月5日初版発行

発行者……千葉 均
発行所……株式会社ポプラ社
〒102-8519 東京都千代田区麹町4-2-6
一般書ホームページ www.webasta.jp
フォーマットデザイン 荻窪裕司(design clopper)
組版・校閲 株式会社鷗来堂
印刷・製本 中央精版印刷株式会社

落丁・乱丁本はお取り替えいたします。

電話(0120-666-553)または、ホームページ(www.poplar.co.jp)のお問い合わせ一覧よりご連絡ください。
※電話の受付時間は、月~金曜日、10時~17時です(祝日・休日は除く)。

ポプラ文庫ピュアフル

ホームページ www.poplar.co.jp

N.D.C.913/334p/15cm
ISBN978-4-591-17010-6
P8111311